名家解读经典

普及类古籍整理图书专项资助项目

钟振振 / 注释

唐圭璋 推荐

弘扬传统文化，彰显文化自信

一代宗师殷殷推荐

著名学者精心诠释

唐宋词

广陵书社

图书在版编目（ＣＩＰ）数据

唐圭璋推荐唐宋词 / 钟振振注释. -- 扬州 : 广陵
书社，2017.7
（名家解读经典）
ISBN 978-7-5554-0783-6

Ⅰ．①唐… Ⅱ．①钟… Ⅲ．①唐宋词－选集 Ⅳ.
①I222.84

中国版本图书馆CIP数据核字(2017)第162510号

书　　名	唐圭璋推荐唐宋词	
著　　者	钟振振　注释	
责任编辑	刘　栋　李　佩	
出 版 人	曾学文	
出版发行	广陵书社	
	扬州市维扬路 349 号	邮编　225009
	http://www.yzglpub.com	E-mail:yzglss@163.com
印　　刷	三河市华东印刷有限公司	
开　　本	650 毫米 × 940 毫米 1/16	
印　　张	14	
字　　数	260 千字	
版　　次	2017 年 7 月第 1 版第 1 次印刷	
标准书号	ISBN 978－7－5554－0783－6	
定　　价	46.00 元	

目　录

唐宋词的发展脉络及其主要流派

在中国古代文学的阆苑里，唐宋词是一块芬芳绚丽的园圃。她姹紫嫣红，千姿百态，与唐诗争奇，与元曲斗妍，远从《诗经》、《楚辞》及汉魏六朝诗歌里汲取营养，又为后来的明清戏剧小说输送了有机成分。直到今天，她那些闪烁着人文主义精神光辉而又达到很高艺术境界的作品，仍在陶冶着人们的情操，给读者带来美的享受。

词起源于隋代，她的诞生与音乐有着不解之缘。她所配合的曲调，是同时兴起的，以汉族民间音乐为基础，糅和少数民族音乐及外来音乐而形成的新声"燕乐"（"燕"同"宴"，因常在宴会上演出，故名)。公元589年，隋文帝灭陈，结束了二百七十多年南北分裂的局面。政治上的统一，经济上的通贯，民族间的融合，自必带来文化上的汇流。词出现在此时，决非偶然。她是应运而生，是南方和北方、汉族和少数民族、中国和外国音乐文学的水乳交融。

词的全名为"曲子词"。"曲子"指她的燕乐曲调，"词"则指与曲调相谐和的唱辞。由于"曲子"的唱法今已失传，现在我们所能欣赏的，就只剩下文辞了。因此，"曲子词"也就通行省称为"词"。

词虽起于隋，但隋代的词作却未能保存下来。人们仅能从某些打有隋代印记的词牌名称上去辨认她们的蝉蜕。这样，我们介绍词的发展历史，便不得不从唐代说起。

(一)

上世纪初在甘肃敦煌莫高窟中发现的"敦煌曲子词"，主要是唐代（兼有五代）的民间创作。诚如王重民先生《敦煌曲子词集叙录》所言，其间"有边客游子之呻吟，忠臣义士之壮语，隐君子之怡情悦志，少年学子之热望与失望，以及佛子之赞颂，医生之歌诀"，更有少数民族剥削阶级统治下"敦煌人民之壮烈歌声"，所反映的社会生活面相当广阔，较多地体现着下层人民的喜怒哀乐。她朴素、率直、活泼、清新，散发着浓郁的生活气息。尽管大部分作者的文化水平并不高，许多作品的笔触还很粗糙、稚拙，但玉蕴璞中，连城之价毕竟是掩没不了的。

产生于民间、为人民所喜闻乐见的任何一种文学新样式，总具有强大的生命力，迟早总会引起文人雅士的瞩目和效仿。词也不例外。盛、中唐时期民间词已很发达，影响所及，倚声填词在文人圈子里亦浸成风气。不过，从李白到白居易，此期文人词作者大多数还应算是诗人而非词人，其创作的主要成绩也在诗而不在词，因此，这时的文人词仅处于萌芽抽枝的阶段。只有到了晚唐，她才可以说是基本成熟了。其标志是大词人温庭筠的出现。温氏虽也工诗，但诗名已为词誉所掩，这表明文人词已从文人诗那里争得了自己的独立。温词深美闳约，精艳绝人，达到了相当高的艺术水准。然而也正是在他手里，词专主艳情、香而软的传统格局定型了。前此，文人词在题材的广泛性上即便不能和民间词同日而语，却也未至于像温词那样狭隘。可以说，晚唐文人词在艺术方面的长足进步，是以社会内容的消减为代价的。推究其原因，殆由于温词半是替权臣代笔去取悦那笃好声色的宣宗皇帝，半是为了供给青楼女郎侑酒时的歌唱之需，并不以展示自己的理想与抱负为宗旨。

五代十国时期，北方战祸频仍，民不聊生，相对来说，南方的局势却较为和平。于是经济重心和文化重心便联袂自中原南迁。而剑门关外的天府之国，扬子江畔的鱼米之乡，这万里长江的上下两端，天险堪恃，地利可依，正是战乱时代最理想的割据之处。因此，在这两块绿洲上立足的前后蜀和南唐，理所当然地成了当时经济、文化最繁荣的国度。"西蜀"、"南唐"两大词派，就在这特定的历史条件下先后崛起。

"西蜀词派"亦称"花间派"，因后蜀赵崇祚编《花间集》，集中所收十八位作家大多在前、后蜀做过官而得名。该派成员之一的欧阳炯为《花间集》作序，曾这样描绘六朝乐府艳辞的创作背景："绮筵公子，绣幌佳人。递叶叶之花笺，文抽丽锦；举纤纤之玉指，拍按香檀。不无清绝之词，用助妖娆之态。"其实，这也正是花间派词自身的炮制过程。尽管欧序颇有微辞于"自南朝之宫体，扇北里之娼风"，但花间派词中仍有不少"宫体"和"娼风"的混合物。不难看出，此派的作风是效法温庭筠的。而《花间集》的首选恰是温词！无怪后人称温氏为花间派的鼻祖。须知道，前、后蜀的某些君主如王衍、孟昶等，纵情声色的程度比唐宣宗有过之而无不及；西蜀词人狎妓宴饮的风气，也不亚于晚唐才士。所以，花间派之脉承温飞卿，以醇酒美人为主要创作对象，可谓顺理成章。当然，这是就总体而言；若具体分析，则《花间集》中也还有些抒亡国之深悲、发怀古之遐想、摹写北陲战伐、描绘南疆风情的作品，别开生面，未可一概而论。

西蜀词人中成就最高的是韦庄。其作品主题固然多写艳情，与温庭筠差异不大；但偏向于自己亲历的悲欢离合，主观色彩较强烈，风格也较清丽疏朗，有别于温词的注重客观描摹和秾艳缜密。

　　"南唐词派"前期作品的取材范围，与"西蜀词派"大致相同。但时代稍晚，代表作家较为集中，主要是南唐的两位君主 (中主李璟、后主李煜) 和一位宰相 (冯延巳)，不像西蜀词人群那样成分复杂，上至帝王将相，下及一般官员和士人。又，该派形成之日，已是国祚衰微、风雨飘摇之时。后周以及代周而继起的宋，虎视眈眈，陈兵境上，这样严峻的形势，不容许南唐的君臣们忘形地陶醉在"者边走，那边走，只是寻花柳；那边走，者边走，莫厌金杯酒" (前蜀后主王衍《醉妆词》) 之类轻快的小夜曲里，一如西蜀贵族们之所曾经。于是，我们在前期南唐词中就已看到了较多的冷色。要说南唐词与西蜀词在风格上有什么区别，那就是多了一层心理上的阴影，从而辞笔也就较为凄清，不同于西蜀词的绮艳。

　　都城金陵的陷落，标志着南唐国政治命运的完结，也标志着南唐词文学价值的升华。南唐词派最后也是最杰出的作家李煜，入宋后以亡国降虏的耻辱身分，在"日夕只以眼泪洗面" (李煜本人与旧宫人书中语) 的软禁生活中，写出了"小楼昨夜又东风，故国不堪回首月明中"，"问君能有几多愁？恰似一江春水向东流" (《虞美人》) 等许多泣尽以血的词句。诚然，他所魂牵梦萦的不过是一个封建帝王失去了的天堂，究其实质，本不足称道；更何况他在位时的奢侈腐化是导致南唐覆灭的直接原因，今日阶下为囚的种种怨愁悔恨，无非咎由自取。可是，其创作毕竟是真挚的，是用高度洗练的辞句去概括一般人在失去最美好的一切时都会产生的那种沉痛心情，故而其美学意义超出了作品本身所反映的具体社会生活内容，自有一股强烈的艺术感染力。清人周济《介存斋论词杂著》中说："毛嫱、西施，天下美妇人也，严妆佳，淡妆亦佳，粗服乱头，不掩国色。飞卿 (温庭筠), 严妆也; 端己 (韦庄), 淡妆也; 后主, 则粗服乱头矣。"形象地道出了三家词的特色。而"粗服乱头, 不掩国色"八字, 正是对后主那些直抒胸臆、洗尽脂粉、纯用白描之佳作的高度评价!

(二)

经过隋唐五代近四百年间众多作者的共同努力, 词业已由发源时仅可滥觞的一泓清浅, 演为初具波澜、力能浮舟的溶溶流川。入宋后, 因着创作队伍的不断壮大, 创作视野的不断开阔, 创作技巧的不断新变, 词的发展形势更有如江出三峡, 一泻千里, 吞天坼地, 溅玉喷珠, 挟五湖百渎之水赴海朝宗。今存唐五代词仅八十家、不足两千首, 而宋词却多达一千四百三十余家、近两万一千首。单从这个量的对比, 我们也可约略窥见宋代词坛的繁荣气象。

北宋统治者有惩于晚唐五代藩镇割据、兵连祸结、禁军怙乱、擅主废立的历史教训, 早在建国初就诱导高级将领交出兵权, "多积金, 市田宅以遗子孙, 歌儿舞女以终天年。"(《宋史·石守信传》) 后来又扩大科举取士的规模, 设置一系列叠床架屋的行政机构, 建设起一支庞大的文职官僚队伍, 作为保障中央集权的基干力量。为了换取这一阶层的忠勤服务, 封建君主也须给他们以优厚的生活待遇。因此, 当时达官贵人蓄养家妓、士大夫们文酒雅集的风气之盛, 是前朝所无法比拟的。此外, 大一统政权的巩固, 又给饱受晚唐五代干戈傲扰之苦的人民提供了休养生息的机会, 使他们得以用辛勤的劳动将社会生产力恢复并发展到一个新阶段。随着农业、手工业、商业的日趋兴旺发达, 都市经济的日渐繁荣, 市民阶层的人数急遽膨胀着, 成为一股不可小觑的社会力量。他们口腹之余, 自然也要娱乐，于是便有那民间乐工、歌妓"新声巧笑于柳陌花衢，按管调弦于茶坊酒肆"（宋孟元老《东京梦华录》），风尚所趋，凌轹往世。上流社会与中下层社会对于声歌的共同需求，构成了推动宋词发展的合力。而由于这两种社会阶层有着不同的艺术旨趣，与之相适应的词的创作面貌也就大相径庭。这在北宋前期表现得尤为典型。

官僚士大夫们得利较早，因而宋初词坛是他们的一统天下。但官僚士大夫词艺术高峰的出现，还在开国后第三代君主仁宗统治时期，代表作家是晏殊、欧阳修。他们都官至宰辅，词作侧重反映士大夫阶级闲适自得的生活和流连光景、感伤时序的情怀；所用词调仍以唐五代文人驾轻就熟的小令为主；辞笔清丽，气度闲雅，言情缠绵而不偎薄，达意明白而不发露，词风近似南唐冯延巳。艺术造诣不可谓不高，但因袭成分较重，尚未摆脱南唐词的影响。晏殊的幼子晏几道也擅长小令，与晏殊并称"二晏"。他是由贵公子降为寒士的，经历了较多的人世沧桑，故其词高华之中，深寓悲凉。论时代他已入北宋后期，论流派则仍是晏、欧的变调嗣响。

市民阶层的势力不可能因统治阶级内部权力和财产的再分配而立刻壮大，它需要经历一个社会生产水平提高、社会劳动总量积累的过程。因而市民词起步较晚，今存宋初词中尚不见她的倩影。但她发展的势头很猛，也在仁宗时期达到了高潮。其代表作家是柳永。柳永一生飘泊，沉沦下僚，较能接近民众；所作多描绘都市风光，传写坊曲欢爱，抒发羁旅情怀，内容比晏、欧词丰富，语言也俚俗家常，颇合市民阶层的口味。他精通音律，长期混迹秦楼楚馆，与民间乐工歌妓合作创制了许多新腔，大都是更宜于表现繁复多变的都市生活的慢曲长调。慢词在民间早已有之，但自唐以迄宋初的文人较为矜持，宁愿择用句度类似五七言近体诗（那本是他们的拿手戏）的短调，而不甚措意于所谓哇声淫奏的慢曲子。柳永是扭转此风的第一人。词的篇幅拉长，容量加大了，表现手段自然也要出新。于是，柳永将六朝隋唐小赋的技法引进词的领域。他那层层铺叙、处处渲染、淋漓酣畅、备足无余的作风，确与崇尚含蓄、讲究韵味、抒情小诗般的传统文人词大异其趣。由于柳词具有较广泛的群众基础，较新鲜的时代风貌，故而风靡四方，赢得了"凡有井水饮处，即能歌柳词"（宋叶梦得《避暑录话》引西夏归朝官语）的盛誉。

北宋前期，主要是仁宗时期，词坛上就呈现着这样一种官僚士大夫词与市民词、雅词与俗词、令词与慢词双峰对峙、二水分流的局面。当然，晏、欧未始没有俗词、慢词的创作尝试，柳永也并非不作雅词、令词，以上不过是各就其主导倾向而言罢了。

宋词至于柳永，完成了第一次转变。但这转变只是翻新了音乐外壳，并未能从内容上根本突破"艳科"的藩篱。因此，当文学史家站在更高的层次为宋词划分流派时，仍将柳永与晏、欧一齐编入"婉约派"的阵营。而拓宽词的意境，扩大词的表现功能，在新的历史条件下恢复和发扬早已式微了的唐代民间词的现实主义精神，使词能像诗一样自由地、多侧面地表达思想感情，观照社会人生——宋词发展进程中这更为艰巨，也更有积极意义的第二次转变，不能不有待于"豪放派"的异军突起。

北宋建国六十年后，社会繁荣背后隐藏着的阶级矛盾、民族矛盾、统治阶级内部不同政治派别间的矛盾日益尖锐化、表面化。为了缓和这些社会矛盾，维持宋王朝的长治久安，有识之士纷纷提出政治、经济改革的主张并付诸行动。自仁宗庆历年间的"新政"到神宗熙宁、元丰时的"变法"，虽因大官僚地主保守势力的阻挠而终至失败，但它们对社会生活各方面的深刻影响却不可低估。宋词"豪放派"的兴起恰在这一时期，恐怕很难用巧合二字来解释。由于政治、经济和文化的发展进程有不平衡性，未必所有的改革者都是"豪放派"，所有的"豪放派"都是改革者；然而改革精神必定会曲折地反映到文学包括词的领域中来，则是可以断言的。

"豪放派"的发轫之始，可追溯到与晏、欧、柳同时的范仲淹。他出身贫寒，贵不忘本，具有"先天下之忧而忧，后天下之乐而乐"的博大胸怀，曾亲率宋军抗击西夏党项族政权的武装侵略，后又主持过"庆历新政"。其词虽只传五首，却颇有新意。如《渔家傲》写边塞风光、军旅生活，以悲凉为慷慨；《剔银灯》借咏史发泄政治牢骚，于诙谐见狂狷：在当时以批风抹月为能事的词坛上，不啻是振聋发聩的雷鸣。豪放之作在唐代民间词中已有一定数量，在唐五代以至北宋前期的其他文人词里亦偶一露面，不可谓无，只是湮没在婉约词的茂草底下，呈间歇泉状态，未曾喷涌成溪而已。至范仲淹出，它才正式成为文人词的一种自觉的创作倾向。我们之所以这样说，是连同范氏那些散佚了的豪放篇什一并考虑的。宋人魏泰《东轩笔录》记载道："范文正公守边日，作《渔家傲》乐歌数阕，皆以'塞下秋来'为首句，颇述边镇之劳苦。"倘若诸词一一俱存，那么豪放词在其可知见的词作中，就该占有数量上的优势了。

进入北宋后期，神宗朝的大改革家王安石一方面在创作上步武范仲淹，以《桂枝香》等刚健亢爽的怀古咏史词骋其政治长才、豪杰英气，一方面又从理论角度向词须合乐的世俗观念发出了挑战。他说："古之歌者皆先有词，后有声，故曰'诗言志，歌永言，声依永，律和声'。如今先撰腔子，后填词，却是永依声也。"（见宋赵令畤《侯鲭录》）这话实质上是以破为立，"豪放派"的创作纲领，已然音在弦外。前此词中之所以充满着"妇人语"和"妮子态"，英雄志短而儿女情长，多阴柔之美而少阳刚之气，关键即在以词应歌。而晚唐以来世尚女乐，歌者多是妙龄女郎，为适应她们的莺吭燕舌，词就只好以男欢女爱、离情别绪、伤春悲秋为主题，以婉约为正宗。"豪放派"要解放词体，打破"诗言志"（泛指情志）而"词言情"（特指情爱）的题材分工，冲决"诗庄词媚"的风格划界，就一定要松开束缚着词的音乐枷锁。在这一点上，时代略晚于王安石的苏轼走得更远。

苏轼"非不能歌，但豪放，不喜剪裁以就声律"（陆游《老学庵笔记》），他只把词当成一种句读不葺的新体诗来作。他在词里怀古伤今，论史谈玄，抒爱国之志，叙师友之谊，写田园风物，记遨游情态，"无意不可入，无事不可言"（清刘熙载《艺概》）；其词或表现为平冈突骑、锦帽貂裘、挽弓射虎时的激昂慷慨，或表现为骤雨穿林、芒鞋竹杖、吟啸徐行时的开朗旷达，或表现为大江醉月、故国神游、缅怀英杰时的沉郁悲凉，或表现为长路走马、酒渴思茶、叩问农家时的随和平易，"如行云流水，初无定质，但常行于所当行，常止于所不可不止"（苏轼《答谢民师书》）。他是"豪放派"当之无愧的奠基者。

苏轼的冲击波在北宋晚期词坛上引起了两种不同的反响，

赞成者有之，持异议者亦有之。传统是一种巨大的惯性，因而苏轼对词体的革新暂时还不能为大多数人所接受，连他最钟爱的学生秦观也还是学柳永作词的。

在北宋后期的婉约词人中，秦观是艺术造诣很高的一位。秦词的特色是只以中音轻唱，只以浅墨淡抹，而旋律间自有一种沉重的咏叹，画面上自有一种层深的晕染。他的佳作既达到了"虽不识字人亦知是天生好言语"（宋人吴曾《能改斋漫录》记晁补之语）的俗赏，也赢得了文化修养较高的士大夫们的众口交誉。他政治上屡经挫折，远谪南荒，而性格软弱，不像与他有着相同遭际的苏轼等人那样倔强，故其晚年之作多绝望语，格调也由哀婉而凄厉。古往今来，社会心理一般都同情弱者和不幸者，秦观以及类似的悲剧型婉约作家，如前之李煜、晏几道，后之李清照，其词之所以偏得人怜，这未尝不是一个重要因素。

北宋晚期"婉约派"的另一位代表作家、徽宗朝曾主管国家音乐机关大晟府的周邦彦，在继承柳永的基础上，进一步发展了婉约词的艺术形式。如作纵向比较，他对柳永的新变，着重表现在以下几点：其一，柳永参与制作的大批慢曲，多是民间新声。口耳相传，此出彼入。乐工歌妓既得自由发挥，兴之所至，擅行损益音拍；词人倚声填词，自不免客从主便，就文字作出相应的增减。故柳词中颇有同调作品句度参差、字数不一的现象。而周氏作为大音乐家兼高级乐官，无论其独立创作抑或在其领导下整理和创作出的歌曲，都具有严格的规范性，故其词字句较整饬，呈现为格律化的定型。其二，柳永时代的乐曲，一曲仅用一种宫调，对歌词字声的要求还不算太讲究，故柳词多只在乐律吃紧处精心调配。而周氏制乐，或于一曲之中多次转调，音律更为繁复，这就必须处处留意字声，平上去入，阴阳轻重，各用其宜，不容相混。王国维《清真先生遗事》谓，读周词，"觉拗怒之中自饶和婉，曼声促节，繁会相宜，清浊抑扬，辘轳交往"。诵读尚且如此，当时歌唱之悦耳可想而知。其三，柳词长调多平铺直叙，大开大合，盖筚路褴褛之际，未暇作营构迷楼之想。而周氏躬逢慢词盛行之时，遂刻意出奇，人为地制造曲折回环，或无垂不缩，或欲吐先吞，或虚实兑形，或时空错序，章法变化之能事至此已极。如作横向比较，则同是一时婉约高手，周与秦的作风也不甚相同。大抵秦之笔轻灵，周之笔凝重；秦词醇正，周词老辣。北宋婉约词人，周邦彦最晚出，薰沐往哲，涵泳时贤，宜其词中千门万户，集婉约派之大成，开格律派之宗风。

与秦、周同辈且并驾齐驱的还有一位词中雄杰贺铸。他是北宋唯一从武官队里脱颖而出的著名词人。所作取材较广，风格也不拘一隅，婉约、豪放，兼收并蓄，如杂花酿蜜，自成滋味，合金铸剑，别有锋芒。

总的说来，北宋后期名家都属于士大夫阶层，部分人偶也写有俚词，但主要创作倾向却是雅俗共赏乃至以雅化俗；并且除晏几道外，一般都令慢兼长。因此，这一时期词坛的格局转而表现为"婉约"、"豪放"二派的对垒。论暂时的力量对比，前者如老柳吹绵，漫天飞絮，占据着上风；论将来的发展趋势，则后者如新笋解箨，拔地而起，"栖凤枝条犹软弱，化龙形状已依稀"（南唐李璟《咏新竹》诗），前程正未可限量。

(三)

北宋末年，宋、金联合发动的灭辽战争，充分暴露了宋王朝的腐败和宋军的孱弱，于是，辽亡后不久，女真族政权的铁骑便大举南下，一口吞并了整个中原。徽钦二帝被掳，高宗仓皇南渡，中国历史上出现了第二次南北朝的分裂局面。

南宋前期是剑与火、血与泪的时代。且不说其间宋金双方曾有过若干年、若干次惨烈的进攻战、保卫战和拉锯战，即便是在宋向金称臣称侄、岁贡银绢、屈膝求和的苟安时期，以爱国的将领、士大夫和人民为一方，以误国甚至卖国的昏君（或庸君）、奸臣为另一方，战与和、战与降的斗争也始终不曾止息。国家的危亡，民族的耻辱，人民的苦难，面对这一切，只要是具有正义感的词人，谁还能镇日价偎翠倚红、浅斟低唱？谁还能镇日价雕琢章句、镝铢宫商？他们不期然而然地集合到苏轼的旗帜下来，拨动铜琵琶，叩响铁绰板，放开关西大汉的粗嗓门，高歌抗战，高歌北伐。天平急剧地向"豪放派"一侧倾倒。宋词史上最光辉的一页，就是由这批爱国词人用自己动脉中沸腾的血液写成的。

最早的爱国词作者中包括好些站在抗金斗争最前列的名臣战将，永垂不朽的民族英雄岳飞，就是他们的杰出代表。其词作今虽仅存三首，但首首与抗战相关，几于字字珠玑。尤其是那"壮怀激烈"的《满江红》，光昭日月，气吞山河，不仅唱出了那个时代的最强音，在近世中华民族反抗外来侵略的严峻斗争中，也曾教育和鼓舞过千百万人。

在词史上以"二张"并称的张元幹和张孝祥，是南宋早期爱国词人中成就较高的两位。高宗绍兴年间，朝士胡铨因上书反对和议、请斩秦桧之头而遭迫害，被流放广东蛮荒之地。张元幹不畏株连，毅然作《贺新郎》为他饯行，竟以此得罪，受到削籍除名的处分。孝宗朝"隆兴北伐"失利后，投降派重新得势，遣使向金人乞和，张孝祥悲愤地在建康留守宴上赋《六州歌头》，致使主战派大臣张浚伤心罢席。此类慷慨悲凉、骏发踔厉的优秀爱国词作，二人集中，绝非仅见。有词以来，人但以"小道"目之，认为是"诗余"。清代著名词论家刘熙载读二张词后，由衷地感叹道："词之兴、观、群、怨，岂下于诗哉！"（《艺概》）词至爱国，其体自尊。明白这个道理，便觉清人挖空心思以《诗经》中的长短句体为词之源，靠虚报年龄来抬高词的身价，真正是多事了。

怒澜排空的南宋爱国词潮，至辛弃疾出而上升到了巅峰。辛氏出生于北方沦陷区，青年时即参加义军，献身抗金复国的大业。南归后却始终不得朝廷信用，屡官屡罢，壮岁被投闲置散于乡里达二十余年之久，北伐宏愿蹉跎成空。其将才相略既无处发挥，一腔忠愤遂尽托之于词。无论高楼登眺、寒窗夜读抑或旅途书壁、归隐题轩，无论移官留别、饯客赠行抑或元夕观灯、中秋赏月，无论遣兴写怀、侑觞祝寿抑或抚今追昔、论史谈经，他那横戈跃马、以恢复中原为己任的豪情壮志，那因受昏愦无能的统治集团压制、排挤、打击，长期郁积而成的一肚皮不合时宜，随时随处，一触即发：击筑悲歌，不让荆轲《易水》；揭喉高唱，肯输刘季《大风》？浩叹沉吟，无非磊块；嬉笑怒骂，皆成文章。他那股浑厚苍莽之气，那支雄奇奔放之笔，不但曲子里缚不住，就连词最起码的句度也无法范围了。在他的面前，苏轼的"以诗为词"都还显得保守——他干脆进一步解放词体，"以文为词"，从此，散文句法也在词中通行了。辛词的特色，还不止于此。由于他是来自北方的"归正人"，颇受猜忌，动辄得咎，有些复杂的感情、过激的言论不便直接吐露；又由于他饱读诗书，胸藏万卷，学养博大精深，所以便在词里大量用典，甚至用生典僻典，经史子集，悉听驱遣，信手拈来，往往有出神入化之妙。这种作法扩大了词的意蕴容量和艺术张力，虽然，也给今天的读者造成了许多困难和障碍。

与辛同时的爱国词人，长者有陆游，平辈有陈亮，后进有刘过。陆游是南宋伟大的爱国诗人而不以词特别著称，刘过学辛而未有突出的个性，故此皆从略，只说一说陈亮。陈与辛是志同道合的密友，人才相若，唱和之作甚多，词风亦相近。所不同者，辛弃疾身为朝廷命官，不能直言无忌，因而词多摧刚为柔，更见沉郁顿挫；而陈亮则是一介布衣，没有什么拘束，所以敢大声疾呼。他以策论、檄文为词，横放恣肆，痛快淋漓，颇有自己的戛戛独造。虽粗犷发露了一些，不及辛词的雄深雅健，但自是黄钟大吕之音，足以起顽立懦。

南宋前期，"婉约派"只为我们贡献了一位出类拔萃的词人，那就是中国古代最优秀的女作家李清照。她的一生和创作横跨两宋。早在徽宗时，她那些真正属于女性自己的心声，而非由男士们代庖的爱情词，即已以其特有的那份纯挚和缠绵悱恻而卓然名家；但《漱玉集》中的最高成就，却主要体现在她南渡以后的作品里。她是爱国的——"生当作人杰，死亦为鬼雄。至今思项羽，不肯过江东！"她的《乌江》诗句句燃烧着火焰，其对于抗战之态度的坚决，决不亚于任何一位豪放词人。可惜，"婉约派"关于词"别是一家"（李清照论词语，见宋人胡仔《苕溪渔隐丛话后集》）的传统观念限制了她的创作，使她偏心地把侠肝义胆都给了诗，而只在词里向读者展示一个弱女子的自我形象。尽管如此，她的晚期词作仍有相当高的现实主义价值。虽然她写的只是个人在流落天涯、孤苦无告时的"寻寻觅觅，冷冷清清，凄凄惨惨戚戚"（《声声慢》），但却典型地涵盖了当时千千万万的北方难民在国破家亡后的共同境遇，从侧面暴露了侵略者和投降派的历史罪行。这一社会功能又非"豪放派"的爱国词所可以替代。至于她的词在艺术上的造诣，则主要是能"用浅俗之语发清新之思"（清彭孙遹《金粟词话》），辞淡于水而味浓如酎。为此，她获得了"男中李后主，女中李易安"（清人沈谦《填词杂说》）的高度赞誉。

"事无两样人心别"（辛弃疾《贺新郎·同甫见和再用前韵》）。北中国的丧失，在爱国志士们固然如刳肠剜目，痛心疾首；而对于南宋小朝廷，则只当是切除了半个胃，并不十分妨碍他们啖肥饮甘。更何况，以新都临安为中心的东南地区，山川秀丽，物产富饶，正是理想的安乐窝。因此，一旦妥协和屈辱换得了苟安，北宋末年那种以趁歌逐舞为特征的"宣政风流"，就又成为达官贵人们的生活必需品了。这样的土壤，为培养南宋自己的周邦彦提供了温床。经过数十年的一再优化繁殖，南宋后期词坛上终于结出了两颗"格律派"的硕果——姜夔和吴文英。

姜、吴二人都是游徙于豪贵之门的清客词人。他们都精通音乐，长于言情咏物，为词格律谨严，音韵响亮，措辞高雅，造句新奇，颇能传周邦彦的薪火。但姜氏旁参宋"江西诗派"的生硬，得周之峭拔；吴氏侧入晚唐诗人的密丽，得周之深华。分镳歧路，走向了不同的极端。就技法而言，姜词多用虚字提唱，故结体清空，层次的演绎和转换较为显豁，筋骨全在明处；吴词却每每排比藻绘，故为体质实，脉络多藏在暗处，所谓潜气内转，空际翻身。就风格而论，姜词"如野云孤飞，去留无迹"（张炎《词源》），吴词"如万花为春"（清况周颐《蕙风词话》），蝶乱蜂忙。以群芳为喻，姜词似疏梗白荷，幽香冷艳；吴词似千叶牡丹，复瓣浓薰。他们虽凭藉艺术上的成功与辛弃疾在南宋词坛分鼎三足，但毕竟不如稼轩那样对国家前途、民族命运息息关心。当然这只是相对而言，他们总还没有完全忘怀时势世事，本编所选姜词《扬州慢》、吴词《八声甘州》就是证明。

南宋晚期有不少文人雅士是沿着姜、吴的道路继续向前走的，其中周密和张炎两家颇值得注意。周密号草窗，词风接近吴文英，因吴氏号梦窗，后人遂有"二窗"之目；张炎词集名《山中白云》，论词推重姜夔，而姜氏号白石，后人便以"双白"并称。和那些老死于先生牖下的愚顽学者不同，他们一个往酒里兑水，降低梦窗的醇度，变其秾华为韶茜；一个给铸铁抛光，磨平白石的圭角，变其清峻为圆朗。能入能出，因而仍有独立的存在价值。但他们宋亡前的作品至多不过是"鼓吹春声于繁华世界"，"令后三十年西湖锦绣山水犹生清响"（宋郑思肖《山中白云序》）而已，格调较高的篇什大都问世于亡国之后。清人赵翼《题遗山诗》有云："国家不幸诗家幸，赋到沧桑句便工。"信然！

从艺术角度来说，南宋后期的"豪放派"中没有产生能与姜、吴抗衡的大家。可是，围绕着宁宗朝抗击金人，金亡后理宗、度宗两朝抗击蒙古人南侵的斗争，爱国词人们仍一直在呐喊。其中较出色的作家是刘克庄和陈人杰。

刘克庄与刘过号称"二刘"，同属辛派的嫡系。其词风酷肖稼轩，但功力未逮，浑厚不足，粗豪有余。惟词中颇有些新的政治内容，能发前人所未发，如谆谆告诫官军不要滥杀被逼造反的少数民族百姓，批判朝廷猜忌甚至敌视北方抗金义军的错误态度，提议在抗蒙斗争中应不拘一格地选拔、重用起自卒伍的军事人才，等等。其《玉楼春》词直言规箴沉湎酒色的友人："男儿西北有神州，莫滴水西桥畔泪！"正气凛然，千载下犹能令人奋起。凡此种种，都为宋词增添了新的思想光彩。

陈人杰词仅传《沁园春》三十一首，但多为忧时愤世之辞。当蒙军重兵压境而南宋君臣文恬武嬉之际，他挟醉濡笔，在临安丰乐楼壁上大书道："扶起仲谋，唤回玄德，笑杀景升豚犬儿！"咄咄逼人，如唐且对秦王挺剑而起，真有彗星袭月、白虹贯日、苍鹰击于殿上的气象。他作虽不尽如此，要皆锋芒毕露，大有陈亮遗风。而事实上陈人杰一生科场失意，未曾步入仕途，也确是陈亮那种类型的狂士。援"二张"、"二刘"之例，我们正不妨也把陈亮、陈人杰合称为"二陈"。

由于统治集团自身的腐朽没落，南迁一百五十年后，赵宋王朝终于为元蒙的北方政权所攻灭。元军的长刀利斧可以洗劫城市、屠戮人民，却封不住词人的喉咙。在徐徐降落的大幕下，不同经历、不同气质、不同流派的词人们，同台演完了宋词史上的最后一出悲剧。

此期名家，大略有文天祥、刘辰翁、蒋捷、周密、王沂孙、张炎等。诸人处境有别，性格各异，故词风亦多参差。文天祥孤军抗元，被俘北去，英勇不屈，从容就义。其《酹江月》词曰："镜里朱颜都变尽，只有丹心难灭！"精忠耿耿，声情激壮，如天外风吼。刘辰翁在宋亡前即能以词笔揭露批判朝政之非，宋亡后亦不肯靦颜事仇，所作多痛悼故国，骨坚格道，辞恸意苦，如林表鹃啼。蒋捷、周密入元后隐居不仕，保持了民族气节，所作哀伤亡国诸词，旨意明显，语调苍凉，如山中鹤唳。王沂孙、张炎虽苟全性命于新朝，但也无时无地不发故国之思、兴亡之戚，或如草际蛩吟，或如叶底蝉喘。就在这立体声的管弦乐多重奏中，宋词结束了她三百多年的曲折历程。

　　以上，我们就唐宋词的发展经过、主要流派及其代表作家，作了一番粗略的勾画。唐宋词这块芬芳绚丽的园圃令人目迷，令人心醉，每一个徜徉其间的游客都会有自己的种种感受，或与他人所共，或为个人所独。我们热切地期待少年读者朋友们以自己对于真、善、美的追求来认识她、欣赏她。如果这本小书能给大家一些启发和帮助，那我们将感到十分欣慰。

菩 萨 蛮 [1]

敦煌曲子词 [2]

　　枕前发尽千般愿 [3]，要休且待青山烂 [4]。水面上秤锤浮，直待黄河彻底枯。　　白日参辰现 [5]，北斗回南面。休即未能休 [6]，且待三更见日头 [7]。

【题解】

　　这是一篇炽烈的爱情的誓辞。抒情主人公一口气举出六种永远不可能出现的自然现象，作为离异的先决条件，实际上是表白自己对爱情的忠贞不渝。类似的作品，前有汉代乐府民歌《上邪》："上邪！我欲与君相知，长命无绝衰。山无陵，江水为竭，冬雷震震，夏雨雪，天地合，乃敢与君绝。"（大意是说：天哪！我要和您相好，永远不决裂。直到高山削平，江水流尽，冬季打雷，夏季降雪，天地合并，才敢和您断绝关系。）本篇与之同以感情真挚浓郁、语言泼辣生脆见长。

【注释】

　　〔1〕菩萨蛮：词调名。只表明本词所配合的音乐曲调，与文义无关。词中这样的情况是大多数，只有少数作品内容与调名相符。以下各篇，凡调名与文义无关者，概不注出。

　　〔2〕敦煌曲子词：清光绪二十六年 (1900)，甘肃敦煌莫高窟石室中发现了大批古代写本书卷，其中杂抄着相当数量的曲子词。它们的写作时代，大约在八世纪到十世纪之间，亦即唐、五代时期。除极少数可考知作者姓名的文人创作之外，绝大多数是无主名的民间作品。原件大部分于光绪三十三至三十四年 (1907—1908) 被英国斯坦因 (原籍匈牙利)、法国伯希和劫取，今藏伦敦、巴黎。近人王重民编有《敦煌曲子词集》。

　　〔3〕愿：誓。

　　〔4〕休：罢休。指中止爱情关系。　待：等待，等到。

　　〔5〕参 (shēn 身) 辰：同"参商"，是两个星宿的名称。它们此出彼没，永

远不会同时出现在一个星空，何况又是白天。

〔6〕即：则。

〔7〕三更：古人将一夜分为五个更次，三更正是半夜。 以上二句是说，就算上述五种自然现象都出现了，双方可以拉倒了，也还不能罢休，还要等到半夜里出太阳。 本篇两句一换韵，共押了两部不同的韵。上下片一二句"愿"、"烂"、"现"、"面"是一部仄韵，上下片三四句"浮"、"枯"、"休"、"头"是一部平韵 (其中"枯"字是用方音入韵)。有回环唱叹的声情效果。

鹊 踏 枝 [1]

敦煌曲子词

叵耐灵鹊多谩语 [2]，送喜何曾有凭据 [3]！几度飞来活捉取 [4]，锁上金笼休共语 [5]。　　比拟好心来送喜 [6]，谁知锁我在金笼里。欲他征夫早归来 [7]，腾身却放我向青云里 [8]。

【题解】

夫婿从军远赴边塞，女主人公望眼欲穿地盼他平安归来。鹊儿几次三番飞来报喜，都不灵验，女主人公一气之下，便捉了它，将它关进笼子。鹊儿感到十分委屈，叹道：但愿她的夫婿早日还家，好让我重新获得自由。上下两片，分别摹拟思妇和灵鹊的口吻，从"原告"和"被告"两个不同的角度，向听众陈述是非曲直。构思新颖奇特，富有生活情趣和喜剧气氛。唐人金昌绪的《春怨》诗写道："打起黄莺儿，莫教枝上啼。啼时惊妾梦，不得到辽西。"（辽西，泛指东北边疆。）本篇与它有异曲同工之妙。

【注释】

〔1〕鹊踏枝：敦煌曲子词里，共有两首《鹊踏枝》。另一首与"鹊"无涉。本篇可能是这个曲调的创始之作，调名与文义相关。

〔2〕叵 (pǒ 颇) 耐：不可耐，可恨。　灵鹊：喜鹊。俗传喜鹊有灵异，它的鸣叫声是出门人即将归家的吉兆。　谩 (mán 瞒) 语：欺骗人的话。

〔3〕何曾有：什么时候有过。

〔4〕这句是说，鹊儿多次飞来谎报喜讯，所以我把它活捉了。　取：动词后面常用的语助辞。这里表示完成状态，可释为"得"、"住"。

〔5〕锁上：锁进，关进。　休共语：不和它说话，不理睬它。

〔6〕比拟 (nǐ 你)：原本。

〔7〕欲：愿，希望。　他：她，她的。古汉语中，第三人称代词一般通写作"他"。　征夫：从军远征的男子。

〔8〕这是个倒装句，即"却放我腾身向青云里"。 本篇上片押用一部仄韵，句句皆叶。下片换用另一部仄韵，韵脚为"喜"、"里"、"里"。在一些方言里，这两种韵不分，因此，说本篇按方音押用同一部仄韵也未尝不可。

忆 秦 娥 [1]

〔唐〕李　白 [2]

　　箫声咽。秦娥梦断秦楼月 [3]。秦楼月 [4]。年年柳色，灞桥伤别 [5]。　　乐游原上清秋节 [6]。咸阳古道音尘绝 [7]。音尘绝。西风残照 [8]，汉家陵阙 [9]。

【题解】

　　这是一首闺情词。上片写秦娥的春愁，下片写秦娥的秋怨。她所思念的夫婿，既曾过灞桥而东去，又曾指咸阳而西行。思妇四季伤怀的情愫，征人四方羁旅的踪迹，只用四十余字便概括无遗，笔墨十分周到而经济。写春愁，场景在明月高楼、闺阁之内；写秋怨，场景在夕阳高原、苑囿之外：日盼与夜想，坐思与伫望，封闭的狭小天地与开放的广袤空间，对举成文，相映互衬。言灞桥柳色，年年伤别，是暗写分别之际折柳赠行之痛；言咸阳古道，音尘断绝，是明写分别之后登高企盼之苦；又是一重照应。秦娥对亲人悠悠不尽的思念，就通过这时序的跳跃，场景的转移，动态的变换，多时空、多侧面的种种映衬，立体而丰满地凸现出来。末二句积淀着深重的历史感慨，摄取了苍楚的政治观照，表面是写秦娥凭高望远时所见之景，背面却折射出了词人因怀才不遇而失望于政治、悲观于人生的满腔抑郁和愤懑。

【注释】

　　〔1〕忆秦娥：这个词调，始见于本篇，当是作者的首创。调名本身就是词题。忆，思念。秦娥，古代秦、晋之间 (今陕西、山西一带) 称美女为娥。本篇中的"秦娥"，是唐代京城长安 (属于古秦地，即今西安) 城里的一位少妇。调名即词题的含义是"思念秦娥"，词的内容却是写"秦娥的思念"。对秦娥的思念通过拟写秦娥怀人的方式曲折地表达出来，词的感情波澜就呈现为双向流动之势，俨然有"一种相思，两处闲愁" (宋李清照《一剪梅》词句) 的弦外音。需要注意的是，这"秦娥"不是作者的妻子，只是一切因夫婿远行而独守空闺的都市思

妇的艺术典型。词中所写,乃"人之常情",但这"常情"中不可避免地融会了作者自己的某些生活体验。

〔2〕李白 (701—762),字太白,号青莲居士,绵州昌隆 (今四川江油南)人。青少年时期博览群书,又击剑任侠,轻财重义,有辅佐君王、匡济天下的政治抱负。唐玄宗开元十三年 (725) 起出川漫游,十六年中足迹半天下。天宝元年 (742),由于道士吴筠等人的推荐,他受到唐玄宗的嘉赏,供奉翰林 (充当皇帝身边的文学侍从)。因傲视权贵而遭谗言诋毁,仅一年余就被迫辞职离开长安。"安史之乱"时,应聘入永王李璘幕府,参加讨伐叛军的军事活动。李璘不听朝廷的指挥,被唐肃宗怀疑为图谋不轨,派兵攻灭,他也受牵连获罪,流放夜郎 (今贵州正安北)。中途遇大赦东归。最后客死于当涂 (今属安徽)。他是唐代,也是中国历史上最伟大的诗人之一,与杜甫齐名。诗风豪迈雄奇,瑰丽多姿,富有积极浪漫主义色彩。有《李太白集》。存词十余首,散见于宋无名氏编《尊前集》、黄昇编《唐宋诸贤绝妙词选》等,但真伪莫辨,历来聚讼纷纭,至今尚无定论。这首《忆秦娥》,宋人多认为是他的手笔。

〔3〕相传春秋时期有萧史者善吹箫,能招来孔雀、白鹤。秦穆公的女儿弄玉也爱吹箫,穆公遂将她嫁给萧史。婚后,萧史教弄玉吹箫,声似凤鸣,引来凤凰。穆公为他们建造了凤台,二人住台上数年不下,后来一同随凤凰飞去。说见汉代刘向《列仙传》。以上二句从这个典故化出,但已不再粘着于萧史、弄玉的故事,而是写秦娥月夜梦醒,思念阔别的情侣,拈箫吹弄,其声凄咽。先写箫声,后出吹箫之人,是倒卷帘的笔法。

〔4〕自本篇开始,《忆秦娥》一调上下片第三句例多重复前句末三字。下文"音尘绝"同此例。这是此曲演唱时的特殊需要。

〔5〕灞 (bà 霸) 桥:在长安东面灞水上。自长安东行,必经此处。汉、唐时人送客到此,有折柳条赠别的风俗。说见南朝梁、陈间 (一说唐) 无名氏撰《三辅黄图》、五代王仁裕《开元天宝遗事》。

〔6〕乐游原:又名乐游苑。在今西安东郊。本是秦代的宜春苑,汉宣帝时在此修建乐游庙,始有"乐游"之名。唐代,乐游原的西北部在长安城内。武则天统治时期,她的女儿太平公主在此建造亭阁。其地势高而平,可以远眺,并可以俯瞰长安全城。每逢佳节,长安的士女们多到这里来游赏。 清秋节:天气清肃的秋日。此处又可特指农历九月九日重阳节。古代风俗,人们在这一天登高、饮菊花酒,传说可以消灾免祸。

〔7〕咸阳古道:咸阳是秦代的都城 (旧址在今陕西咸阳东北),在长安西北。自长安向西北方去,须经这条古老的道路。音尘:音讯。 以上二句是说,夫婿远赴西北地区 (盛唐时期,帝国在西北方拓土开边,有许多文士和武士在那里

从事汉民族和少数民族间的军事、外交活动),杳无音讯,秦娥于重阳佳节登乐游原,目光循着咸阳古道向远方眺望。

〔8〕残照:夕阳。

〔9〕汉家陵阙 (què 确):咸阳北原上,有西汉十一个皇帝的陵墓,绵延百里,基本上处在同一条直线。阙,古代宫室、陵墓建筑物的对称形门楼。 本篇押同一部仄声 (且是入声) 韵,韵脚分别为"咽"、"月"、"月"、"别"、"节"、"绝"、"绝"、"阙"。

渔　父 [1]（五首选一）

〔唐〕张志和 [2]

西塞山前白鹭飞 [3]，桃花流水鳜鱼肥 [4]。青箬笠 [5]，绿蓑衣 [6]，斜风细雨不须归 [7]。

【题解】

唐代宗大历十年 (775) 前后，张志和在湖州(今属浙江)刺史颜真卿那里作客，饮宴间创作了五首《渔父》词，这是其中的第一首。唐人同题材的诗词甚多，但最为脍炙人口的还要数张氏此词和柳宗元的《江雪》诗（"千山鸟飞绝，万径人踪灭。孤舟蓑笠翁，独钓寒江雪。"）它们都是作者自我形象与人格的写照，所反映的价值取向和人生追求却大不相同。张词是"出世"的道家之辞，声情舒缓平和，如行云流水，表现了作者的超尘绝俗，与世无争；柳诗则是"入世"的儒家之辞，声情拗怒激越，如敲金击石，表现了作者的愤世疾俗，与时抗争。

【注释】

〔1〕渔父：字面义即"渔翁"。这个词调的作品，以张志和五首为最早，当是他的首创。调名本身就是词题。同时及后世作家用此调填词，一般也都以渔父生活为主题，表现隐逸情趣。又称《渔歌子》，是后起的别名。但敦煌词中另有四首《渔歌子》，格律与此差别很大，二者异调同名，不容相混。

〔2〕张志和 (约 730—约 810)，字子同，号玄真子，又号烟波钓徒，婺州金华 (今属浙江) 人。十六岁时入太学 (国家级学府之一)。以明经擢第 (明经，是以儒家经典著作为内容的科举考试名目)。因献策论政得到唐肃宗的赏识，待诏翰林 (充当皇帝的文学侍从)。授左金吾卫录事参军 (京城警备部队中的文职官员)。贬官任南浦县 (今四川万县) 尉 (掌管督收租税)。后隐居江湖。今存词五首，附见于唐代李德裕的《会昌一品集》。这五首词写得旷逸潇洒，不仅当时在中国盛传，后四五十年间还流播海外，日本嵯峨天皇及皇女智子内亲王、著名学者滋野贞主都有摹仿之作。

〔3〕西塞山：即今浙江湖州西南慈湖镇的道士矶。　白鹭：水鸟名。毛色雪

白，长喙，长颈，长腿。好群居。春夏季活动于湖沼、水田，主食小鱼等水生动物。

〔4〕桃花流水：桃花的花瓣随水波漂流。 鳜 (guì 贵) 鱼：俗称"桂鱼"。大口，细鳞，青黄色，有黑色斑纹，背鳍硬棘发达，肉质鲜嫩。

〔5〕箬 (ruò 若) 笠：用箬竹叶作为隔水材料制成的遮雨用的斗笠。箬竹叶片长大，也就是裹粽子的粽叶。

〔6〕蓑 (suō 梭) 衣：用蓑草编制的雨披。

〔7〕本篇押用同一部平韵，韵脚分别是"飞"、"肥"、"衣"、"归"。

忆 江 南 [1] (三首选一)

〔唐〕白居易 [2]

江南好，风景旧曾谙 [3]。日出江花红胜火 [4]，春来江水绿如蓝 [5]。能不忆江南 [6]？

【题解】

词人青少年时期就曾旅居江南，自四十四岁至五十五岁，又先后在江南西道的江州(今江西九江一带)、江南东道的杭州、苏州等地做过官，江南的美丽风光给他留下了深刻的印象，使他恋恋不能忘怀。晚年在北方，他写过不少忆念江南的诗歌篇章，《忆江南》词三首就是其中广为传诵的一组。它们约作于唐文宗开成三年(838)前后，当时词人六十七岁左右，正以太子少傅分司洛阳(领干薪在洛阳养老)。这里所录，是组词的第一首。"日出"两句，线条粗犷明快，设色鲜艳浓烈，凸现了春和景明时的江花江水，有彩版画的艺术效果。不数十年，它也曾传播到东瀛。公元九世纪末，日本第一醍醐天皇时期，皇子兼明亲王作《忆龟山》云："忆龟山。龟山久往还。南溪夜雨花开后，西岭秋风叶落间。能不忆龟山？"就明显是摹拟白词。

【注释】

〔1〕忆江南：作者自注说"此曲亦名《谢秋娘》"。可见，这是他根据自己所要表达的主题，为旧曲另拟的新名。

〔2〕白居易(772—846)，字乐天，号香山居士，华州下邽(今陕西渭南市北)人。唐德宗贞元十六年(800)进士，十九年(803)又中书判拔萃科(封建王朝特设的考试科目之一)。历官德宗至武宗等七朝。在地方上曾任江州司马(州长官手下的助理之一)，杭、苏等州刺史(州的长官)等。在朝廷中曾任翰林学士(文学侍从)、知制诰(负责为皇帝起草文件的官员)等。武宗会昌二年(842)以刑部尚书(中央政府部级长官之一)的头衔致仕(退休)。他是唐代继李白、杜甫之后的又一个大诗人，早期写过不少针砭政治黑暗、同情人民疾苦的现实主义的

诗歌。作品语言通俗，相传"老妪能解"（没有文化的老太太也能听懂）。有《白氏长庆集》。今存词近三十首，见本集及《尊前集》等，词风流丽清朗。

〔3〕旧曾谙（ān 安）：过去曾经饱览。谙，熟悉。

〔4〕江花：江边的鲜花。 胜：赛过。

〔5〕蓝：植物名，种类很多，叶子可以用来制作青绿色的染料。

〔6〕本篇押用同一部平韵，韵脚分别是"谙"、"蓝"、"南"。

梦 江 南 [1] （二首选一）

〔唐〕皇甫松 [2]

兰烬落 [3]，屏上暗红蕉 [4]。闲梦江南梅熟日 [5]，夜船吹笛雨潇潇 [6]。人语驿边桥 [7]。

【题解】

本篇与前面那首白居易的词，曲调相同，主题相似，但风采却迥然有别。白词之美在"明朗"，此词之美在"朦胧"。雨帘掩蔽下的江船是朦胧的，雨帘掩蔽下的驿、桥乃至桥上的人也是朦胧的。而这一切连同雨帘，又笼罩在夜幕之中。而这一切连同雨帘、夜幕，又隐没在梦云缥缈之中。雨朦胧，夜朦胧，梦朦胧，朦胧而至于三重，真是极迷离惝恍之至了。还有那笛声，那人语。笛声如在明月静夜高楼，当然清越浏亮，但在潇潇夜雨江船，却不免呜呜然，闷闷然。人语如在万籁俱寂中侧耳谛听，虽则细细焉，絮絮焉，也可得闻，但一与雨声、笛声相混，便隐隐约约、断断续续、若有而若无了。这些听觉印象倘若转换为视觉形象，仍不外乎那两个字——"朦胧"。单读这首，很容易使人认为作者所怀念的是江南之地；其实，他主要是怀念他所爱的江南之人。请看组词的另一首："楼上寝，残月下帘旌。梦见秣陵惆怅事，桃花柳絮满江城。双髻坐吹笙。"那喁喁私语于驿边桥上的"人"，该就是词人和他所钟情的那位梳着"双髻"（这发型表明她未婚待嫁）的"秣陵"（今南京）少女吧？

【注释】

〔1〕梦江南：即《忆江南》。唐肃宗时，崔令钦撰《教坊记》，所载玄宗开元年间教坊曲名中，已有《梦江南》。但不知是否就是这个曲调。如果是的话，那么本篇就是赋这词调的本意。如果不是，那么本篇该是根据文义为旧曲另拟了新名。

〔2〕皇甫松："松"一作"嵩"，字子奇，号檀栾子，睦州（今浙江建德一

带) 人。中唐时期文学家皇甫湜之子，宰相牛僧孺之表甥。皇甫湜和牛僧孺年辈
与白居易相近，因此，他生活的时代应比白居易晚二三十年甚至更多。
撰有笔记杂著《醉乡日月》、文学作品《大隐赋》。今存词二十余首，散见于
五代十国时后蜀赵崇祚编《花间集》、宋无名氏编《尊前集》。

〔3〕兰烬 (jìn 尽)：烛芯或灯芯的残烬。

〔4〕屏：屏风。 红蕉：指屏风上所画的红色的美人蕉花。 以上二句写夜
已深，香烛 (或灯) 烧残，烧焦了的烛 (或灯) 芯没人去剪，自卷、自垂、自落，
余光摇曳不定，卧室屏风上红蕉花的颜色也随着昏暗下来。

〔5〕梅熟日：指农历四五月间梅子黄熟之时。这时江南地区阴雨连绵，俗
称"黄梅雨"。

〔6〕潇潇：形容暴雨或小雨。根据全词的意境和氛围，这里应取后者。

〔7〕语：用作动词，说话。 驿 (yì 译)：古时官办的客站，主要供过往的官
员和传递公文的信使暂住或换马用。 本篇押用同一部平韵，韵脚分别是"蕉"、
"潇"、"桥"。

梦 江 南

〔唐〕温庭筠 [1]

梳洗罢，独倚望江楼 [2]。过尽千帆皆不是 [3]，斜晖脉脉水悠悠 [4]。肠断白蘋洲 [5]。

【题解】

这首词写一位思妇自早晨起便倚楼望江，希望能看到她远行的夫婿乘船归来。可是征帆过尽，夕阳西下，她的期待却落了空，好不伤心！它的构思，似有取于同时代前辈作家赵微明的《思归》诗："犹疑望可见，日日上高楼。惟见分手处，白蘋满芳洲。"温庭筠词大多镂金错彩、精艳丽密，这首却不加藻饰，清疏流畅，是个例外。"斜晖"七字以景写情，尤有神韵。

【注释】

〔1〕温庭筠 (yún 云) (约812—866)，字飞卿，太原 (今属山西) 人。他多才多艺，擅长于诗赋歌词，才思敏捷，能走笔成万言；精通音乐，善鼓琴吹笛。但不守礼法，不拘小节，因此累举进士而不得登第。做过山南东道 (首府在襄阳，今湖北襄樊) 节度巡官 (军区长官节度使的属官)，方城 (今属河南)、随县 (今湖北随州) 县尉，国子助教 (国家级学府之一的国子学里的辅佐教官) 等官，都不甚得志。有《温飞卿集》。诗与同辈作家李商隐齐名，号"温李"。词与年辈稍晚的另一位大词人韦庄并称"温韦"。今存词约七十首左右，大都见于《花间集》。多为代言体，多写闺情，辞采秾艳。近代著名学者王国维撰《人间词话》，曾拈用他《更漏子》词中的"画屏金鹧鸪"句来概括他的词风。

〔2〕望江楼：临江可以眺望江景的高楼。

〔3〕千帆：泛指许许多多的帆船。 皆不是：都不是 (女主人公所盼望的那条船)。

〔4〕斜晖 (huī 辉) 脉脉 (mò mò 漠漠)：写夕阳的余辉倒映在江水中，波光

粼粼，仿佛是脉脉含情的眼波在闪动。脉脉，本字是"眽眽"，形容含情凝视的状貌。

〔5〕白蘋 (pín 频) 洲：开满白蘋花的江边洲渚。蘋，浅水生植物，叶有长柄，柄端四片小叶成田字形，花小而白。据〔题解〕栏所引赵徵明诗，"白蘋洲"可指"分手处"。又，古代女子有春暮采白蘋赠给情侣以表示爱情的习俗。这句是说，女主人公瞥见白蘋洲，想到昔日的恋爱，后来的离别，悲伤得柔肠寸断。近代李冰若《花间集评注》曾批评说："飞卿此词末句，真为画蛇添足，大可重改也。'过尽'二语既极怊怅之情，'肠断白蘋洲'一语点实，便无余韵。惜哉惜哉！"这意见有一定道理。如果改用隐含情思的写景语句作结尾，空灵、含蓄些，可能更有韵味。 本篇押用同一部平韵，韵脚分别是"楼"、"悠"、"洲"。

思 帝 乡

〔唐〕韦 庄 [1]

春日游，杏花吹满头。陌上谁家年少 [2]？足风流 [3]。妾拟将身嫁与 [4]，一生休 [5]。纵被无情弃 [6]，不能羞 [7]。

【题解】

春天。郊外。人们尽情地踏青游赏。片片杏花随风飘舞，落得人满头满身都是花瓣。一位少女看中了路上的一个英俊少年，心想如能嫁给他，这辈子就满足了，哪怕被他无情地抛弃，也没什么可羞耻的。这首词通过对少女心理活动的传神描写，活泼泼地为我们塑造出了一个具有健全人格、渴望婚姻自主的女性的典型。这个典型在青年男女被剥夺了自由恋爱权利的封建社会里，有着特别的意义。词的风格泼辣爽朗，情调接近于自《诗经》以来的北方民歌。

【注释】

〔1〕韦庄 (836？—910)，字端己，长安杜陵 (今西安东南) 人。家贫而好学，才华过人。唐僖宗广明元年 (880)，在长安应科举，适逢黄巢起义军攻克洛阳、长安，陷身兵火。中和三年 (883) 在洛阳作长诗《秦妇吟》，闻名于时，人称"秦妇吟秀才"。后避乱南游长江中、下游地区。昭宗景福二年 (893) 回长安，次年 (乾宁元年) 中进士。仕唐官至左补阙 (职务是对皇帝进谏，向朝廷荐举人才)。天复元年 (901) 入蜀，为西川节度使 (蜀地的军政长官) 王建掌书记 (相当于文字秘书)。唐亡，王建在蜀称帝，史称前蜀，开国制度多由他拟定，屡官至吏部侍郎兼平章事 (宰相)。他是晚唐五代时期的重要诗人、词人。有《浣花集》。今存词五十余首，散见于《花间集》、《尊前集》等。他的《菩萨蛮》词中有"弦上黄莺语"之句，王国维《人间词话》就引用它来概括他的词风。

〔2〕陌 (mò 莫)：野外的道路。 谁家年少：不知哪家的小伙子。

〔3〕足：够。 风流：俊美多情。

〔4〕妾 (qiè 切)：古代女子对自己的谦称。 拟：打算，想要。 将身嫁与：

把自己嫁给他。与，给，这个介词后面省略了宾语。

〔5〕休：此处指心愿得遂后的罢休。

〔6〕纵：纵然，即便。

〔7〕本篇押用同一部平韵，韵脚分别是"游"、"头"、"流"、"休"、"羞"。

浣 溪 沙 [1]

〔唐〕薛昭蕴 [2]

倾国倾城恨有余 [3]。几多红泪泣姑苏 [4]。倚风凝睇雪肌肤 [5]。　　吴主山河空落日 [6]，越王宫殿半平芜 [7]。藕花菱蔓满重湖 [8]。

【题解】

这首词上片写西施天香国色，泪洒姑苏；下片慨叹吴越霸图，终归荒芜。草草读过，或觉前后文气不连贯。实则上片西施红泪雪肌、倚风凝睇的凄艳形象，是由下结"藕花"幻生出来。连锁上下片的暗扣在此。近代李冰若《花间集评注》称赞此词说："伯(义同'霸')主雄图，美人韵事，世异时移，都成陈迹。(下片)三句写尽无限苍凉感喟。此种深厚之笔，非飞卿辈所企及者。"自整体成就而言，薛词当然不能和温词相提并论；但本篇后半气象苍茫，笔力遒劲，确有独到之处，温、韦诸人，难与争锋。

【注释】

〔1〕浣 (huàn 幻) 溪沙：此调名，《教坊记》中已载，可见本是唐曲。又名《浣纱溪》。今浙江诸暨苎萝山下有浣纱溪，相传春秋时期的美人西施曾在这里浣洗纱线。今浙江绍兴的若耶溪别名也叫浣纱溪，得名由来与诸暨浣纱溪相同。这词调的命名，当与此有关。本篇咏西施及吴、越兴亡故事，似是用这词调的原始题意。

〔2〕薛昭蕴，生平不详。今存词十九首，见《花间集》。集中署为"薛侍郎昭蕴"。五代十国时人孙光宪撰《北梦琐言》载薛昭纬侍郎好唱《浣溪沙》词。"纬"、"蕴"字形相似，很可能是同一个人。昭纬，字纪化，河东 (今山西永济一带) 人。历官唐僖宗、昭宗两朝。曾任礼部侍郎 (中央政府掌管礼仪、祭祀、科举考试等事宜的部门的次长)、御史中丞 (中央监察机关的次长) 等职，后被贬为溪州 (今湖南永顺一带) 刺史。有文学才华，作品颇秀丽。

〔3〕倾国倾城：《汉书·外戚传》载汉武帝宫廷内的歌舞演员李延年唱过这样一首歌：“北方有佳人，绝世而独立。一顾倾人城，再顾倾人国。宁不知倾城与倾国？佳人难再得！”歌中夸张说这北方美人举世无双，她的眼波具有勾人魂魄的魅力，掉头一个飞眼就能让君王丢了城邑；再送一个飞眼，就能让君王丢了邦国。倾，倾覆。

〔4〕红泪：相传三国魏时，常山(今河北正定一带)女子薛灵芸容貌盖世，郡守用千金聘得，进献给魏文帝。灵芸登车上路之时，用玉唾壶承接泪水，泪为红色。到了京城，凝固如血。说见晋代王嘉撰《拾遗记》。后人遂用“红泪”指女子带血的眼泪。解作女子沾染了脸上红胭脂的眼泪，也可通。姑苏：苏州的别称，因城西南有姑苏山而得名。春秋时，吴国在这里建都。按春秋时期，吴、越两国争霸，越王勾践败给了吴王夫差，被迫和夫人一道给吴王当了三年奴仆。归国后，他发誓要报仇雪恨，听说夫差好女色，于是将本国苎萝山卖薪女、绝代佳人西施献给夫差，阴谋惑乱吴国的朝政。事见汉代赵晔撰《吴越春秋》，袁康、吴平辑《越绝书》。以上二句咏这件事。

〔5〕倚风：倚着栏杆立在风中。凝睇(dì弟)：凝神斜视。雪肌肤：《庄子·逍遥游》中说，遥远的姑射山上有神人，“肌肤若冰雪”。这里用来形容西施肌肤之白。

〔6〕吴主：这里主要指吴王夫差。公元前495—前473年在位。他即位之初曾在夫椒(古山名，在今苏州西南太湖中)大破越军，乘胜攻入越国境内，迫使勾践臣服。后来骄奢淫逸，杀忠臣伍子胥，宠幸西施，又向北扩张，与齐、晋等国争霸中原。终被勾践率越军乘虚而入。兵败自杀，国破家亡。

〔7〕越王：这里主要指勾践。前497—前465年在位。夫椒之败后，他卧薪尝胆，十年生聚(繁衍人口)，十年教训(教育国民，训练军队)，终于复仇灭吴，继而成为诸侯霸主。以上吴、越争霸的史实，详见《史记》中的《吴太伯世家》和《越王勾践世家》，及《吴越春秋》、《越绝书》。平芜：长满杂草的原野。以上二句是说，昔日吴王的山河，如今空有落日残照；当年越王的宫殿，现已大半废为荒野。

〔8〕藕花：荷花。菱蔓：菱草的蔓枝。菱，水生植物，果实即菱角。重(chóng)湖：指太湖。它曾是吴、越两国交兵的战场。湖附近有长荡、射、贵、滆等四个小湖相连通，故以“重”(重叠)来修饰它。本篇押用同一部平韵，韵脚分别是“余”、“苏”、“肤”、“芜”、“湖”。

生 查 子

〔前蜀〕牛希济 [1]

新月曲如眉 [2]，未有团圞意 [3]。红豆不堪看 [4]，满眼相思泪 [5]。　　终日劈桃穰 [6]，人在心儿里 [7]。两朵隔墙花，早晚成连理 [8]？

【题解】

这首词讴歌纯真的爱情。从它的情调来看，抒情主体应是一位女性。她和她所爱的人被那象征封建礼法的"墙"隔离开了，因此，她的眼眶里滚动着伤心的泪水。但是，"墙"只能隔住她的身，却隔不住她心中的思念。有情人何时才能成为眷属呢？她盼望着，不知有没有这一天。全篇交替使用形象的比喻和巧妙的双关语，富有南朝小乐府民歌的风味，清新婉转，婀娜多姿。

【注释】

〔1〕牛希济，陇西（今属甘肃）人。前蜀后主时，累官翰林学士、御史中丞。前蜀被后唐攻灭后，随后主入洛阳。因赋诗得到后唐明宗的叹赏，被任用为雍州（今西安一带）节度副使（军区副长官）。撰有属于儒家思想体系的著作《理源》。擅长诗词。今存词十四首，散见于《花间集》和明代杨慎编《词林万选》。

〔2〕新月：阴历月初的初弦月。　曲如眉：五代时女子画眉，有"月棱眉"、"却月眉"等样式。见《妆台记》（旧题唐宇文士及撰，不可信，时代、作者待考）。

〔3〕团圞（luán 峦）：团圆。　以上二句是以新月的不圆比喻恋人的不团圆。

〔4〕红豆：一名"相思子"。豆科植物，木质藤本。分布在南方地区。种子为卵形，朱红色，一端有三分之一为黑色。古人用它来象征或表示爱情、相思。不堪：不忍，忍受不了。

〔5〕以上二句是说，我已经因相思而满眼是泪水了，再看这"相思子"，怎么受得了呢？"满眼相思泪"也可以作双关语理解。红豆的形状本身就像人的眼

睛，那黑色的一端像瞳人，朱红色部分像满眼的红泪。

〔6〕劈桃穰 (ráng 嚷阳平)：劈开桃核，取出核里的穰 (果仁)。

〔7〕以上二句是说，成天都在想着自己所爱的那个人。"劈桃穰"并非真劈，只是一句隐语，巧借"仁"谐音双关"人"，以桃仁在桃核的心里，逗引出情人在我的心里。

〔8〕早晚：何时。 连理：两株植物的枝干纠结在一起，象征情侣的结合。本篇押用同一部仄韵，韵脚分别是"意"、"泪"、"里"、"理"。

巫山一段云[1]（二首选一）

〔前蜀〕李　珣[2]

古庙依青嶂[3]，行宫枕碧流[4]。水声山色锁妆楼[5]，往事思悠悠[6]。　　云雨朝还暮[7]，烟花春复秋[8]。啼猿何必近孤舟[9]？行客自多愁[10]。

【题解】

这是五代十国时期怀古词中的上乘之作，当写于925年前蜀覆灭后不久。词人乘一叶扁舟漂流三峡，春秋战国时代楚国的历史陈迹触发了他的亡国之痛。"啼猿"二句辞意深厚，神情怆楚，比起同时代一些就题敷衍、为怀古而怀古的作品来，真可谓血浓于水了。同调、同内容的篇什共两首，此处所录，是其中的第二首。

【注释】

〔1〕巫山一段云：此调名，《教坊记》中已载，可见本是唐曲。传说战国时楚怀王曾梦与巫山神女交欢，神女自称"旦为朝云，暮为行雨，朝朝暮暮，阳台之下"，即白天化身为云，傍晚化身为雨。说见南朝梁代萧统编《文选》所录战国楚人宋玉撰《高唐赋》。词调的命名，有取于此。本篇所赋，与这词调的原始题意有一定的联系。巫山，在今重庆巫山县东，夹长江两岸。最著名者有十二峰。

〔2〕李珣(xún 旬)(855? —930?)，字德润，祖先为波斯(今伊朗)人，家居梓州(今四川三台一带)。他的妹妹是前蜀后主王衍的昭仪(嫔妃一类)。他本人曾以秀才豫宾贡(被州郡政府作为优秀人才推举给朝廷)，因善作歌词得到后主的赏识。著有《琼瑶集》。今存词五十余首，散见于《花间集》、《尊前集》等。

〔3〕古庙：指巫山神女庙。据宋人范成大《吴船录》记载，庙在巫峡南岸的小冈上。传说神女名瑶姬，是西王母的女儿，称云华夫人，曾帮助大禹治水，因此世人为她建庙。　　嶂(zhàng 丈)：高而险、像屏障一样的山峰。

〔4〕行宫：指春秋战国时楚王的离宫，俗称"细腰宫"。据宋人乐史《太平

寰宇记》、陆游《入蜀记》，宫在巫山县西北，三面环山，南望长江。

〔5〕妆楼：兼指古庙中神女和行宫中美人的梳妆楼。

〔6〕往事：指楚国的历史兴亡之事。前蜀后主王衍就是因为荒淫酒色才亡国的，词人对此深有感慨，所以他在凭吊楚国的古迹时，特别拈出"妆楼"这一与女色有关的建筑物。春秋时，楚灵王喜欢细腰美女，"细腰宫"由此而得名。战国时，楚怀王梦交巫山神女，更是好色的典型范例。楚国的灭亡，虽有政治、军事、外交诸方面复杂的原因，但楚王们的耽于女色也是一个不容忽视的因素。

〔7〕语典出于《高唐赋》，详见注〔1〕。

〔8〕烟花：远望去如烟似雾的大片大片的花儿。 以上二句是说，楚王的风流韵事，楚宫的繁华艳史，早就消逝，惟有巫山的云雨，朝朝暮暮，生灭不已，江岸的烟花，春春秋秋，开谢无休，勾引人们的遐想。

〔9〕啼猿：北魏郦道元《水经注·江水》篇说，三峡中每当秋霜凝结的清晨，常有猿声长啸，凄厉哀转，回荡在空谷间，渔歌这样唱道："巴东三峡巫峡长，猿鸣三声泪沾裳。"

〔10〕行客：离家出行在外的人，这里是作者自指。 以上二句是说：山猿为什么一定要贴近我这孤零零的客船哀鸣呢？我的愁苦本来就够多的了！ 本篇押用同一部平韵，韵脚分别是"流"、"楼"、"悠"、"秋"、"舟"、"愁"。

江 城 子 [1]

〔后蜀〕欧阳炯 [2]

晚日金陵岸草平 [3]。落霞明，水无情。六代繁华 [4]，暗逐逝波声 [5]。空有姑苏台上月 [6]，如西子镜 [7]，照江城 [8]。

【题解】

唐人刘禹锡诗曰："山围故国周遭在，潮打空城寂寞回。淮水东边旧时月，夜深还过女墙来。"(《石头城》) 这是写金陵怀古。李白诗曰："旧苑荒台杨柳新，菱歌清唱不胜春。只今惟有西江月，曾照吴王宫里人。"(《苏台览古》) 这是写姑苏怀古。欧阳炯此词，妙在一箭双雕，熔两地怀古为一炉。如拘泥于常格，对大江石城而感喟六朝往事，却横空牵入姑苏台上月、吴越旧春秋，岂不是走题了？殊不知他后三句一笔拓开多少历史空间和地理空间，正是出奇制胜的精彩之笔呢！况且，月上东山，那一轮明镜不就是从苏州方向冉冉升起，转来俯照江城金陵的吗？——词人的构思，自有脉络可寻，并非不讲文气，如野马脱缰似地一味疯跑。

【注释】

〔1〕江城子：这个词调应是由咏江城之事而得名。"子"是曲名后缀。本篇用原始题意，咏扬子江畔的古城金陵。

〔2〕欧阳炯 (896—971)，"炯"一作"迥"，成都人。前蜀后主时，官中书舍人 (负责制订政策的机关中书省内的中级官员)。国亡，随后主降后唐，任秦州 (今甘肃天水一带) 从事 (州郡长官的副手)。后来返回蜀地。孟知祥建后蜀，他又被任用为中书舍人。后蜀后主时，累官至门下侍郎，兼户部尚书，同平章事 (宰相)。后蜀国亡，从后主孟昶归宋，官至翰林学士、左散骑常侍 (没有实际职权的高级官员)。擅长于文章诗词，善吹长笛。曾为《花间集》作序。今存词近五十首，见该集及《尊前集》。

〔3〕晚日：夕阳。 金陵：今南京。战国时，楚威王灭越国，始置金陵邑。三国时，东吴定都于此，名建业。晋时改名建康。东晋、南朝宋、齐、梁、陈等王朝都以此为都城。

〔4〕六代：即以上六个在金陵建都的封建朝代。

〔5〕逐：追随。 逝波：流走的水波 。 以上二句是说，六代繁华在不知不觉中随着长江流水一去不复返了。

〔6〕姑苏台：故址在今苏州西南的姑苏山上。相传为春秋时吴王夫差所建，三年聚材，五年完工，耗费了巨大的人力物力，致使吴国民不聊生。事见《吴越春秋·勾践阴谋外传》、《越绝书·越绝内经九术》）。

〔7〕西子：即西施。参见前薛昭蕴《浣溪沙》词注〔4〕。

〔8〕按吴王夫差奢侈好色，终于亡国。而六代的君主中，也不乏相同的典型，如齐东昏侯萧宝卷、陈后主叔宝等。因此，以上三句借助如西子妆镜般的苏台明月，将这两段历史沟通起来，以见淫乐亡国的教训真是千古同辙。 本篇押用同一部平韵，韵脚分别是"平"、"明"、"情"、"声"、"城"。

鹊 踏 枝

〔南唐〕冯延巳 [1]

　　萧索清秋珠泪坠 [2]。枕簟微凉 [3]，展转浑无寐 [4]。残酒欲醒中夜起 [5]，月明如练天如水 [6]。　　阶下寒声啼络纬 [7]。庭树金风 [8]，悄悄重门闭 [9]。可惜旧欢携手地，思量一夕成憔悴 [10]。

【题解】

　　这首小词写离别后的相思。作者为抒情女主人公设置了一个寂寞、凄清的典型环境——秋夜不眠、醉解寒生之际，深院无人、虫声月色之中。此时此地，她披衣出户，徘徊庭园，想起昔日与所爱的人在这里携手漫步的欢会情景，心绪更加悲苦。末句夸张说，一夜相思就使人变憔悴了，自是入骨情语，浑厚而凝重。

【注释】

　　〔1〕冯延巳 (903 或 904—960)，一名延嗣，字正中，广陵 (今江苏扬州) 人。年轻时即能文学，多才艺。受到执掌吴国军政大权的李昇 (当时名叫徐知诰，即后来的南唐烈祖) 的赏识，与李昇之子李璟 (当时名景通，即后来的南唐中主) 游处。李昇废吴自立，建南唐国后，他在李璟元帅府掌书记。李璟即位后，特予重用，累官至左仆射同平章事 (宰相)。他工诗，善书法，而尤以词著称，与南唐后主李煜齐名，号"冯李"。有《阳春集》。今存词一百二十余首，但有一些与其他作家如温庭筠、韦庄、晏殊、欧阳修等的作品相混。所作能以凄清调和绮丽，风神绵邈，王国维《人间词话》曾拈出其《菩萨蛮》词中"和泪试严妆"句概括其词品。他这种创作风格，对北宋晏殊、欧阳修一派影响颇大，清人刘熙载《艺概·词曲概》说，晏得其俊，欧得其深。

　　〔2〕萧索：萧条，冷落。　珠泪：双关语。既实指女主人公的眼泪，又喻指露水。

　　〔3〕簟 (diàn 店)：竹席。　凉：字面是说入秋后睡竹席已有凉意，实亦暗示

女主人公心境的凄凉。

〔4〕展转：形容人在床上翻来覆去。 浑：还。作"全然"解，亦通。 无寐 (mèi 妹)：睡不着。

〔5〕残酒：残存的醉意。 中夜：半夜。 起：起床。

〔6〕月明如练：南朝梁萧绎《春别应令》诗四首其一："昆明夜月光如练。" 练，经过水煮的工艺处理，变得柔软、洁白的熟绢等纺织品。 天如水：形容夜空像水一样澄澈。

〔7〕本句倒装，即"阶下络纬啼声寒"。 络纬，虫名，俗称"纺织娘"。形似蝗虫，斑色，有薄翅数重，夏历六月，振翅发声。与蟋蟀同类，因此古代文学作品中也混用以指蟋蟀，本篇就是一例。蟋蟀于初秋·七月天气转凉时开始发声，故称"寒声"；同时，"寒"字与前"凉"字一样，也有折射女主人公情绪的功用。

〔8〕金风：秋风。古人以五行 (金、木、水、火、土) 配四季，"金"与"秋"相对应，故可代"秋"。

〔9〕悄悄：形容寂静。 重 (chóng) 门：两道以上的门。

〔10〕本篇押用同一部仄声韵，韵脚分别是"坠"、"寐"、"起"、"水"、"纬"、"闭"、"地"、"悴"。

虞 美 人

〔南唐〕李　煜 [1]

　　春花秋月何时了 [2]？往事知多少 [3]！小楼昨夜又东风 [4]，故国不堪回首月明中 [5]。　　雕阑玉砌应犹在 [6]，只是朱颜改 [7]。问君能有几多愁 [8]？恰似一江春水向东流 [9]。

【题解】

　　十九世纪德国哲学家尼采著《苏鲁支语录》中说："凡一切已经写下的，我只爱其人用血写下的。"王国维《人间词话》援引此语并曰："后主之词，真所谓以血书者也。"这首词尤为典型。它当作于宋太宗太平兴国三年 (978) 的春天，其时，词人以亡国俘虏的身分被软禁在北宋都城东京 (今河南开封) 已经是第三个年头了。当年七月，他就被毒杀。致使他遭此惨祸的因素很多，作此词以抒发沉痛的故国之思，也是他为宋统治者所不容的一个重要原因 (详见宋人王铚《默记》)。词的最后两句，用"一江春水"比喻"愁"的浩浩荡荡、永无休止，将一种看不见、摸不着的情绪写得历历如在目前，堪称千古警策。关于对这首词的总体评价，详见本书前言。

【注释】

　　〔1〕李煜 (yù 玉) (937—978)，字重光，号钟山隐士，简称钟隐，金陵人。南唐中主李璟之子。他于宋太祖建隆二年 (961) 即位，在位十五年，奢侈享乐，沉湎酒色，政治上无所作为。开宝八年 (975)，国亡于宋。被掳至东京，度过了几年屈辱的俘房生活，最终因心怀怨愤，为宋太宗所忌，用毒药杀害。史称南唐后主。他在文学艺术的各个方面都有着杰出的才华，能书善画，精通音律，擅长诗词，而词的成就最高。南宋初，有人辑录其词，与其父李璟词合刻，名《南唐二主词》。今存词四十余首，其中某些作品的真伪还有待于考证。

　　〔2〕这句是说，春天的鲜花，秋天的明月，周而复始，什么时候才能了结？
　　〔3〕这句承上，谓和鲜花、明月联系在一起的美好往事，追忆起来只能令

人感到痛苦的往事，不知有过多少！

〔4〕又东风：又刮起了东风。"又"字应重读。怕见春天，无奈春天偏又降临人间。

〔5〕月明：即"明月"，明亮的月光。为配合乐律而颠倒了词序，定语"明"后置。

〔6〕雕阑 (lán 栏) 玉砌：雕刻、彩画的栏杆，白玉般的石头台阶。指故国金陵的华丽宫殿。　应犹在：应当还在，没有被破坏。

〔7〕朱颜：红润的面容。指自己的青春容颜。　　这句是说自己因忧伤而憔悴衰老了。

〔8〕问君："君"，古汉语第二人称敬辞，相当于"您"。这里字面是问人，其实是自问。

〔9〕本篇两句一换韵，共押了四部不同的韵，两仄两平相间。

渔 家 傲

〔宋〕范仲淹 [1]

　　塞下秋来风景异 [2]，衡阳雁去无留意 [3]。四面边声连角起 [4]。千嶂里 [5]，长烟落日孤城闭。　　浊酒一杯家万里 [6]，燕然未勒归无计 [7]。羌管悠悠霜满地 [8]。人不寐 [9]，将军白发征夫泪 [10]。

【题解】

　　自宋仁宗康定元年 (1040) 至庆历三年 (1043) 春，词人率军驻守陕西，抗御西夏党项族政权的军事入侵，这首词当作于康定二年 (1041，同年十一月改庆历元年) 或庆历二年 (1042) 的秋天。唐五代北宋词多写倚红偎翠的男女艳情，范氏此作，以边塞景色、军旅生活入乐，境界阔大，格调苍凉，不啻是向充斥着脂粉气息的词坛吹进了一股清风。诚然，同题材的词作，前人偶亦有之，如唐代戴叔伦的《转应曲》："边草，边草，边草尽来兵老。山南山北雪晴，千里万里月明。明月，明月，胡笳一声愁绝。"前蜀牛峤的《定西番》："紫塞月明千里，金甲冷，戍楼寒，梦长安。　　乡思望中天阔，漏残星亦残。画角数声呜咽，雪漫漫。"虽也不失为佳作，但属艺术虚构，总不如范词之实写亲身所历所感来得真切。不过，若与盛唐那些意气飞扬的边塞诗相比，则范词又稍嫌衰飒。这是因为北宋国力远逊盛唐，在民族战争中处于劣势地位的缘故。

【注释】

　　〔1〕范仲淹 (989—1052)，字希文，苏州吴县 (今属江苏) 人。宋真宗大中祥符八年 (1015) 进士。历事真宗、仁宗两朝。庆历三年任参知政事 (副宰相)，力图革新政治。因遭守旧派官僚的阻挠，未能成功。五年 (1045)，出任陕西四路沿边安抚使 (西北地区的军政长官)、知邠州 (今陕西彬县一带，知州是州级长

官）。后来徙知邓（今河南邓州一带）、杭等州。六十四岁时病死于赴官途中。谥"文正"。有《范文正公集》。今存词五首，散见于《范文正公集补编》、宋龚明之《中吴纪闻》、元李治《敬斋古今黈》等。传世作品虽寥寥无几，但多属精品，清婉、悲壮兼而有之。

〔2〕塞下：边塞地区。　风景异：风光与内地有很大的差异。

〔3〕这句是说，大雁离开边塞，向南方飞去，毫不留恋。言下有人不如雁、不能南归之意。　衡阳：今属湖南。境内南岳衡山有回雁峰，相传大雁南飞至此而止。

〔4〕汉代李陵《答苏武书》："胡地玄冰，边土惨烈，但闻悲风萧条之声。凉秋九月，塞外草衰。夜不能寐，侧耳远听，胡笳互动，牧马悲鸣，吟啸成群，边声四起。晨坐听之，不觉泪下。"本篇意境，与此多同，本句尤为明显，似有化用的痕迹。　边声：边塞所特有的声响，如风吼、马嘶、胡笳（北方少数民族的一种管乐器）吹奏之类。　连角起：伴和着军中号角声响起。古代军号，以牛角为之。

〔5〕里：繁体作"裏"，与下片首句末的"里"字不是同一个字，因此并非重复押韵。

〔6〕浊酒：古代用谷物酿酒，酿成后未经滤漉、浑悬有糟粒的酒叫作浊酒，质量比滤过的清酒低。

〔7〕燕（yān烟）然未勒：燕然，山名，即今蒙古人民共和国境内的杭爱山。勒，刻。《后汉书·窦宪传》载，东汉和帝永元元年（89），车骑将军窦宪率兵大破北匈奴，"登燕然山，去塞三千余里，刻石勒功，纪汉威德"。　归无计：没有法子回家乡。　以上二句是说，未能击溃西夏军队，回不了家，只好借酒浇愁。

〔8〕羌（qiāng枪）管：羌笛。原出西北羌族。长二尺余，三或四孔。　悠悠：这里形容羌笛声哀怨悠长。

〔9〕不寐：失眠。

〔10〕这句是说，将军愁白了头发，士兵伤心落泪。　本篇押用同一部仄韵，句句皆叶。

望 海 潮 [1]

〔宋〕柳 永 [2]

　　东南形胜 [3]，三吴都会 [4]，钱塘自古繁华 [5]。烟柳画桥 [6]，风帘翠幕 [7]，参差十万人家 [8]。云树绕堤沙 [9]。怒涛卷霜雪 [10]，天堑无涯 [11]。市列珠玑 [12]，户盈罗绮 [13]，竞豪奢 [14]。　　重湖叠巘清嘉 [15]。有三秋桂子 [16]，十里荷花 [17]。羌管弄晴 [18]，菱歌泛夜 [19]，嬉嬉钓叟莲娃 [20]。千骑拥高牙 [21]。乘醉听箫鼓 [22]，吟赏烟霞 [23]。异日图将好景 [24]，归去凤池夸 [25]。

【题解】

　　宋人杨湜《古今词话》记载，柳永欲谒见杭州地方长官孙何，因门卫森严不得进，遂作此词交给名妓楚楚演唱于孙何宴席之上，以为进见阶梯。据今人吴熊和先生考证，此词涉及的地方长官应是孙沔，而非孙何。词当作于仁宗至和二年（1055）秋，其时孙沔知杭州。全篇扣紧杭州的"形胜"和"繁华"作文章，两条线索有分有合，交叉写来，秩序井然，一笔不懈。以都市风光入词，以骈赋句格（主要特征是多用对仗，尤其是四言对仗）为词，无论是在词的题材方面还是在词的技法方面，都有开拓意义。当然，词中也有奉承达官的庸俗内容、粉饰太平的消极因素，未应不加批判地全盘肯定；但它讴歌了祖国的锦绣河山，曲折地反映了由劳动人民所创造的物质文明，其社会认识价值主要当于此处求索。相传一百六十年后，金主完颜亮之所以大举南侵，就是因为听此歌曲，有慕于杭州的"三秋桂子，十里荷花"（当时南宋建都临安，即杭州）。故南宋谢处厚诗云："谁把杭州曲子讴？荷花十里桂三秋。那知卉木无情物，牵动长江万里愁！"（见宋罗大经《鹤林玉露》）这近似小说家言，不可以为信史，然而柳词流播之广，动人之深，却是毋庸置疑的。

【注释】

〔1〕望海潮：此调始见于本篇，当是作者的首创。杭州钱塘海潮为天下奇观，词咏杭州而以此为曲名，名、实之间自有一定的联系。

〔2〕柳永（985前—1053前后），原名三变，字耆卿，建州崇安（今福建武夷山市）人。精通音律，善制歌词。教坊乐工每得新腔，多求他为词，往往风行天下。曾因进士考试落榜而撰《鹤冲天》词，有"忍把浮名，换了浅斟低唱"的牢骚语。后来虽考试合格，但放榜时，君主特意将他黜落，说："此人风前月下，好去'浅斟低唱'，何要'浮名'？且填词去。"于是，他遂自称"奉旨填词"。至景祐元年（1034）始登进士第，其时他已经五十多岁了。此后，曾任睦州（今浙江建德一带）推官（州级长官的助理）、泗州（今江苏盱眙一带）判官（性质同前）、余杭（今属浙江）令（县长）等差遣。一生漂泊，很不得志。有《乐章集》。今存词二百一十余首。

〔3〕形胜：地理位置重要、地形险要、山川美丽、物产富饶的地方。

〔4〕三吴：吴郡、吴兴、会稽（分别相当于今江苏苏州、浙江湖州、绍兴一带）。一说为吴郡、吴兴、丹阳（分别相当于今苏州、湖州、南京一带）。泛指今江、浙地区。　都会：大城市，区域性政治、经济中心。

〔5〕钱塘：秦代置钱唐县，南朝陈立钱唐郡。隋改杭州，治钱唐县。唐时因其名与国号相犯，遂加"土"旁为"钱塘"。这里即指杭州。　以上三句说，杭州是东南形胜之地，江浙一方重镇，自古以来就很繁华。

〔6〕烟柳：千万条柳枝飘拂，远望去缥缈如烟雾，故称。　画桥：有雕画装饰的桥梁。

〔7〕风帘：在风中飘摆的帘幕。　翠幕：用翠鸟羽毛装饰的帘幕。

〔8〕参差（cēn cī）：形容人家房屋高高低低、错落不齐。　以上三句写"繁华"。

〔9〕云树：远望去与云天相接的树林。　堤沙：指钱塘江的堤岸和沙滩。

〔10〕霜雪：喻指雪白的浪花。

〔11〕天堑（qiàn欠）：天然形成的壕沟。指钱塘江。　涯：水的边际。　以上三句写"形胜"。钱塘江在杭州入海，由于入海口呈喇叭形，外宽内狭，海潮倒灌时受到约束，形成涌潮，潮头壁立，波涛汹汹，十分壮观。"怒涛"二句指此。江海相接，望不到海的尽头，所以说"无涯"。

〔12〕市：市场。　列：陈列。　玑（jī机）：不圆的珍珠。

〔13〕户：门。　盈：满。　罗绮：本义是两种高级丝织品。因其质地轻柔，

且有美丽的花纹，适宜女性穿着，故文学作品中又用以代指美女。这里指妓女。本句是说，花街柳巷中，门边站着许多妓女。倚门卖笑，是妓女的职业特征。

〔14〕竞：争，赛，攀比。 豪奢：豪华奢侈。 以上三句，转笔再写"繁华"。

〔15〕重湖：指西湖。湖被白堤截为里、外两部分，故称。 叠巘 (yǎn 演)：指西湖周围重叠的山峦。巘，泛指山峰。 清嘉：清秀美丽。

〔16〕三秋：夏历七月为孟秋，八月为仲秋，九月为季秋，合称"三秋"。此处泛指秋天。 桂子：西湖西面，飞来峰前的灵隐寺和天竺山中的天竺寺里，有许多桂花树，相传其种来源于月中之桂。又有传说，中秋月明之夜，往往有桂子从月宫中坠落。说见白居易《留题天竺灵隐两寺》诗自注、宋人钱易《南部新书》。

〔17〕以上三句，转笔再写"形胜"。

〔18〕弄：吹奏。

〔19〕菱歌：采菱角的姑娘们唱的歌。 泛：本指泛舟，但与前后文辞搭配，也产生出菱歌浮泛于夜空的妙趣。

〔20〕嬉嬉 (xī xī 西西)：戏耍笑乐貌。 钓叟：钓鱼的老翁。 莲娃：采莲的姑娘。

〔21〕千骑 (jì 记)：汉乐府《陌上桑》："东方千余骑，夫婿居上头。"后世文学作品中用以特指一方长官的驼从规格。骑，一人一马的合称。 高牙：将帅的大旗。牙，牙旗的省略语。古代称将军是帝王的爪牙，故其旗竿上饰以兽牙。这句写孙沔出游，仪仗人马，大队簇拥。宋时，知州兼管军事，故可用将军的仪卫。以下各句皆写孙沔。

〔22〕箫鼓：指民间祭神活动中的音乐吹打声。

〔23〕吟：吟咏诗词。指创作。 烟霞：指山林景致。

〔24〕异日：他日，日后。 图：画。作动词用。 将：语助词，用于动词后。

〔25〕凤池：魏晋时设中书省，其长官掌管朝廷机要，为事实上的宰相，多得皇帝的宠任，故这一职位有"凤凰池"的美称。 以上二句颂美孙沔在杭州政绩突出，定能升任宰相，那时可以将杭州的美景画成图册，回到朝廷中去夸耀。本篇押用同一部平声韵，韵脚分别是"华"、"家"、"沙"、"涯"、"奢"、"嘉"、"花"、"娃"、"牙"、"霞"、"夸"。

八 声 甘 州

〔宋〕柳 永

对潇潇暮雨洒江天[1]，一番洗清秋[2]。渐霜风凄紧[3]，关河冷落[4]，残照当楼[5]。是处红衰翠减[6]，苒苒物华休[7]。惟有长江水，无语东流。　　不忍登高临远[8]，望故乡渺邈[9]，归思难收[10]。叹年来踪迹[11]，何事苦淹留[12]？想佳人、妆楼颙望[13]，误几回、天际识归舟[14]。争知我、倚阑干处[15]，正恁凝愁[16]！

【题解】

晚清四大词人之一的郑文焯，专赏柳词之"高浑"，称赞其长调"尤能以沉雄之魄，清劲之气，写奇丽之情，作挥绰之声"（《郑大鹤先生论词手简》）。这首客里思家之作，将纤细的情思安置在寥阔的背景中，刚柔相济，与前人词写相思多在小楼深院、多用微吟软语的传统作法对比，另有一种审美趣味。苏东坡对"霜风"以下十二字推崇备至，认为"于诗句不减唐人高处"（见宋赵令畤《侯鲭录》）。其实"红衰翠减"、"惟有长江水，无语东流"云云，也都是精警的隽辞。下片直叙思乡怀人，明白而家常，质朴淳真。"想佳人"一韵，由我思妻子幻出妻子思我，透过一层去写，笔意双绾，包孕的内容与情感就比用正锋刻画自己单方面的思念要丰厚得多。

【注释】

〔1〕潇潇：急雨貌。
〔2〕一番：（另）一种（景象）。 以上二句是说，黄昏时伫立楼头，眼前一场飘洒江天的大雨，洗出了别样清朗萧索的秋光。
〔3〕霜风：深秋霜降时节的寒风。 凄紧：寒意强烈逼人。
〔4〕关河：关山、河流。

〔5〕当：正对着。

〔6〕是处：处处。 红衰翠减：红花衰败，绿叶凋零。唐李商隐《赠荷花》诗："翠减红衰愁杀人。"

〔7〕苒苒 (rǎn rǎn 染染)：渐渐。 物华：美好的季节景物。 休：止息、消亡。

〔8〕临远：俯对着远方。

〔9〕渺邈 (miǎo 秒)：渺茫、遥远。

〔10〕归思 (sì 四)：回乡的思绪。 收：收敛，掣回。

〔11〕年来：近年来。 踪迹：行踪。

〔12〕何事：为什么。 苦：偏偏。作"久"解，亦通。 淹留：滞留 (他乡)。

〔13〕佳人：美人。 颙 (yóng 用阳平) 望：企望。

〔14〕天际识归舟：用南齐谢朓《之宣城郡出新林浦向板桥》诗成句。 以上二句是说，想来妻子正天天在梳妆楼上眺望大江，不知多少次错把天边驶来的船只认作我乘坐着归来的那一艘。唐刘采春《啰唝曲》六首其三："朝朝江口望，错认几人船。"柳词似用化其意。

〔15〕争：怎。 阑干：栏杆。 处：时。

〔16〕恁 (rèn 认)：如此。 凝愁：因愁思而发愣。 本篇押用同一部平声韵，韵脚分别是"秋"、"楼"、"休"、"流"、"收"、"留"、"舟"、"愁"。

木 兰 花

乙卯吴兴寒食 [1]

〔宋〕张　先 [2]

　　龙头舴艋吴儿竞 [3]，笋柱秋千游女并 [4]。芳洲拾翠暮忘归 [5]，秀野踏青来不定 [6]。　　行云去后遥山暝 [7]，已放笙歌池院静 [8]。中庭月色正清明 [9]，无数杨花过无影 [10]。

【题解】

　　这首词写寒食节的见闻和感受。上片写人，下片写己；上片写昼，下片写夜；上片写闹，下片写静；上片全是骈句，下片全是散句：对比鲜明，相映成趣。前半是一幅欢快的风俗写生，后半则流露出一种淡淡的寂寞和惆怅。作此词时，词人已八十六岁高龄，在家乡闲居养老。白天，他以乡人春游之乐为乐；夜来，游乐活动已告结束，老人不免有些感到孤独。但总的来说，词的基调还是爽朗的，反映出他对生活的热爱。词人善用"影"字，自称生平所得意者有三：《天仙子》之"云破月来花弄影"，《归朝欢》之"娇柔懒起，帘压卷花影"，《剪牡丹》之"柳径无人，堕风絮无影"（见宋人李颀《古今诗话》）。一说其脍炙人口之"三影"为"云破月来花弄影"，《华州西溪》诗之"浮萍断处见山影"，《青门引》之"那堪更被明月，隔墙送过秋千影"（见宋人曾慥《高斋诗话》）。清朱彝尊《静志居诗话》则认为本篇之"中庭月色正清明，无数杨花过无影"，在世所传"三影"之上。合此三者，就有"六影"了。其它诸"影"的好处姑置之不论，本篇末二句确实极有神韵，朱氏特为拈出，可谓独具慧眼。

【注释】

　　〔1〕乙卯：宋神宗熙宁八年（1075）。吴兴：吴兴郡，湖州的别称。　　寒

食：古代节令，在清明节前一二天。节日期间禁火，吃冷食，故名。

〔2〕张先 (990—1078)，字子野，湖州乌程 (今已并入湖州) 人。仁宗天圣八年 (1030) 进士。曾知吴江县 (今属江苏，知县为县长)、秀州 (今浙江嘉兴一带) 判官、通判京兆府 (今西安一带，通判是州、府的次官)、知渝州 (今重庆一带)、知虢州 (今河南灵宝一带) 等差遣。晚年致仕 (退休) 家居，渔钓自适，往来于湖、杭、苏诸州间。卒年八十九岁。工诗词，尤以词著称，与柳永齐名。有《张子野词》。今存词一百六十余首。所作清出生脆，韵味隽永。有含蓄处，亦有发越处，但含蓄处不似晏殊、欧阳修，发越处不似柳永、苏轼，词风介于其中。

〔3〕龙头舴艋 (zé měng 责猛)：首部作龙头造型的狭长小船。 吴儿：湖州一带，春秋时属吴国，因此称这里的男青年为"吴儿"。

〔4〕笋 (sǔn 损) 柱秋千：用粗竹竿为立柱架设而成的秋千。笋，即"笋"。游女：出游的女子。 并：指两个女子站在同一块板上荡秋千。 以上两句写"龙舟竞渡"和"荡秋千"，是寒食节盛行的两种体育活动，分别适合于男、女青年。

〔5〕芳洲：长有香草和花的水边洲渚。 拾翠：拾取翠鸟的羽毛，是古代女子春游中的一项内容。

〔6〕秀野：美丽的郊外原野。 踏青：春日郊游。 来不定：指游人络绎不绝。

〔7〕行云：流动的云彩，也暗喻美人 (指春游的女子)，参见前李珣《巫山一段云》注〔1〕。 暝 (míng 命)：天黑下来。

〔8〕放：解散。 笙歌：泛指音乐歌舞。笙，古代的一种簧管乐器。 池院：有池塘的园林院落。

〔9〕中庭：庭院中央。

〔10〕这句是说，无数柳絮飘过庭院，却没有在月光中留下它们的倩影。本篇押用同一部仄声韵，韵脚分别是"竞"、"并"、"定"、"暝"、"静"、"影"。

破 阵 子

〔宋〕晏 殊 [1]

燕子来时新社 [2]，梨花落后清明 [3]。池上碧苔三四点 [4]，叶底黄鹂一两声 [5]。日长飞絮轻 [6]。　巧笑东邻女伴 [7]，采桑径里逢迎 [8]。疑怪昨宵春梦好 [9]，元是今朝斗草赢 [10]。笑从双脸生 [11]。

【题解】

这和前面张先那首词，都是写春天的节令风情，但作法却截然不同。张词中的自然景物描写，仅末尾二句，且是夜色，美得空灵；而晏词整个上片都作景语，又是写白天，美得充实。张词中的民俗活动场面，都在前半，且是全方位的扫描，可作风情画中之长卷看；而晏词写风俗人情，则在后半，只撷取了一个断片，俨然是一出喜剧小品。晏殊词集中，士大夫阶层的高雅作风、闲愁气息颇浓，本篇却有民歌情味，清新而欢快，是个例外。下片首尾"笑"字两见，稍嫌重复，似有欠于推敲。

【注释】

〔1〕晏殊 (991—1055)，字同叔，抚州临川 (今属江西) 人。七岁能文章。十四岁时，本路长官将他作为"神童"推荐给朝廷。次年即景德二年 (1005)，真宗召他与进士千余人一道参加殿试 (皇帝亲自主持的进士复试，通过者即正式录取为进士，授予官职)，他神气不慑，下笔甚快，为真宗所嘉赏，赐同进士出身。历仕真宗、仁宗两朝，累官至同中书门下平章事 (宰相) 兼枢密使 (最高军事长官)。此外，还先后在宋 (今河南商丘一带)、亳 (今属安徽)、陈 (今河南淮阳一带)、颍 (今安徽阜阳一带)、许 (今河南许昌一带) 等州，京兆、河南 (今河南洛阳一带) 等府担任过知州、知府的差遣。病卒于东京。谥"元献"。他诗文皆赡丽闲雅，而词名尤高，与欧阳修并称。其经历、官职与南唐冯延巳略同，故喜爱冯词，词风也与冯相近。有《珠玉词》。今存词一百三十余首，多为小令，以温

润秀洁见长。

〔2〕新社：古代春秋两季祭祀土神，一般在立春、立秋后的第五个以天干"戊"标纪的那一天。这里指春社日，在清明节前不久。此时燕子从南方飞来。

〔3〕清明：农历二十四节气之一，时在三月。其第一天为清明节，约当公历的四月五日或六日。此时梨花已开败。

〔4〕池上：池塘边。

〔5〕叶底：树叶深处。　黄鹂 (lí 离)：黄莺，鸣声婉转动听。

〔6〕日长：白昼已变长。　飞絮：飘飞的柳絮。

〔7〕巧笑：女子美丽的笑容。　东邻：邻居。"东"字是泛指，不必坐实。

〔8〕逢迎：对面相遇。

〔9〕春梦：此指与爱情相关的梦。

〔10〕元：同"原"。　今朝：今天早晨。　斗草：古代春夏间女子常做的一种游戏，各自采集花草，以品种的多和奇决定胜负，往往用首饰等作赌注。

〔11〕双脸：两边脸颊。　以上五句是说，两位 (或者更多) 采桑叶的姑娘在桑间小路上相遇了。她们是邻居，彼此很熟。其中一位满脸笑容，女伴很奇怪，猜测她是不是昨夜做了个爱情的好梦。经她自己"坦白"，才知道她之所以这样高兴，原来是因为早上斗草斗赢了。有的注本解"疑怪"二句为：难怪昨夜做了个好梦，原来是今朝斗草赢的预兆呵。这样当然也说得通。但解作斗草姑娘的心理独白，总不如解作少女之间的隐秘探询，更加活泼而情趣盎然。　本篇押用同一部平声韵，韵脚分别是"明"、"声"、"轻"、"迎"、"赢"、"生"。

六 州 歌 头

项羽庙 [1]

〔宋〕李 冠 [2]

秦亡草昧 [3]，刘项起吞并 [4]。驱龙虎 [5]，鞭寰宇 [6]，斩长鲸 [7]。扫欃枪 [8]。血染彭门战 [9]，视馀耳 [10]，皆鹰犬 [11]，平祸乱，归炎汉 [12]，势奔倾 [13]。兵散月明风急，旌旗乱，刁斗三更 [14]。命虞姬相对 [15]，泣听楚歌声。玉帐魂惊 [16]。泪盈盈 [17]。　恨花无主 [18]，凝愁绪，挥雪刃 [19]，掩泉扃 [20]。时不利 [21]，骓不逝 [22]，困阴陵 [23]。叱追兵 [24]。喑呜摧天地 [25]，望归路，忍偷生 [26]？功盖世 [27]，成闲纪 [28]，建遗灵 [29]。江静水寒烟冷，波纹细，古木凋零 [30]。遣行人到此 [31]，追念痛伤情。胜负难凭 [32]。

【题解】

　　这首词所歌颂的项羽，是中国历史上悲剧英雄的典型。他勇冠三军，在推翻秦王朝暴虐统治的农民战争中建有不世之勋，但后来代表六国旧贵族的利益，开历史倒车，恢复分封制，致使战国兼并之祸重演，最终败给刘邦，自刎于乌江。——论千秋功过，自不宜多予肯定。然而就个人品质而言，他豪爽侠义，比狡猾无赖的刘邦来得纯朴可爱。因此自汉代司马迁起，文学家们多同情他而很少对刘邦有好感。再者，古代知识分子十之八九尝过政治失意的滋味，项羽这样英雄末路的遭遇，特别容易引起他们的惺惺相惜。宋人洪迈《夷坚丁志》载，和州 (今安徽和县一带) 士人杜默怀才不遇，酒后谒乌江项羽庙，据神像之颈，扪其首而大恸道："英雄如大王，而不能得天下；文章如杜默，而进取不得官，好亏我！"这正是个生动的例证。了解以上两点，对领会此词或有所助益。至于它的具体写法，是先以大段文字铺陈项羽事迹，虎啸生风，猿啼下泪；临结束时方由"建遗灵"三字缴出"项羽庙"题面；接以"江静"二句写庙园内外荒寒之景，着墨不多而有以空灵调剂质实的妙用；最后以抒慨作收。章法奇崛腾挪，是北宋早期长调词中较为成熟之作。

【注释】

〔1〕项羽庙：在今安徽和县乌江镇东南凤凰山上，不知始建于何时。唐代已有之，肃宗时人、书法家李阳冰篆书碑额曰"西楚霸王灵祠"。

〔2〕李冠，真宗、仁宗时在世，字世英，齐州历城（今已并入济南）人。以文学闻名于京东路（今山东一带）。举进士不第，得同三礼出身（以儒家经典《周礼》、《礼记》、《仪礼》为内容的三礼科考试的合格者）。曾任乾宁（今河北青县）主簿（县长的助理）。有《东皋集》，今不传。存词五首，见《唐宋诸贤绝妙词选》、《花草粹编》（明陈耀文编）等。

〔3〕这句是说，秦朝灭亡后，局势混沌未分，英雄开始创业。 草昧（mèi昧）：草创于冥昧之时。昧，昏暗。

〔4〕刘：刘邦（？—前195），沛县（今属江苏）人。秦时为泗水亭长（亭在沛县东，亭长约相当于乡长）。秦二世元年（前209）陈胜举义，他起兵响应，称沛公。前206年，率军攻占秦都咸阳，秦亡。同年项羽入关，封他为汉王，统治巴蜀（今四川一带）、汉中（今陕西汉中一带）。不久，他出兵与项羽争夺天下。经过五年楚汉战争，于前202年建立大一统的西汉王朝，史称汉高祖。事迹见《史记·高祖本纪》。 项：项羽（前232—前202），名籍，字羽，下相（今江苏宿迁西南）人。战国楚贵族出身。秦二世元年，从叔父项梁在吴（今江苏苏州一带）起义。项梁战死后，他于秦二世三年（前207）率军在巨鹿（今河北平乡西南）之战中摧毁了秦军主力，威震天下。秦亡后，自立为西楚霸王，并大封诸侯。楚汉战争中，恃血气之勇，刚愎自用，屡犯战略错误，终至兵败自杀。事迹见《史记·项羽本纪》。 起吞并：行动起来，图谋吞并天下。根据史实，想吞并天下的仅是刘邦一方。并，这里作平声读。

〔5〕驱：驱使。 龙虎：喻指雄兵。

〔6〕唐代元稹《野节鞭》诗："神鞭鞭宇宙。" 寰（huán环）宇：天下。这句用驾马作比喻，言扬鞭催动寰宇，使之剧烈动荡。

〔7〕唐代杨炯《唐右将军魏哲神道碑》："戮封豕而斩长鲸。" 这句喻指剪

除凶残而强大的敌人。

〔8〕欃 (chán 蝉) 枪：彗星的别名。彗星有长尾似扫帚。汉代崔骃《慰志赋》："运欃枪以电扫兮，清六合之土宇。"本是说以彗星为帚清扫天下，喻指用战争手段收拾乱局。但后来人们又以"欃枪"为战祸的象征，以扫除它来喻指平息战乱。

〔9〕彭门：彭城，即今江苏徐州。灭秦后，项羽以彭城为其西楚国的都城。前205年，刘邦乘项羽讨伐齐国之际，率汉军五十六万攻占彭城。项羽闻讯后，率三万精兵赶回，大破汉军，杀汉卒十余万。事见《项羽本纪》。下文凡注项羽事迹，均据此《纪》，不再一一说明。

〔10〕馀耳：陈馀 (？—前204)、张耳 (？—前202)。都是大梁 (今河南开封) 人。秦末投奔陈胜起义军。后来共立旧贵族赵歇为赵王，陈馀为将，张耳为相。见《史记·张耳陈馀列传》。

〔11〕以上二句是说，陈馀、张耳一类豪杰，在项羽眼里都不过是寻常鹰犬罢了，何足道哉！秦二世三年，秦军主力将赵歇及陈馀、张耳等围困在巨鹿。诸侯援军惧怕秦军，都不敢战，唯独项羽率楚军破釜沉舟，渡黄河来救。楚军以一当十，九战皆捷，大破秦军。战后，项羽召见诸侯军的将领，他们无不跪着向前移动，没人敢仰视。本篇似有取于此。

〔12〕炎汉：古人以金木水火土五行相生相克之说附会历史王朝的命运。汉自称应火德，故云"炎汉"。

〔13〕奔倾：崩溃。 以上三句是说，战祸渐趋平息，项羽所封的诸侯纷纷归附于汉，楚军大势已去。

〔14〕刁斗：行军锅，铜质。白天用来作饭，夜间用来打更。

〔15〕虞姬 (？—前202)：项羽的爱姬，常随项羽在军中。

〔16〕玉帐：军队主帅住的营帐。

〔17〕前202年，汉军将楚军重重围困在垓下 (今安徽灵璧南)。项羽兵少粮尽，夜闻四面楚歌，大惊，以为楚地尽失，于是饮酒于帐中，对着虞姬慷慨悲歌："力拔山兮气盖世，时不利兮骓不逝。骓不逝兮可奈何，虞兮虞兮奈若何！"虞姬以声相和。项羽和左右将士都流下了眼泪。 以上七句，即叙此事。

〔18〕花：喻美人。 无主：没有依靠。

〔19〕雪刃：剑刃寒光似雪，故称。

〔20〕掩泉扃：关上地府之门。指死去。 泉：黄泉、九泉，即地底下。 扃 (jiǒng 窘)：门外栓。这里代指门。 以上四句说，项羽保护不了虞姬，她终于挥剑自刎了，真是恨事！《史记》、《汉书》对虞姬之死没有明文记载，这里采用的是传说。

〔21〕时：时势。

〔22〕骓 (zhuī 追)：黑白色相间的马。项羽所骑的骏马。 不逝：指陷入重围，突不出去。逝，往。 以上二句化用项羽《垓下歌》，详见注〔17〕。

〔23〕阴陵：故城在今安徽定远东南。

〔24〕叱 (chì 斥)：大声呵斥。 项羽自垓下突围后，逃至阴陵，迷失道路。有一田夫故意指错方向，使他陷入沼泽，被汉军追上。项羽怒叱穷追不舍的汉骑兵将领杨喜，吓得他人马皆惊，倒退数里。以上二句叙此事。

〔25〕喑 (yìn 印) 鸣：发怒。《史记·淮阴侯列传》载汉将韩信语："项王喑噁叱咤，千人皆废。""喑鸣"同"喑噁"。 摧：摧折。

〔26〕忍偷生：怎忍苟且偷生？ 项羽逃至乌江，乌江亭长已备船相候，劝他渡长江。他说：当初起义反秦，与江东子弟八千人渡江西上，今无一人回还，纵然江东父兄哀怜我，仍奉我为王，我还有什么脸见他们！于是将骓马赐给亭长，持短兵器与汉军接战，杀数百人后自刎而死。以上二句指此事。

〔27〕这句说，项羽曾率楚军歼灭秦军主力，功劳压倒一世。

〔28〕司马迁《史记》首创"纪传体"，其中"本纪"部分记载历代帝王事迹，为全史之纲。而《秦始皇本纪》后，既有《项羽本纪》，又有《(汉) 高祖本纪》。后世以高祖为正统，用汉纪年而不用楚纪年，故称项羽的纪年是"闲纪"。"闲"指可有可无。

〔29〕指后人为项羽立庙。 建：立。 遗灵：古人以为凡有影响的历史人物死后皆为神灵。

〔30〕古木：指项羽庙园的古树。 凋 (diāo 刁) 零：此指秋天树叶败落。

〔31〕遣：使得。

〔32〕这句是就项羽一生的悲剧，感慨世间成败没有定准，难以把握。 本篇的押韵格式很复杂，共押用了四部韵，错综交织。其一，"并"、"鲸"、"枪"、"倾"、"更"、"声"、"惊"、"盈"、"扃"、"陵"、"兵"、"生"、"灵"、"零"、"情"、"凭"。以上一部平声韵为主韵。其二，"昧"、"耳"、"对"、"利"、"逝"、"地"、"世"、"纪"、"细"、"此"。其三，"虎"、"宇"、"主"、"绪"、"路"。其四，"战"、"犬"、"乱"、"汉"、"乱"。以上三部仄声韵为辅韵。

生 查 子

〔宋〕欧阳修 [1]

去年元夜时 [2]，花市灯如昼 [3]。月上柳梢头，人约黄昏后。　　今年元夜时，月与灯依旧。不见去年人，泪湿春衫袖 [4]。

【题解】

在封建社会里，礼教束缚着男女青年，剥夺了他们自由交往和恋爱的权利。一年之中，只有元宵等为数甚少的几个节日，平时"养在深闺人未识"（白居易《长恨歌》）的城市少女才能获准外出嬉游。"月上柳梢头，人约黄昏后"，就在灯夜良宵，不知发生过多少起青年男女冲决封建礼教网罗而自择佳偶的动人故事！有的历尽磨难，终成眷属；更多的则酿为悲剧，遗恨百年。本篇所述，即是后者。惟其为悲剧，故有震撼人心的艺术力量。上、下片以"去年元夜"和"今年元夜"构成强烈的对比。两幕戏的布景和道具完全一致，后一幕只比前一幕少了一个人。但无论少的是"罗密欧"还是"朱丽叶"，这个爱情世界都是残缺的。纵有灯月交辉，抒情主人公泪眼中仍然一片凄黯。

【注释】

〔1〕欧阳修 (1007—1072)，字永叔，号醉翁，又号六一居士，吉州庐陵 (今江西吉安) 人。四岁丧父，母亲郑氏亲自教他读书。家贫，以芦秆画地练习写字。仁宗天圣八年 (1030) 进士。庆历年间知制诰，赞助范仲淹推行新政。新政失败后，谪知滁州(今属安徽)。嘉祐及英宗治平年间，累官至参知政事。神宗即位初，因政见不合求退，出知亳 (今属安徽)、青 (今属山东) 等州。熙宁四年 (1071) 致仕，次年卒。谥"文忠"。他是北宋著名的政治家、文学家和历史学家，诗文革新运动的领袖。有《欧阳文忠公集》。曾与宋祁合修《新唐书》并独撰《新五代史》。诗为当时巨匠，文为"唐宋八大家"之一。词存二百四十余首，词集单行者有《六一词》、《欧阳文忠公近体乐府》、《醉翁琴趣外篇》等不同名目

版本。词风婉丽清深，与晏殊齐名。

〔2〕元夜：夏历正月十五日元宵节夜。自唐代起，就有燃放花灯、通宵游乐的风俗。宋代先是元宵前后三日张灯，后来扩大到前后五日。

〔3〕花市：一般指春季卖花、赏花的集市。但元宵节时值正月，尚无花可卖，因此这里当指灯市。下文"灯如昼"，已有"灯"字，为避免重复，故这里将"花灯"一词中的"花"字拆出来使用。

〔4〕本篇押用同一部仄声韵，韵脚分别是"昼"、"后"、"旧"、"袖"。

桂 枝 香

〔宋〕王安石 [1]

登临送目 [2]。正故国晚秋 [3]，天气初肃 [4]。千里澄江似练 [5]，翠峰如簇 [6]。归帆去棹残阳里 [7]，背西风、酒旗斜矗 [8]。彩舟云淡 [9]，星河鹭起 [10]，画图难足 [11]。　念往昔、繁华竞逐 [12]。叹门外楼头 [13]，悲恨相续 [14]。千古凭高对此 [15]，谩嗟荣辱 [16]。六朝旧事随流水 [17]，但寒烟、芳草凝绿 [18]。至今商女 [19]，时时犹唱，后庭遗曲 [20]。

【题解】

《古今词话》记载道：北宋时，许多作家都用《桂枝香》的曲调写过金陵怀古词，共三十余首，其中王安石这首最为绝唱。苏东坡见了也不由得叹息说："此老乃野狐精也！"王安石自神宗熙宁九年 (1076) 十月从宰相的位置上退下来以后，一直隐居在江宁 (今南京)。元丰七年 (1084) 七月，苏轼过江宁，曾登门拜访了他。如果《词话》所记无误，那么本篇很可能作于熙宁十年 (1077) 至元丰六年 (1083) 这七年间某一年的九月 (晚秋)。词的上片是站在地理的制高点上，视通千里，对空间世界的巡览，充满着向祖国大好河山的衷情礼赞；下片是站在历史的制高点上，神越千古，在时间领域的遨游，贯穿着对前朝兴亡治乱的深沉反思。词中写景文字笔墨酣饱，气韵生动，固然令人叹为观止；而怀古言辞间透露出的那股强烈的参与意识，更值得我们注目，正是在这一点上，作者表现出了他的政治家的个性。

【注释】

〔1〕王安石 (1021—1086)，字介甫，号半山老人，抚州临川 (今属江西) 人。年轻时就喜好读书，过目不忘。作文动笔如飞，看似不经心，但写成后，见者佩服其精妙。仁宗庆历二年 (1042) 进士。神宗熙宁间，官至同中书门下平章

事，主持变法革新。所颁新法，旨在改革北宋建国以来的政治弊端，富国强兵。但由于触犯大官僚地主的利益，遭到保守派的强烈反对，在推行过程中困难重重，终告失败。晚年隐居江宁半山园。封荆国公。卒谥"文"。他不仅是杰出的政治家，在文学领域也卓有建树。诗雄于北宋，文跻"唐宋八大家"之列。有《王文公文集》。今存词近三十首，有《半山词》、《临川先生歌曲》等不同名目版本。其中咏史怀古诸作最为雄奇杰出。

〔2〕登临：语出宋玉《九辩》："登山临水兮送将归。"这里指登高。 送目：举目远眺。 此句化用李白《夕霁杜陵登楼寄韦繇》诗："登楼送远目。"

〔3〕故国：古都。指金陵，当时为江宁府。

〔4〕肃：萧瑟、肃杀。

〔5〕澄江似练：用南齐谢朓《晚登三山还望京邑》诗："澄江静如练。"写平静的江面就像一条白绢。

〔6〕簇：同"蔟"（cù 促），供蚕作茧的麦秸丛。

〔7〕归帆去棹（zhào 照）：来来去去的船只。棹，船桨，这里代指船。

〔8〕酒旗：酒店的标识旗。

〔9〕彩舟：结彩的船。彩，彩色丝织品。

〔10〕星河：银河。这里借以形容长江。 鹭起：白鹭振翅飞起。江宁西长江中旧有白鹭洲，洲上多聚白鹭。由于江水北移，现已与南岸陆地相连。

〔11〕这句是说，以上美景，图画也难以充分描绘出来。

〔12〕这句是说，想当年，在此建都的六朝帝王多以豪华相尚，愈演愈烈。

〔13〕门外楼头：唐代杜牧《台城曲》诗："门外韩擒虎，楼头张丽华。"是说隋军攻灭南朝陈之日，隋将韩擒虎已率兵杀到宫门外，陈后主叔宝还在高楼上和爱妃张丽华作乐。旧题唐代颜师古《隋遗录》载，隋炀帝曾梦见陈后主，后主说当年张丽华正在临春阁上试笔赋诗，韩擒虎跃马拥兵来冲。杜诗用此典故，本词又袭用杜诗。据《陈书》、《南史》，后主沉湎女色、不修武备是实，而"门外楼头"之事纯出虚构。但小说家、诗人的艺术夸张，却更典型地反映了历史真实。

〔14〕以上三句是说，"繁华竞逐"导致亡国，悲剧一场接着一场，六朝的历史教训，令人浩叹。

〔15〕千古凭高：千载之下登高吊古。

〔16〕漫（màn 漫）嗟（jiē 皆）：徒然嗟叹。 荣辱：荣耀和耻辱，指六朝的盛衰兴亡。

〔17〕这句与前欧阳炯《江城子》"六代繁华，暗逐逝波声"云云，意境相似，可以参看。

〔18〕但：惟有。

〔19〕商女：商船上的女子，指商人的妻妾。唐宋时，商人有娶歌妓的风气。一般辞书、选本释作"歌女"，是误解。

〔20〕指陈代宫廷歌曲《玉树后庭花》。后主时创制，旨在赞美贵妃张丽华等的姿色，辞藻艳丽（见《陈书·皇后传》）。一说辞曰"玉树后庭花，花开不复久"，曲调哀怨，被认为是亡国的前兆（见《隋书·五行志》）。 以上三句化用杜牧《泊秦淮》诗："商女不知亡国恨，隔江犹唱《后庭花》。" 本篇押用同一部仄声（且是入声）韵，韵脚分别是"目"、"肃"、"簇"、"蠹"、"足"、"逐"、"续"、"辱"、"绿"、"曲"。其它诸句中，"秋"、"头"同韵，"里"、"起"、"此"、"水"同韵，虽未必是有意为之，但客观上也增添了全词的声韵之美。

思 远 人 [1]

〔宋〕晏几道 [2]

红叶黄花秋意晚 [3]，千里念行客 [4]。飞云过尽，归鸿无信 [5]，何处寄书得 [6]？ 泪弹不尽临窗滴 [7]，就砚旋研墨 [8]。渐写到别来 [9]，此情深处 [10]，红笺为无色 [11]。

【题解】

这首代言体思妇词，通篇只有一个情节——妻子给远方的丈夫写信。内容虽简单，构思却很新颖。明知写了信无人代为传递，但仍然要写。这样有悖常理的剧情安排，恰恰凸现了女主人公拳拳爱心的执着。怀人而落泪是生活的真实，用泪水磨墨给亲人写信则是源于生活而又高于生活的艺术创造。如此结撰，亦匪夷所思。篇末以红笺纸的颜色为参照系，使本来虚不可测的情感的浓度，竟殷然在目。寓无形于有形，化抽象为具象，更是捕风捉影手段。

【注释】

〔1〕思远人：此调始见于本篇，当是作者的首创。调名本身就是词题。远人，指抒情女主人公的出远门的夫婿。

〔2〕晏几道 (1048 前后—1113 后)，字叔原，抚州临川人。晏殊之子。幼年丧父，由兄嫂教养成人。性格孤傲，不阿权贵，一生仕途坎坷。神宗元丰年间，曾监颍昌府 (今河南许昌一带) 许田镇 (在许昌东北。监镇，监管一镇火禁、酒税等事务，相当于镇长)。哲宗元符至徽宗崇宁年间，曾任乾宁军 (今河北青县一带) 通判 (州、军级次官。"军"，规格与"州"相当而稍低)、开封府 (今河南开封一带) 推官 (刑事审判官) 等。以词闻名于世，与晏殊并称"大小晏"。有《小山词》。今存词近二百六十首，以深挚高华见长。北宋后期词坛名家多两面开弓，兼攻令词和慢词。而他却专心致力于小令，犹有唐五代遗风，这也是他与众不同的地方。

〔3〕红叶：枫叶。 黄花：菊花。

〔4〕这句倒装，即"念千里行客"，想念远在千里之外的夫婿。

〔5〕归鸿：秋天从北方飞回南方的大雁。 无信：不守信用，没准时来。

〔6〕书：书信。 以上三句是说，天上的飞云都已飘走，南归的大雁迟迟未到，它们不能充当信使，叫我到哪里去寄信呢?

〔7〕弹：挥洒。 临窗：紧挨着窗户。

〔8〕砚：砚台。 旋：随即。 研：磨。

〔9〕别来：分别以来。

〔10〕情：指相思之情。

〔11〕红笺 (jiān 兼)：红色的信笺。笺，精美的纸张。 本篇押用同一部仄声(且是入声) 韵，韵脚分别是"客"、"得"、"滴"、"墨"、"色"。

卜 算 子

送鲍浩然之浙东 [1]

〔宋〕王 观 [2]

水是眼波横，山是眉峰聚 [3]。欲问行人去那边 [4]？眉眼盈盈处 [5]。 才始送春归 [6]，又送君归去。若到江东赶上春 [7]，千万和春住 [8]！

【题解】

自唐五代至北宋前期，爱情的歌声唱彻了词的舞台，而友谊的乐章却寂寂无闻。人们在叹赏那些缠绵悱恻的情侣离别之词的同时，也不免生出这样的遗憾：词中难道就没有为朋友饯行而能与王勃《送杜少府之任蜀州》、王维《送元二使安西》、李白《黄鹤楼送孟浩然之广陵》等唐诗佳作媲美的篇什么？读到王观这首清新隽永的小令，人们的憾意可以稍释了。刚刚送走了春天，友人又将离去，作者心中的惆怅不难想见。但他对此却未作任何渲染，只用"才始"和"又"两个相关联的虚词，以强调的语气含蓄地传达依依惜别之情。接着突发奇想，叮嘱友人说：如果您在半路追上了春天，千万要和她一块儿停下脚步！这是希望友人和春天都不致离得更远的意思。对春天、对友人的眷恋，就通过如此新颖美妙的艺术构思淋漓尽致地表现出来。

【注释】

〔1〕鲍 (bào 抱) 浩然：生平未详。据词意推断，他当是浙东人。之：往，赴。 浙东：即北宋两浙路的东半部分。唐代为浙江东道，简称"浙东"。此处沿用旧称，约相当于今浙江东部地区。本篇见于宋人吴曾《能改斋漫录》，原始记载为："王逐客送鲍浩然游浙东，作长短句云 (词略)。"后人据此为词代拟了标题，词曰"又送君归去"，可见鲍氏此去是还乡而非漫游。《漫录》"游浙东"

云云与词意不合。后人拟题改用"之"字，可能就是出于这层考虑。

〔2〕王观，字通叟，泰州如皋 (今属江苏) 人，一说高邮 (今属江苏) 人。仁宗嘉祐二年 (1057) 进士。神宗熙宁、元丰间，曾守大理寺丞 (在中央审判机关大理寺内代理中层审判官之职)，知江都县 (今属江苏)。在江都撰《扬州赋》献上朝廷，大蒙褒赏。又著《扬州芍药谱》。后任翰林学士，因作词涉及神宗的私生活，被神宗之母高太后认为是亵渎皇上，得罪放逐，世称"逐客"。恃才狂放，以词名家，有《冠柳集》，今不传。存词二十八首，散见于宋人黄大舆《梅苑》、曾慥《乐府雅词拾遗》、吴曾《能改斋漫录》、黄昇《唐宋诸贤绝妙词选》、赵闻礼《阳春白雪》、明无名氏《诗渊》等。其中部分作品真伪待辨。

〔3〕以上二句是说，浙东山清水秀，水像美人的眼波横流，山像美人的眉峰攒聚。古代文学作品中常用水的澄澈来形容美女的目光，用山的黛绿来形容美女的眉色 (唐五代时女子画眉，还有"小山"、"五岳"、"三峰"等样式)，这里逆用其喻，化熟常为生新。

〔4〕行人：指鲍浩然。他将踏上旅途，故称。 那：哪。

〔5〕盈盈：形容女性的美好神态。这里取喻与上文统一，赞美浙东山水的妩媚。

〔6〕才始：刚刚，方才。

〔7〕江东：宋时有江南东路，辖有今长江以南，西自江西九江，东至江苏南京的一段区域。 据词意，鲍氏此行是由西 (或西北) 向东 (或东南) 走。古人以四方配四季，"东"和"春"相对应。词人设想，春自东方来，还归东方去，它刚去不久，朋友还得及在江东追上它。相对于友人此行的终点、更东面的浙东来说，江东只是中途。

〔8〕住：停住，不再往前走。 本篇押用同一部仄声韵，韵脚分别是"聚"、"处"、"去"、"住"。

离 亭 燕

〔宋〕孙浩然 [1]

　　一带江山如画 [2]，景物向秋潇洒 [3]。水浸碧天何处断 [4]？霁色冷光相射 [5]。桔树荻花洲 [6]，掩映竹篱茅舍 [7]。　　天际客帆高挂 [8]，烟外酒旗低亚 [9]。多少六朝兴废事，尽入渔樵闲话 [10]。怅望倚层楼 [11]，红日无言西下 [12]。

【题解】

　　这和前选王安石《桂枝香》题材相同，也是一首金陵登眺怀古之作。古希腊诗人西蒙奈底斯早就说过："诗是有声画。"此词落笔便称"江山如画"，以下自"水浸碧天"到"酒旗低亚"一连串景语，清丽旷远，无一字不堪入画，而北宋著名画家王诜也真的将它们图作了丹青。然而，"多少六朝兴废事，尽入渔樵闲话"二句却画不出；"红日无言西下"六字，亦为画笔所难到。偏偏一篇之神情韵味，全在此二处！末句尤其精彩，正如中国古代哲学家老子所谓"大音希声"，空诸所有，故无所不有，一切遐想、沉思，无限感慨、怊怅，都以"无言"说尽。虚浑而静穆，自是词中之华严境界。晚清大词人朱祖谋《乌夜啼·同瞻园登戒坛千佛阁》词下片云："吹不断，黄一线，是桑干（桑干河）。又是夕阳无语下苍山。"亦能谱此神理，造其妙境。

【注释】

　　〔1〕孙浩然，生平不详。宋人楼钥《攻媿集》记载，王诜曾画其《离亭燕》词意为《江山秋晚图》。王诜是神宗、哲宗时人，孙氏或与他同时，或年辈稍长。存词二首，见《攻媿集》及《花草粹编》。

　　〔2〕一带江山：《南史·陈后主纪》载隋文帝语，称长江为"一衣带水"。这里借用来形容长江远远望去像一条细长的衣带。"山"，由"江"牵连而及。

　　〔3〕向秋：近秋。　潇洒：清丽疏朗。杜甫《玉华宫》诗："秋色正萧

洒。""萧洒"、"潇洒"义同。

〔4〕这句是说,水天相接,界线难分。

〔5〕霁(jì 计) 色:雨后初晴时的天色。霁,雨止。   冷光:指秋水的寒光。   相射:互相映射。

〔6〕荻(dí 笛) 花:荻,与芦同科,叶比芦阔。秋季开花,花色灰黄,丛聚如麦穗状。

〔7〕掩映:遮掩映衬。   茅舍:茅草覆顶的农家房屋。

〔8〕天际:天边。   客帆:客船的帆。

〔9〕烟外:远方烟霭背后。   酒旗:见前王安石《桂枝香》注〔8〕。低亚:低低地堆叠在一起。

〔10〕以上二句是说,不知有多少六朝兴亡旧事,如今都成了渔父樵夫闲谈的话题。

〔11〕层楼:高楼。

〔12〕本篇押用同一部仄声韵,韵脚分别是"画"、"洒"、"射"、"舍"、"挂"、"亚"、"话"、"下"。又"洲"、"楼"同韵,分处在上、下片倒数第二句这互相对应的位置上,可能是巧合,也可能是有意添押一部平声韵为辅韵,以增加全词的声韵之美。

江 城 子

密州出猎

〔宋〕苏 轼 [1]

老夫聊发少年狂 [2]。左牵黄 [3]，右擎苍 [4]。锦帽貂裘 [5]，千骑卷平冈 [6]。为报倾城随太守 [7]，亲射虎，看孙郎 [8]。　　酒酣胸胆尚开张 [9]。鬓微霜 [10]，又何妨 [11]？持节云中 [12]，何日遣冯唐 [13]？会挽雕弓如满月 [14]，西北望 [15]，射天狼 [16]！

【题解】

宋人傅藻《东坡纪年录》将此词系在神宗熙宁八年 (1075) 冬。当时词人三十九岁，正任着知密州 (今山东诸城一带) 的差遣。唐宋词中写打猎的作品极为罕见，在艺术上达到同样水准的更是凤毛麟角。诚然，精彩的猎诗历代多有，仅以唐人而言，就可举出王维的《观猎》、卢纶的《和张仆射塞下曲》六首其二、韩愈的《雉带箭》等名作。但它们都是写别人打猎，且止于猎事一端。苏词好就好在作者不是以袖手旁观者的身分游离于画面之外，而是以挽弓亲射者的姿态活跃于画面之中；笔触又不滞留在围猎现场，而向着更广大的领域横扫过去，将飞鹰走狗与演兵备战联系在一起，使词的主题升华到矢志投身民族反侵略斗争前线的爱国主义的高度。词人曾就本篇的创作缘起及其独特的审美祈向写下了一段颇为自豪的说明："近却颇作小词。虽无柳七郎 (柳永) 风味，亦自是一家。呵呵。数日前猎于郊外，所获颇多。作得一阕，令东州 (东方) 壮士抵掌顿足 (拍手蹀脚) 而歌之，吹笛击鼓以为节 (打拍子)，颇壮观也。"（《与鲜于子骏书》）可见，他是有意要在盛行于当时、适合妙龄女郎声吻、以婉媚为特色的柳词之外，标新立异，别创一种应由热血男儿揭喉高唱、具有阳刚之气的豪放派词。

【注释】

〔1〕苏轼 (1037—1101)，字子瞻，号东坡居士，眉州眉山 (今属四川) 人。仁宗嘉祐二年 (1057) 进士。历官仁宗、英宗、神宗、哲宗四朝。在北宋后期的新旧党争中，几经浮沉。神宗元丰二年 (1079) 在知湖州任上，当时新党执政，谏官弹劾他作诗讥刺新法、讪谤朝廷，他因此被逮捕入狱。结案后，谪居黄州 (今湖北黄冈一带)。哲宗即位初，祖母高太后垂帘听政，新党失势，他被重新起用，累官至翰林侍读 (是皇帝进读书史、讲说经义、具有政治顾问性质的高级文学侍从)。绍圣年间，哲宗亲政，复用新党，罢斥旧党，他再次遭到贬逐，一直被谪至昌化军 (今海南西南部)。徽宗立，赦还。不久，病卒于常州 (今属江苏)。南宋高宗时，追谥"文忠"。他博学多才，在文学艺术的各个主要领域都作出了卓越的贡献，著有《东坡七集》。为诗清新豪健，雄视北宋，与黄庭坚齐名，号"苏黄"。为文舒卷自如，与父亲苏洵、弟弟苏辙合称"三苏"，同属"唐宋八大家"。书法丰腴跌宕，与黄庭坚、米芾、蔡襄并称"宋四家"。亦善绘画，下笔奇古。其词今存三百四十余首，有《东坡词》、《东坡乐府》等不同名目版本。

〔2〕老夫：词人自呼。古人往往中年起就称"老"称"翁"。 聊：且，略。少年狂：打猎这样的剧烈运动，本为精力旺盛的年轻人所喜爱和从事，故云。

〔3〕左：左手。 黄：黄犬。

〔4〕右：右手。 擎 (qíng 晴)：举，向上托。 苍：苍鹰。鹰的羽毛为苍黑色，故称。与黄犬同有协助猎手追捕猎物的功用。 以上二句从《梁书·张充传》"充出猎，左手臂鹰，右手牵狗"云云化出。

〔5〕锦帽：锦缎制作的帽子。 貂 (diāo 刁) 裘 (qiú 求)：貂鼠皮制作的衣服。 这句夸饰随猎将士服装鲜明。

〔6〕千骑：见前柳永《望海潮》注〔21〕。 卷：席卷。 平冈：台形山上的平坦开阔地带。

〔7〕为报：替我告知。介词"为"后省略了宾语。 倾城：代指美女。参见前薛昭蕴《浣溪沙》注〔3〕。宋时，各州府多有官妓，开宴会时演出歌舞，侑酒陪欢。 太守：本为战国时郡守的尊称。汉景帝时成为郡级长官的正式名称，一直沿用至南北朝。相当的职位，在唐为州刺史，在宋为知州、知府。古代文学作品中有以前朝专名指代本朝相应专名的积习，故词人自称"太守"。

〔8〕孙郎：本指三国吴大帝孙权。"郎"是对年轻男子的美称，又是女子对所爱慕的男子的昵称。《三国志·吴主传》载，汉献帝建安二十三年 (218) 十月，孙权"亲乘马射虎于庱亭 (地在今江苏武进西)"，马为虎所伤，他用双戟掷刺，

在随从的协助下，将虎猎获。时年三十七岁。词中借用美人的口吻自称。 以上三句是说，请通知官妓们随我到郊外去，看她们心目中的"苏郎"我亲射猛虎！这几句极为传神。上文"牵黄擎苍"云云还只是从外在的动作形态上表现自己的"少年狂"，而这里则更深一层地从内在的精神气质上凸现自己的"少年狂"。词人有"文"名而无"武"誉，急切地欲以"武功"自炫，这样绘声绘色的心理描写，活画出了他的任率天真，使人觉得可亲可爱。

〔9〕酒酣：放开酒量喝足了酒。 尚：还，犹。 开张：开扩、张大。宋人苏舜钦《舟中感怀寄馆中诸君》诗："胸胆森开张。"当为苏词此句所本。

〔10〕霜：形容鬓发斑白。

〔11〕何妨：有什么妨碍？ 以上三句是说自己酒后胸襟胆气还能扩张奋发(不像一般人那样，上了点年纪，酒后便畏寒欲睡)，足见精力不衰；鬓发稍微白了些，又有什么大不了呢？

〔12〕持节：皇帝派出的特使，手持符节，作为证明身分的凭据。 云中：汉代郡名，即今内蒙古托克托县一带。

〔13〕遣：派遣。 冯唐：西汉安陵(今陕西咸阳东北)人。汉文帝时任中郎署长(皇帝的侍卫官长)，敢于直言。当时，云中郡守魏尚爱惜士卒，优待军吏，匈奴人远避，轻易不敢靠近他的防区。一次，匈奴人侵入，他率车骑阻击，杀敌甚多，却因报功时的统计数字与实际战果稍有出入(少六颗人头)，被削去官爵，罚作劳役。文帝前元十四年(前166)，匈奴人又大举入侵，冯唐乘机进谏，认为文帝赏轻罚重，对魏尚的处分不合理。文帝接受了他的意见，即日命他持节赦免魏尚，恢复原职。同时，还任用他为车骑都尉(战车部队的将领。都尉，略低于将军的武官)。事见《史记·冯唐列传》。 以上二句字面义是：朝廷何时才会派遣冯唐持节到云中郡去呢？实际上是以冯唐或魏尚自比，表示希望能够到边防前线去任职。

〔14〕会：定将。 挽：拉。 雕弓：装饰华美的弓。 如满月：弓未拉开时，形如弦月；拉开后，便如满月。

〔15〕当时西北方的西夏党项族政权经常派军队侵入宋境，掳掠人口财物。这是北宋所面临的主要军事威胁。

〔16〕用屈原《九歌·东君》："举长矢兮射天狼。" 天狼：星名。古人认为它主侵掠。 本篇押用同一部平声韵，韵脚分别是"狂"、"黄"、"苍"、"冈"、"郎"、"张"、"霜"、"妨"、"唐"、"狼"。

水 调 歌 头

〔宋〕苏 轼

丙辰中秋 [1]，欢饮达旦 [2]，大醉，作此篇，兼怀子由 [3]。

明月几时有？把酒问青天 [4]。不知天上宫阙，今夕是何年 [5]？我欲乘风归去 [6]，又恐琼楼玉宇 [7]，高处不胜寒 [8]。起舞弄清影 [9]，何似在人间 [10]？　　转朱阁，低绮户，照无眠 [11]。不应有恨，何事长向别时圆 [12]？人有悲欢离合，月有阴晴圆缺，此事古难全 [13]。但愿人长久 [14]，千里共婵娟 [15]。

【题解】

作此词时，词人年届四十，仍在知密州任。截至这一年，他与爱妻王弗已死别十一载，与胞弟苏辙的生离也有七个春秋，而其政见又与当权的新党不合，因此无论是在人生旅途中还是在政治道路上，他都踽踽独行，不胜其孤单与寂寞。中秋明月之夜，万家团圆而我则茕茕吊影，词人内心的惆怅可以想见。他在"出世"与"入世"之间，也有过一刹那的彷徨，然而对生活的热爱和执着最终还是占了上风。他以一种豁达的态度直面那"悲""离"多于"欢""合"、"晴""圆"少于"阴""缺"的忧患人生，于篇末满怀深情地祝福道："但愿人长久，千里共婵娟！"虽然这祝福只是为自家手足而发，但由于它说出了天下一切离人（可以是兄弟姊妹，也可以是夫妻友朋，等等）的共同心愿，蕴含着人性中丰厚的真、善、美，所以千百年来一直播在人口，至今还是人们在佳节良辰思亲念友之际常用来遥相赠寄的最佳祈祷辞。

全篇清空奇逸，辞气拚转。南宋胡仔《苕溪渔隐丛话后集》说："中秋词，自东坡《水调歌头》一出，余词尽废。"

【注释】

〔1〕丙辰：神宗熙宁九年 (1076)。

〔2〕达旦：到 (第二天) 早晨。

〔3〕子由：苏轼的弟弟苏辙 (1039—1112)，字子由，号颍滨遗老。仁宗嘉祐二年 (1057) 进士。历官仁宗、英宗、神宗、哲宗、徽宗五朝。政治派别与苏轼一致，在新旧党争中的遭遇也大体相同。哲宗元祐年间旧党执政时，他官至门下侍郎 (相当于副宰相)。绍圣年间新党重新得势，他被谪往雷州 (今广东海康一带)等南荒之地。徽宗即位后遇赦北还。著有《栾城集》。以古文闻名于世，文风汪洋淡泊。事迹见《宋史》本传。苏轼作此词时，他正在齐州 (今济南一带) 节度掌书记任上。

〔4〕把酒：握着酒杯 (向"青天"敬酒)。 以上二句从李白《把酒问月》诗"青天有月来几时？我今停杯一问之"云云化出。

〔5〕唐人戴叔伦《二灵寺守岁》诗、韦瓘《周秦行纪》传奇托名牛僧孺诗、旧题吕岩《忆江南》词等都有"不知今夕是何年"之句，是苏词所本。古人认为天上神仙世界的时间与地下人间世界的时间是不一样的，天上一日不知相当于人世几百千年。因此词人有这样的发问。

〔6〕乘风归去：驾着风，回到天上去。词人在这里浪漫地以下凡的神仙自居。

〔7〕恐：怕，担心。 琼楼玉宇：白玉砌成的楼阁。琼，美玉。宇，屋檐。相传月亮上有这样晶莹美丽的建筑。

〔8〕不胜 (shēng 生)：忍受不住。

〔9〕这句是说，在月光下翩翩起舞，自己的影子也翻动不已，仿佛自己和影子在做游戏。 弄：戏耍。

〔10〕何似：哪里比得上。 以上五句是说，想回到天上去，又怕受不了月宫中的寒冷；还不如留在人间，月下起舞，清影相戏，多么萧闲自在！据宋人蔡絛《铁围山丛谈》记载，若干年后的另一个中秋节夜，词人与宾客同登金山 (在今江苏镇江)，命当时有名的歌手袁绹唱这首词，唱罢，词人起舞，并说："此便是神仙矣！"这和词中表达的意思是一样的：神仙，在人间也可以做得，不一定非要上天。

〔11〕以上三句是说，明月转到红楼的另一面，降低到雕花的门窗外，照耀着睡不着觉的人。

〔12〕以上二句用宋人石延年"月如无恨月长圆"的诗句 (见宋司马光《温公续诗话》)，是说月到中秋，既已圆满，便不应有恨了，可它为什么总在人们离别时变圆呢？

〔13〕古难全：自古以来就难以全美。

〔14〕长久：指健康长寿。

〔15〕南朝宋谢庄《月赋》："美人迈兮音尘阙，隔千里兮共明月。"唐代许浑《怀江南同志》诗："唯应洞庭月，万里共婵娟。"为苏词所本。谢赋、许诗、苏词都是说，两地相思之人可以从共仰一轮明月的清光中得到千里（万里）如晤的精神慰藉。 婵（chán 蝉）娟：形容阴柔之美。唐代孟郊《婵娟篇》诗："月婵娟，真可怜。"苏词则径用以代"月"字。 本篇押韵格式与前李冠《六州歌头》相同，共交错押用了四部韵。其一，"天"、"年"、"寒"、"间"、"眠"、"圆"、"全"、"娟"。以上一部平声韵为主韵。其二，"有"、"久"。其三，"阙"、"阁"、"合"、"缺"。其四，"去"、"宇"、"户"。以上三部仄声韵为辅韵。当然，其中有些也许是"撞韵"（偶然的巧合）；但不应排除有意为之的可能性。

浣 溪 沙

〔宋〕苏 轼

徐门石潭谢雨 [1]，道上作五首。潭在城东二十里，常与泗水增减 [2]，清浊相应 [3]。

照日深红暖见鱼 [4]。连村绿暗晚藏乌 [5]。黄童白叟聚睢盱 [6]。 麋鹿逢人虽未惯 [7]，猿猱闻鼓不须呼 [8]。归来说与采桑姑 [9]。

旋抹红妆看使君 [10]。三三五五棘篱门 [11]。相排踏破蒨罗裙 [12]。 老幼扶携收麦社 [13]，乌鸢翔舞赛神村 [14]。道逢醉叟卧黄昏 [15]。

麻叶层层苘叶光 [16]。谁家煮茧一村香 [17]？隔篱娇语络丝娘 [18]。 垂白杖藜抬醉眼 [19]，捋青捣麨软饥肠 [20]。问言豆叶几时黄 [21]？

簌簌衣巾落枣花 [22]。村南村北响缫车 [23]。牛衣古柳卖黄瓜 [24]。 酒困路长惟欲睡 [25]，日高人渴漫思茶 [26]。敲门试问野人家 [27]。

软草平莎过雨新 [28]。轻沙走马路无尘 [29]。何时收拾耦耕身 [30]？ 日暖桑麻光似泼，风来蒿艾气如薰 [31]。使君元是此中人[32]！

【题解】

神宗元丰元年 (1078)，词人在知徐州 (今属江苏) 任。这一年的春天，当地大旱，他曾到城东郊的石潭去向龙神求雨 (参见其《起伏龙行》诗自序)。恰巧后来真下了雨。初夏，他又到石潭去谢神，一路上将所经所见所闻所感实录成篇，联缀为这组散发着浓郁泥土气息的乡野风情词。此前，词苑的长廊被各色各样的才子佳人们占据着，满眼是青衫红袖，满耳是哀丝豪竹，满鼻是麝烟香尘；而今，苏轼领着"刘姥姥"走进了"大观园"，"黄童"、"白叟"、"采桑姑"、"络丝娘"、"捋青捣麨"的老汉，傍柳卖瓜的"野人"，物质文明的生产者终于在向来拒他们于门外的精神文明产物之一的词中有了自己的一席之地，而广大读者也终于在向来是都市"酒吧"文学和"红灯区"文学的词里看到了"桑麻"的光色，听到了"缫车"的响声，嗅到了"蒿艾"的气味，这在词史上实在是一件很有创新意义的事。

【注释】

〔1〕徐门：即徐州。

〔2〕泗 (sì 四) 水：指古泗水。源出今山东泗水县东蒙山南麓，四源并发，故名。流入今江苏，经过徐州东北，最终注入淮河。全长一千数百里，是淮河下游第一大支流。

〔3〕以上二句是说，石潭与泗水暗通，水量随着泗水的增减而增减，水质随着泗水的清浊而清浊。

〔4〕这句是说，落日映在潭水中，水色深红，水温较暖，游鱼浮现。 见 (xiàn 现)：显现。作"看见"之"见"解，也可通。

〔5〕这句是说，茂密的杨柳林把两个以上的村庄连成一片 ("绿暗"指入夏树荫已浓，绿色转深)，遮藏住了晚来栖息在林中的乌鸦。唐代司空图《独望》诗："绿树连村暗。"南朝乐府民歌《阳叛儿》："杨柳可藏乌。"苏词似从此化出。

〔6〕黄童：儿童。因头发尚未黑，色偏黄，故称。 白叟：白头发的老翁。睢盱 (huī xū 灰虚)：瞪大了眼睛看。作"喜悦貌"解，亦可通。 这句写人们围观向龙神谢雨的祭祀仪式。唐代韩愈《元和圣德诗》："黄童白叟。踊跃欢呀。"

苏词或有取于此。

　　〔7〕麋 (mí 迷)：鹿科动物的一种，俗名"四不像"。

　　〔8〕猱 (náo 挠)：猿类动物。 鼓：指谢雨仪式上的乐鼓声。 不须呼：用不着召唤。 以上二句是说，虽然麋鹿还从未见到过许多人的大场面，怯怯地不敢走近，但猿猱却喜欢凑热闹，一听到敲鼓便不请自来。也可以作比拟句理解："麋鹿"比拟"白叟"，他们纯朴木讷，初见本州的长官，难免有些怯生；"猿猱"比拟"黄童"，他们活泼好动，岂肯错过这场好戏？自然是闻鼓即来的了。

　　〔9〕这句是说，参加了谢雨祭祀活动的人们 (特别是那些小孩儿) 回家后一定会将盛况说给没能到场的"采桑姑"们听。古代有"河伯娶妇"之类的淫祀，是将漂亮的少女投入水中，以满足水神的淫欲，祈求他造福 (或至少不要为祸) 于人。"采桑姑"们之所以不能在祭祀水神的现场露面，当与此类淫祀的背景传说，即水神好色的传说有关系。 此调押用同一部平声韵。 本篇韵脚分别是"鱼"、"乌"、"盱"、"呼"、"姑"。

　　〔10〕旋抹红妆：临时匆匆忙忙地往脸上抹一点胭脂。 使君：汉代对州刺史的尊称。汉代的州是比今天的省范围还大一些的监察区。到唐代，州的规格已缩小，略相当于今天的省辖市和地级市，但州长官亦称州刺史，故人们仍沿用汉代"使君"的称谓。宋代的知州相当于唐代的州刺史，故亦称"使君"。这里是词人自指。

　　〔11〕棘(jí 及)篱：乡村人家用带刺的荆条编排而成的篱笆围墙。

　　〔12〕相排：你挤我，我挤他。排，挤。 蒨 (qiàn 欠) 罗裙：绛红色的罗纱裙。蒨，即茜草，根为桔红色，可作大红染料。 以上三句从杜牧《村行》诗"篱窥蒨裙女"句化出，而描写更为细致生动。是写乡村姑娘们听说知州大人路过本庄，急忙简单化妆一下，三五成堆地拥到门口来看新鲜，挤得踩破了拖在地上的裙摆。

　　〔13〕老幼扶携：老人被扶着，儿童被搀着。 收麦社：麦子 (这里指初夏登场的大麦) 收割以后举行的报谢土神的祭祀活动。

　　〔14〕乌鸢 (yuān 渊)：乌鸦和老鹰。 翔舞：盘旋飞舞。 赛神村：正在赛神的村庄。赛神，即上句所谓"社"。用仪仗、箫鼓、杂戏等迎神、送神，并在神祠内神像前供奉各种祭祀食品。 以上二句写乡村麦收后社祭活动的热烈场面：人们扶老携幼，熙熙攘攘；祭品丰盛，招惹来成群的乌鸢。

　　〔15〕这句是说，黄昏时，归途中遇见了醉倒在路上的老汉 (显然是因为社祭时多喝了几盅)。 本篇韵脚分别是"君"、"门"、"裙"、"村"、"昏"。

　　〔16〕层层：形容麻叶长得很茂盛。 檾(qǐng 请，又读 jiǒng 窘)：麻类植物名。麻、檾的纤维是纺织麻布、搓制麻绳的原料。 光：鲜润，有光泽。

〔17〕煮茧：将尚未出蛾的完整蚕茧煮熟，使茧丝上的胶质软化、溶解，以便抽丝。

〔18〕这句是说，隔着篱笆听见缲丝姑娘或年轻媳妇娇媚的说话声。一说，旧时养蚕禁忌甚多，某些特定的时期，从事这项劳作的妇女不得到别家串门，故"络丝娘"们只好隔着篱笆说话。

〔19〕垂白：白发下垂，代指老人。 杖藜 (lí 离)：杖，此处用作动词，拄。藜，草本植物名，其茎可作拐杖，此处即指藜杖。

〔20〕捋 (luō 罗阴平) 青捣麨 (chǎo 炒)：将尚未黄熟的青小麦穗捋下来，炒熟，捣成粉，可以干吃，也可以加水搅拌成炒麦面糊。 软饥肠：抚慰饥肠，即聊以充饥的意思。

〔21〕这句是说，词人看到有穷老汉不等小麦成熟就捋了来作炒麦面吃，便关切地问询豆类什么时候可以收获。因为豆类一黄熟，目前这种青黄不接时的缺粮状况就能够得到缓解。 本篇韵脚分别是"光"、"香"、"娘"、"肠"、"黄"。

〔22〕这句倒装，即"枣花簌簌落衣巾"。 簌簌 (sù sù 速速)：形容连续不断地下落。 巾：头巾。

〔23〕缲 (sāo 骚) 车：缲丝的工具。有手摇转轮，用以收丝。

〔24〕牛衣：用乱麻或蓑草编织而成，因为多用来披在牛身上，让牛御寒过冬，故称。这里指披着牛衣的乡下人，披牛衣是为了遮太阳的灼晒。 古柳：古老的柳树。因其荫蔽面积大，故卖瓜人坐在它的凉荫下。 卖黄瓜：这黄瓜是卖给过路人吃了解渴的。地方官员到郊外来谢雨，跟着看热闹的人想必很多，更有生意可做。

〔25〕酒困：因喝了酒而感到困倦。

〔26〕日高：太阳已挂得老高。表明正是中午天气最热的时候。 漫思茶：想喝茶而不得。漫，徒然。 这句化用唐代皮日休《闲夜酒醒》诗："酒渴漫思茶。"

〔27〕野人：乡野之人，即农民。 本篇韵脚分别是"花"、"车"、"瓜"、"茶"、"家"。

〔28〕平莎 (suō 梭)：平展的莎草。莎，草名，多年生，块茎为纺锤形，称香附子，可入药。 过雨新：雨后焕然一新。指雨后长出了新草，一片鲜绿。

〔29〕走马：跑马。 无尘：雨后沙土湿润，故灰尘扬不起来。

〔30〕这句是说，什么时候我才能够回家种田呢？ 收拾：收取。"收拾耦耕身"，相对于出来做官，将自身交给朝廷支配而言，退隐便是将自身收归己有。 耦 (ǒu 偶) 耕：两人各持一耜 (古代的一种翻土工具)，并肩而耕。语出

《论语·微子》："长沮、桀溺耦而耕。"长沮、桀溺是春秋时期的两名隐士。苏词这里只作一"耕"字用。

〔31〕以上二句是说，夏阳晴暖，照耀着桑树和麻类植物的叶片，它们的光泽好似泼水一般扑向人的眼帘；风儿送来了蒿草和艾草的气息，嗅着如同薰香那样浓烈。　　蒿（hāo 号阴平）艾：这两种草同类，茎叶有特殊的气味。艾草晒干后可制艾绒，中医用来灸治病人。

〔32〕元：原。　　此中：这里面。此，代指上文所描述的那种恬适的田园境界。词人《题渊明诗》自称"世农"，即世代务农。　　本篇韵脚分别是"新"、"尘"、"身"、"薰"、"人"。

定 风 波

〔宋〕苏 轼

三月七日，沙湖道中遇雨[1]。雨具先去[2]，同行皆狼狈[3]，余独不觉[4]。已而遂晴[5]，故作此。

莫听穿林打叶声[6]，何妨吟啸且徐行[7]。竹杖芒鞋轻胜马[8]，谁怕？一蓑烟雨任平生[9]。　　料峭春风吹酒醒[10]，微冷，山头斜照却相迎[11]。回首向来萧瑟处[12]，归去[13]，也无风雨也无晴[14]。

【题解】

词人因政见与当权的新党人士不合，竟遭新党中某些政治品质恶劣的人罗织陷害，锒铛入狱，差点丢了性命，幸得新党领袖、退职宰相王安石"岂有圣世而杀才士者乎"一言，方被从"轻"发落（见宋代周紫芝《诗谳跋》），谪居黄州。自元丰三年（1080）至七年（1084），他在黄州度过了四年多近似流放的生活。本篇即作于此期间。其"所指"甚小——不过写半路猝然遇雨时的感受，然而"能指"却甚大——竟写出了自己对待人生旅途中风风雨雨的态度。词人一生经历了许多次为常人所难堪的政治打击，但他始终能够以旷达的襟怀去迎受，泰然处之。他那颗倔强的头颅从来没有低俯过。当然，由于时代和阶级的局限，他赖以调节心理平衡的法宝只是佛家和道家的思想，对我们现代人来说，这类世界观并不可取；可是，其词中充溢着的乐观精神和坚强风骨却典型地反映了我们中华民族的优秀气质，读来仍能感受到一种沛然莫御的人格力量。

【注释】

〔1〕沙湖：在黄州东南三十里。

〔2〕雨具：遮雨的用具，如伞、蓑衣等等。 这句是说，保管雨具的人先走了一步。

〔3〕同行 (xíng)：一道走的人。 狼狈：慌乱。

〔4〕余：我。 不觉：不觉得天在下雨。意即根本没把它当作一回事。

〔5〕已而：过了一阵子。 遂：终究。

〔6〕穿林打叶声：雨点穿透树林拍打树叶的响声。 这句是说，不管它下什么雨，只做没听见。

〔7〕何妨：不妨。 吟啸：吟咏、歌啸。啸，吹口哨。 徐行：缓缓地、不急不忙地走。

〔8〕芒鞋：草鞋。 这句是说，拄着竹杖，穿着草鞋在雨中行走，轻便胜似骑马。

〔9〕以上二句是说，我平生以一蓑烟雨自任，还怕它眼前的这场风雨吗？言外之意是，自己早有归隐之心，并不患得患失，所以政治上的打击无奈我何。一蓑烟雨：披一领蓑衣，在烟雨中垂钓。即隐居江湖的意思。

〔10〕料峭：形容春寒。 吹酒醒：吹散了酒意，使醉人清醒起来。

〔11〕斜照：斜射的阳光，夕阳。

〔12〕回首：回头看，回顾。 向来：刚才。 萧瑟处：指淋雨之地。萧瑟，风雨拂打林木的声音。作"凄凉"解，亦通。

〔13〕指回黄州住所去。

〔14〕这句是说，风雨也罢，天晴也罢，都不放在心上。雨既不怕，晴亦不喜。言外之意是，自己对政治上的升沉荣辱，淡然置之，毫无芥蒂。词人晚年被放逐到蛮荒的海南岛，所作《独觉》诗，结尾再次写道："回首向来萧瑟处，也无风雨也无晴。"可见他对这两句含义深刻的词颇为得意，也可见他这种处世哲学是一以贯之的。 本篇交错押用了四部不同的韵。其一，"声"、"行"、"生"、"迎"、"晴"。以上一部平声韵为主韵。其二，"马"、"怕"。其三，"醒"、"冷"。其四，"处"、"去"。以上三部仄声韵为辅韵。

念 奴 娇

赤壁怀古 [1]

〔宋〕苏 轼

　　大江东去 [2]，浪淘尽、千古风流人物 [3]。故垒西边人道是 [4]，三国周郎赤壁 [5]。乱石穿空 [6]，惊涛拍岸 [7]，卷起千堆雪 [8]。江山如画，一时多少豪杰 [9]。　　遥想公瑾当年 [10]，小乔初嫁了 [11]，雄姿英发 [12]。羽扇纶巾谈笑间 [13]，强虏灰飞烟灭 [14]。故国神游 [15]，多情应笑我 [16]，早生华发 [17]。人间如梦，一尊还酹江月 [18]。

【题解】

　　这首词也作于谪居黄州期间。世道艰难，仕途坎坷，壮志消磨，秋霜点鬓，英雄落魄之际，难免不作"人间如梦，一尊还酹江月"的颓唐语。然而你看他笔下的祖国江山是何等的雄伟壮丽，你看他笔下的历史人物是何等的英姿飒爽，能说我们的词人不执着于人生、没有积极的生活理想与追求吗？龙泉舞罢，敛归鞘中，观者眼边仍然闪动着先前的剑影寒光，很少有人会去注意剑鞘上那色彩古黯的鱼皮。此词之所以能促人奋起而非使人委靡，道理也就在这里。据宋代俞文豹《吹剑续录》记载，词人后来做翰林学士时，曾问一位善于唱歌的幕僚："我词比柳（永）词何如？"幕僚答道："柳郎中词，只好十七八女孩儿，执红牙拍板，唱'杨柳岸、晓风残月'（柳永《雨霖铃》词中的名句）；学士词，须关西大汉，执铁板，唱'大江东去'。"词人听了，笑得前仰后合。在当时那样一个以男性为中心的封建社会，因观众多为须眉，故台上独重"女音"，歌坛名星只能是白皮嫩肉的"李师师"而不可能是"黑旋风李逵"。因此，那幕僚所云，显然是对词人的善意揶揄。但在今天看来，他那形象鲜明的对比性评述，却也传神地道出了苏轼某些豪放词中有别于婉约派流行歌曲的阳刚之美。诚如明人王世贞《弇州山人词评》所言："学士此词，亦自雄壮，感慨千古，果令铜将军于大江奏之，必能使江波鼎沸。"

【注释】

〔1〕赤壁：这里指黄州西长江边的赤壁，一名赤鼻矶。关于三国时赤壁大战的古战场究竟在何处，历来众说纷纭，其中较可信的是今湖北武昌西、蒲圻西两说。但俗传也有认为就在黄州赤壁的，且早在唐代就已见于诗人吟咏，如杜牧《齐安郡（即黄州）晚秋》诗："可怜赤壁争雄渡，唯有蓑翁坐钓鱼。"宋人傅藻《东坡系年录》将此词系于神宗元丰五年（1082）七月。当时词人四十六岁。

〔2〕此句或有取于杜甫《成都府》诗："大江东流去。"

〔3〕淘：冲洗。 风流人物：这里指有作为、有影响的英雄人物。

〔4〕故垒：昔日曾驻扎过军队，而今已废弃的营垒、要塞。 人道是：人们说是。

〔5〕三国：继东汉之后出现的魏、蜀、吴三国鼎立的历史时期。自公元220年魏文帝曹丕废汉起，至280年晋武帝司马炎灭吴止，凡六十一年。但人们通常也将赤壁大战后、魏蜀吴正式建国前的历史算在三国时期之内。 周郎：周瑜（175—210），庐江舒（今安徽舒城一带）人。汉献帝建安三年（198），江东军阀孙策任命他为建威中郎将（高级将领的一种），时年二十四岁，人们称他为"周郎"。他辅佐孙策创立了孙氏政权。孙策死后，又辅助其弟孙权。建安十三年（208），曹操夺得荆州（辖境主要为今湖北、湖南）后，率数十万大军沿江东下，孙权部下主降者居多，他则坚决主战，自请以三万精兵迎敌，终于与刘备的军队合力，用火攻大破曹军于赤壁。事迹见《三国志》本传。 以上二句，也可以读作"故垒西边，人道是、三国周郎赤壁"。

〔6〕此句一作"乱石崩云"。 穿空：刺透天空。

〔7〕此句一作"惊涛裂岸"。

〔8〕千堆雪：唐代孟郊《有所思》诗："寒江浪起千堆雪。"雪，比拟洁白的浪花。

〔9〕这句是说，在周瑜生活的那个年代，一时间不知涌现出了多少英雄豪杰！

〔10〕遥想：遐想，追想遥远的过去。 公瑾（jǐn 谨）：周瑜的字。

〔11〕小乔：周瑜的妻子。建安三、四年（198—199）间，周瑜随孙策攻皖

(今安徽潜山一带)，得到了桥公的两个女儿，都是绝色美人，孙策娶了大桥，周瑜娶了小桥。事见周瑜本传。"桥"姓，北周宇文泰做大丞相时，命省去"木"旁作"乔"，取"高远"之义 (见《新唐书·宰相世系表》)。 初嫁：赤壁大战时，小乔嫁给周瑜已有十年之久。说"初嫁"，是用剪接手法突出周瑜的风流倜傥、年轻有为。

〔12〕雄姿：本传载，周瑜"长壮有姿貌"，即英俊魁梧。 英发：指才华外露。孙权对周瑜有"言议英发"的评价 (见《三国志·吕蒙传》)。

〔13〕羽扇纶 (guān 关) 巾：手执羽毛扇，头戴丝织巾。这是洒脱儒雅的装束。形容周瑜虽面临大敌而毫无惧色，作为全军主帅，却不着戎装。

〔14〕强虏：强敌。虏，对敌人的贬称。一作"樯橹"。樯，船桅。橹，摇桨。代指曹军的战舰。 灰飞烟灭：语出唐代佛陀多罗所译《圆觉经》："譬如钻火，两木相因，火出木尽，灰飞烟灭。" 以上二句是说，周瑜身着便服，在与宾客谈笑之间，就毫不费力地用火攻歼灭了曹操的大军。也可以读作"羽扇纶巾，谈笑间、强虏灰飞烟灭"。

〔15〕这句倒装，即"神游故国"，是说自己的神思超越了时间，在昔日的赤壁战场遨游。

〔16〕这句也是倒装。即"应笑我多情"，省略了主语"他人"。

〔17〕华发：花白的鬓发。 以上二句是说自己的感情太丰富，竟为历史人物、历史事件而激动不已，以致过早地生出了白发，实在是可笑。

〔18〕一尊：一杯酒。尊，古代的一种酒杯。 酹 (lèi 类)：以酒浇地。 江月：江中月亮的倒影。 以上二句大意是说，人生像梦一样虚幻，什么也不要想了，还是喝酒吧。"酹江月"是将江月当作酒伴，向它劝酒的意思。 本篇押用同一部仄声 (且是入声) 韵，韵脚分别是"物"、"壁"、"雪"、"杰"、"发(發)"、"灭"、"发 (髪)"、"月"。

卜 算 子

〔宋〕李之仪 [1]

我住长江头 [2]，君住长江尾 [3]。日日思君不见君，共饮长江水。　此水几时休，此恨何时已 [4]。只愿君心似我心 [5]，定不负、相思意 [6]。

【题解】

唐人姚合《送薛二十三郎中赴婺州》诗曰："我住浙江西，君去浙江东。日日心来往，不畏浙江风。"本篇构思即由此得到启发。但又有不少翻换，并非一味剿袭。其一，姚诗写友谊，李词转写爱情，主题已经改变。其二，姚诗中的"江"，是将两人隔开的障碍，诗人乃借彼此之"心"对这障碍的逾越，来突出友情的深笃；而李词中的"江"，却是联系双方的纽带，词人就让抒情主体以能与恋人共饮这一江之水的不幸之幸作为精神慰藉，从而凸现爱情的缠绵。表现手法也不雷同。其三，姚诗写满四句便戛然而止，又暗用"心来往"婉言"相思"，好在含蓄隽永，节短韵长；而李词则衍为八句，"心"、"思"迭见，好在明快发越，辞浅意深。两者的美学趣味亦迥然有别。比较起来，李词的民歌色彩更重一些。明末毛晋《姑溪词跋》称它"直是古乐府俊语"。所谓"古乐府"，就主要是指汉魏六朝的民歌。

【注释】

〔1〕李之仪，字端叔，号姑溪居士，瀛州景城 (今河北献县东) 人。神宗元丰年间进士。以文才受到苏轼的赏识。哲宗元祐八年 (1093)，苏轼出任河北西路安抚使 (军区长官)、知定州 (今属河北)，特辟请他管勾机宜文字 (掌管机要文件)。绍圣年间，任枢密院编修官 (最高军事机关内负责编纂事宜的官员)、通判原州 (今甘肃镇原一带)。元符年间，监内香药库 (掌管宫廷香药库)。当时新党重新执政，旧党骨干多遭贬逐，他因曾为苏轼幕僚，也被劾罢官。徽宗即位初，提

举河东常平 (掌管本路役钱、义仓、赈济、水利等事宜，并监察各州官吏)。因替旧党重要人物范纯仁起草临终前奏上朝廷的遗表，得罪编管太平州 (送今安徽当涂一带受管制)。年八十余，卒。有《姑溪居士文集》。能诗文，尤擅长于尺牍。善词，集名《姑溪词》。今存词九十余首，风格清婉峭蒨。

〔2〕长江头：长江的上游。指今四川一带。

〔3〕长江尾：长江的下游。指今江苏一带。

〔4〕以上二句是说，这江水什么时候枯竭了，这离愁别恨也就什么时候终止。也可以解作问句：这江水什么时候才能枯竭？这愁恨什么时候才能终止？不管如何理解，都是说"此恨绵绵无绝期" (白居易《长恨歌》诗句)。

〔5〕这句措辞有点接近前蜀顾敻《诉衷情》词："换我心，为你心，始知相忆深。"

〔6〕定：终。 不负：不辜负。 以上二句是抒情主人公对恋人的希望：但愿您的心像我的心一样，永远忠实于爱情，切莫辜负了我对您的苦苦思念。 本篇押用同一部仄声韵，韵脚分别是"尾"、"水"、"已"、"意"。又"头"、"休"同韵，分处在上、下片首句这互相对应的位置上，可能是巧合，也可能是有意添押一部平声韵为辅韵，以增加全词的声韵之美。

望 江 东 [1]

〔宋〕黄庭坚 [2]

　　江水西头隔烟树，望不见、江东路 [3]。思量只有梦来去 [4]，更不怕、江阑住 [5]。　　灯前写了书无数 [6]，算没个、人传与 [7]。直饶寻得雁分付 [8]，又还是、秋将暮 [9]！

【题解】

　　这首词的题材与前面李之仪的那首《卜算子》大体相同，且上片也是从姚合诗化出。不过，词人有意"反弹琵琶"，凡姚诗直处，他偏改用曲笔；姚诗曲处，他却改用直笔。具体地说，姚诗前两句言我住浙西、君去浙东，直截了当；黄词前两句原也是我住江西、君去江东的意思，却以烟树微茫、遮断望眼为言，便显得曲折婉转，又变姚诗之单纯叙事为以事见情，更多一层含蕴。第三句，姚诗言"日日心来往"，亦干脆利落；而黄词则用完全虚无缥缈的"梦"替换了虚实参半的"心"，又出以"思量只有"的忖度语气，就别有一种悱恻缠绵。第四句，姚诗的"不畏浙江风"与黄词的"不怕江阑住"，语意并无二致。但姚诗是以空灵去融化上文的质实，黄词则是用显豁来调剂上文的委婉，各因其不同之势而采取相反的作法加以利导。总而言之，姚诗是以男性的身分实写友朋间一次具体的离别，粗犷而有阳刚之气；黄词却是以女性的口吻泛写情侣间往往有之的睽违，细腻而备阴柔之美。其下片跳出姚诗的范围，又增一写信无数、传书无人的情节，更使全词波澜迭起，婀娜多姿。

【注释】

　　〔1〕望江东：此调在宋词中仅见此首，显然是作者的自度曲。调名本身就是词题。

　　〔2〕黄庭坚 (1045—1105)，字鲁直，号山谷道人，又号涪翁，洪州分宁 (今

江西修水) 人。英宗治平四年 (1067) 进士。神宗时期，曾任北京 (今河北大名一带) 国子监 (国家级学府) 教官，知太和县 (今江西泰和) 等差遣。哲宗时期，累官至秘书丞 (国家图书、档案馆的中级官员)，兼国史院编修 (职责是编撰国史)。因属旧党，被当政的新党加以修神宗朝国史多诬的罪名，谪居黔州 (今四川彭水一带) 等地。徽宗时期，起用数日，又被罢官。后来更除名羁管宜州 (流放到今广西宜山一带，交地方官管制)，死于羁所。他是宋代著名文学家、书法家。早年以诗文受到苏轼的赏识，与张耒、晁补之、秦观并称"苏门四学士"。其诗瘦硬奇崛，为江西诗派的开山祖师，对南宋诗坛的影响很大。其词与秦观一时齐名，号为"秦七黄九"，但从现存词作来看，成就实不如秦。部分篇什超逸绝尘，风格接近苏轼。也有些俗陋亵诨的作品，受到历代词学评论家的非议。著有《豫章黄先生文集》。词集有《山谷词》、《黄先生词》、《山谷琴趣外篇》等不同名目版本。今存词近一百九十首。

〔3〕以上二句是说，由于江对岸茂密的树林隔断了视线，在江水西面望不见江水东面的道路 (抒情女主人公的夫婿或恋人就是沿着这条路远去的)。

〔4〕思量：寻思，心里琢磨。

〔5〕更：绝。　阑：同"拦"。

〔6〕书无数：不知多少封信。

〔7〕传与：传递给 (他)。介词"与"后省略了宾语。　这句是说，想来想去，竟没有一个能帮着捎信的人。

〔8〕直饶：即使。　寻得：找到。　分付：交付，委托。

〔9〕以上两句是说，就算等到大雁南飞时，把信交给它们代为传递，秋天已接近尾声，未免太晚了! (据首句"烟树"二字，可知作者为词中人物设定的分手时节为春季。)　　本篇押用同一部仄声韵，韵脚分别是"树"、"路"、"去"、"住"、"数"、"与"、"付"、"暮"。

鹊　桥　仙 [1]

〔宋〕秦　观 [2]

纤云弄巧 [3]，飞星传恨 [4]，银汉迢迢暗度 [5]。金风玉露
一相逢 [6]，便胜却、人间无数 [7]。　　柔情似水，佳期如
梦 [8]，忍顾鹊桥归路 [9]？两情若是久长时，又岂在、朝朝暮
暮 [10]！

【题解】

汉代无名氏《古诗十九首》其十曰："迢迢牵牛星，皎皎河汉女。
纤纤擢素手，札札弄机杼。终日不成章，泣涕零如雨。河汉清且浅，相
去复几许？盈盈一水间，脉脉不得语！"咏牛郎织女故事的诗篇，目前
可见者以这首为最早。自此下迄北宋，同题材的作品历代多有，不可胜
数。但大都沿袭汉诗古意，写伤离恨别的主题。这已成为七夕诗词的一
种创作定势。秦观此词，好就好在打破了陈陈相因的传统模式，笔酣墨
饱地歌颂经受得住任何时间的考验、历久而弥坚的忠贞不移的爱情，化
腐朽为神奇，令人耳目一新。"两情若是久长时，又岂在、朝朝暮暮！"
欲编爱情格言辞典，它应在首选之列。山可倒，海能翻，而此情也，此
辞也，足与天地永恒。

【注释】

〔1〕鹊桥仙：此调有令词和慢词两种。本篇为令词体。此体现存之作，以欧
阳修"月波清霁"一首为最早。欧词即咏七夕牛女故事，词中且有"鹊迎桥路接
天津"句，很可能是首创。牛郎、织女本为银河两侧的两个星座，早在汉代，就
有七夕（夏历七月初七夜）乌鹊填河成桥让织女渡银河（与牛郎相会）的神话传
说（见唐韩鄂《岁华纪丽》引汉应劭《风俗通》、宋陈元靓《岁时广记》引汉
《淮南子》）。词调的命名，有取于此。本篇是咏这词调的原始题意。

〔2〕秦观（1049—1100），字少游，一字太虚，号淮海居士，扬州高邮（今属

江苏) 人。神宗元丰八年 (1085) 进士。授蔡州 (今河南汝南一带) 州学教授 (本州学府的教官)。哲宗元祐年间，被召入京，累官至国史院编修。绍圣、元符年间，因属旧党，遭新党执政者打击，一贬再贬，直至编管横州 (今广西横县一带)、雷州 (今广东雷州一带) 等地 (编管，交地方官管制)。徽宗即位后赦还，中途猝死于藤州 (今广西藤县一带)。他才思敏捷，写作时落笔如飞，有"对客挥毫秦少游" (黄庭坚《病起荆江亭即事》诗十首其一) 的美誉。在"苏门四学士"中，他最受苏轼的爱重。著有《淮海集》。为文长于议论，辞丽而思深。诗作格调偏于纤巧柔弱。词则和婉醇正，平易近人，情韵兼胜，一时享有重名，甚至被后人推许为婉约派的正宗。词集单行者有《淮海居士长短句》等。今存词近九十首。

〔3〕这句是说，纤柔的云彩作弄出许多巧妙的花样。传说织女能织作云锦天衣，因此人间女子有七夕"乞巧" (祈求织女赐予巧艺) 的风俗。词人构思，有取于此。

〔4〕这句是说，流星为牛郎织女传递彼此间的离愁别恨。夏、秋之际，夜空中多见流星。

〔5〕银汉：银河。由无数颗恒星组成的光带，从地球上看去像一条银色的河流，故名。 暗度：指织女星在人们不知不觉中过了银河。度，过。亦通"渡"。

〔6〕金风玉露：唐代李商隐《辛未七夕》诗："由来碧落银河畔，可要金风玉露时。"金风，见前冯延巳《鹊踏枝》注〔8〕。玉露，白色的露珠。

〔7〕胜却：胜过。 以上二句是说，牛郎织女在美好的秋天里的一次相逢，就比人间夫妇的无数次欢会更为甜蜜。

〔8〕佳期：情侣间的约会。 如梦：像梦一样美妙，也像梦一样虚幻和短暂。

〔9〕顾：回头看。 这句是说，织女怎么忍心转过脸去打量那条返回去的鹊桥路呢？

〔10〕朝朝暮暮：语出宋玉《高唐赋》，见前李珣《巫山一段云》注〔1〕。以上二句是词人就牛女相会一事所发的议论：双方的爱情如果地久天长，又何必定要朝夕厮守！意即真正的爱情并不取决于能否在一起生活，更要看是不是经得起长期离别的磨难。 本篇押用同一部仄声韵，韵脚分别是"度"、"数"、"路"、"暮"。

满 庭 芳

〔宋〕秦 观

　　红蓼花繁 [1]，黄芦叶乱，夜深玉露初零 [2]。霁天空阔 [3]，云淡楚江清 [4]。独棹孤篷小艇 [5]，悠悠过、烟渚沙汀 [6]。金钩细，丝纶慢卷 [7]，牵动一潭星 [8]。　　时时横短笛 [9]，清风皓月 [10]，相与忘形 [11]。任人笑生涯，泛梗飘萍 [12]。饮罢不妨醉卧，尘劳事、有耳谁听 [13]？江风静，日高未起 [14]，枕上酒微醒 [15]。

【题解】

　　中国古代知识分子的人生奏鸣曲，往往都是由"进仕"和"退隐"这两种分别体现着儒家思想倾向与道家、佛家思想倾向的不同旋律交织而成的。一般说来，他们是天下有道时则思进仕，天下无道时则思退隐；年富力强时则思进仕，年老力衰时则思退隐；官运亨通时则思进仕，宦途滞塞时则思退隐。由于封建机制不可能相对充分而均等地向他们提供实现个人价值的机会，所以，因政治失意而隐居江湖，藉放浪山水以消弭精神创伤者，历来大有人在。明白了这一点，我们对古代文学作品中何以有如此之多的隐逸篇章，就不会感到惊讶。这类题材的优秀之作，大都能创造出一种恬静优美的意境，使读者恍若置身于清纯淡远的岚光水色之中，性情得以澡雪，心灵为之净化。前选之张志和《渔父》词是这样，这里所录秦观的《满庭芳》亦复如此。不过张词为小令，逸笔草草，但求神似；秦词则为长调，线条递细，颇能穷形——譬之于画，便有写意与工笔的区别。"丝纶慢卷，牵动一潭星"九字，尤有灵气。元人乔吉曾将它嵌进了自己的散曲（《中吕满庭芳·渔父词》二十首之十六，其中"卷"字改作"整"字，是为了押韵）。穿窬入室，别无所取，偏"盗"此二句，这"偷儿"的眼光也忒狠得紧。

【注释】

〔1〕红蓼 (liǎo 辽上声) 花：蓼，草本植物，多生于水边，其中有一种秋季开花，淡红色，花序呈穗状。 繁：茂盛。

〔2〕零：落。

〔3〕霁天：雨后初晴的天空。

〔4〕楚江：南方地区江河的泛称。长江中下游一带，春秋战国时期属楚国。

〔5〕棹：可作名词"桨"解，亦可作动词"划（船）"解。因下文"篷"、"艇"都是名词，故这里作动词解较为生动。 篷：船舱上覆顶的芦席或竹席。

〔6〕烟渚 (zhǔ 主)：水气弥漫的小洲。 沙汀 (tīng 厅)：沙滩。

〔7〕丝纶 (lún 伦)：钓鱼用的丝绳。 慢：同"漫"。不经心的意思。 卷：指转动钓轮，往回收掣钓线。

〔8〕一潭星：倒映在水中的满潭星影。潭，深水湖。这里用作量词。

〔9〕横短笛：横持短笛吹奏。

〔10〕皓 (hào 浩) 月：明月。皓，白、明亮。

〔11〕以上二句是说，和清风明月作朋友，彼此不拘形迹。

〔12〕泛梗飘萍：喻指漂泊不定的水上生涯。泛梗，古代寓言说，有木偶人与土偶人互相挖苦，木偶笑话土偶遇水就将残废，土偶则笑话木偶系由桃梗 (桃树棍) 刻削而成，遇水将漂流他乡 (见《战国策·齐策》)。飘萍，飘，同"漂"；萍，浮萍。 以上二句是说，任随他人去笑话我的漂泊生涯，我全不在意。

〔13〕尘劳事：指为满足各种欲望而劳苦身心的一切世俗之事。尘劳，本佛家语。佛家称色、声、香、味、触、法为"六尘"，它们作用于人的眼、耳、鼻、舌、身、意等"六根"，便引出种种劳苦来。 这句是说，虽有耳朵，可谁要听那些俗事！

〔14〕这句是说自己悠闲安适，太阳升得老高了，还未起床。

〔15〕醒：这里读平声。 本篇押用同一部平声韵，韵脚分别是"零"、"清"、"汀"、"星"、"形"、"萍"、"听"、"醒"。

古捣练子 [1]（六首录五） [2]

〔宋〕贺 铸 [3]

夜 捣 衣

收锦字 [4]，下鸳机 [5]，净拂床砧夜捣衣 [6]。马上少年今健否 [7]？过瓜时见雁南归 [8]。

杵 声 齐 [9]

砧面莹 [10]，杵声齐，捣就征衣泪墨题 [11]。寄到玉关应万里 [12]，戍人犹在玉关西 [13]！

夜 如 年 [14]

斜月下，北风前，万杵千砧捣欲穿 [15]。不为捣衣勤不睡，破除今夜夜如年 [16]。

剪 征 袍 [17]

抛练杵，傍窗纱 [18]，巧剪征袍斗出花 [19]。想见陇头长戍客 [20]，授衣时节也思家 [21]。

望 书 归

边候远 [22]，置邮稀 [23]，附与征衣衬铁衣 [24]。连夜不妨频梦见，过年惟望得书归 [25]！

【题解】

北宋自开国伊始就不断遭到边疆地区少数民族政权的侵扰(先是北方的辽，后来是西北方的夏)，因此，远离家乡、亲人，驻守北陲荒寒之地的戍卒为数众多。他们既时刻面临战争和死亡的威胁，又得不到朝廷的爱恤，于是亲人们对他们的揪心裂肺的担忧和思念，遂具有相当的社会普遍性。贺铸这组词，即为思妇们代笔，诉说她们的哀怨，同时也从侧面反映征夫们的疾苦，无论就其社会认识价值抑或艺术审美价值而言，都称得上是古诗词中的优秀之作。

首先，在她们沉痛的笔调下，隐藏着对封建统治者的讽谴。观《夜捣衣》中"马上少年今健否？过瓜时见雁南归"二句，朝廷言而无信，随意延长役期的行径，岂不昭然若揭？又如《望书归》云云，边关再远，也不是"十书九不到，一到忽经年"(唐代贾岛《寄远》诗)的充足理由。思妇之所以今秋寄衣而不敢奢望明年以前能有回信，根本原因还在于当局对戍人及其亲属的苦痛漠不关心。这层意思，尽在"置邮稀"淡淡三字中。苏轼写那专供帝王后妃享用的新鲜荔枝、龙眼如何不远万里，及时贡进，不是有"十里一置飞尘灰，五里一堠兵火催"(《荔枝叹》诗)之句吗？用它来作反衬，愈见贺词之轻描淡写中有微辞在，不可等闲看过。

其次，组词没有浪费一点笔墨去描写思妇的体态、容貌(如梁武帝《捣衣》诗"轻罗飞玉腕，弱袖低红妆"之类)，乃至照明设施(如梁代王僧孺《咏捣衣》诗"雕金辟龙烛"之类)、裁缝工具(如北周庾信《夜听捣衣》诗"龙文镂剪刀"之类)等无关宏旨的物事，而将所有的篇幅都用来展示思妇的感情波澜，这就产生了叩开读者心扉的艺术感染力量，不像上举南北朝时期的同题材作品，徒以华丽的辞藻眩人眼目。在具体刻画思妇的内心世界时，词人也力避陈俗，全然不用那些描绘人物面部表情和身体形态变化(如泪眼愁眉、衣宽带减之类)的程式，而将思妇的复杂情感有机地糅进捣衣、裁衣、寄衣的一举一动，且这一举一动又无不经过精心选择和提炼，具有可观的艺术张力。如"巧剪征袍斗出花"，一方面，它把思妇对征人的柔情蜜意表现得十分细腻；另一方面，思妇所欲拼接者又岂只是衣料上剪破的花朵？这难道不是她渴望花好月圆、夫妻团聚的象喻么？又如"不为捣衣勤不睡，破除今夜夜如年"，写思妇夜捣征衣通宵达旦，若着眼于她关切征人冷暖、不惮一己辛劳，原也合乎情理，但失之于浅；词人偏让思妇自吐胸臆，明言这是为了宣泄内心的积郁，挨过不眠的长夜，真可谓入木三分。因为，他的目的不是写一篇"女儿经"来宣扬妇功、妇德，而是要写出封建兵役制度的残酷，写出一个在悲惨中挣扎的灵魂！近代学者夏敬观曾指出，这组词系"唐人绝句作法"（手批《东山词》）。是的，它们确实不类宋调，丰神直追唐音。试观唐人同题材七绝诗，陈玉兰《古意》曰："夫戍萧关妾在吴，西风吹妾妾忧夫。一行书信千行泪，寒到君边衣到无？"贺词实可与之并驾齐驱。南宋杨万里《颐庵诗稿序》赞晚唐诗有《诗经》遗味，所举名句，第一联便是"寄到玉关应万里，戍人犹在玉关西"。但《全唐诗》中并无这两句，惟贺词有之，可能是他记错了。果真如此，则证明贺铸此词之酷肖唐诗，已到了可乱楮叶的地步。

　　最后，让我们再将这组词纳入唐宋词发展史的范围加以考察。在早期民间词里，同题材的作品并不鲜见。如敦煌曲子词："孟姜女，杞梁妻，一去燕山更不归。造得寒衣无人送，不免自家送征衣。"——词调正是"捣练子"！艺术上是粗糙了些，反苛政的思想火花却很耀眼。到了文人手里，此长彼消，向着否定的方向发展。今存文人词中最早的一首《捣练子》系李后主所作："深院静，小庭空，断续寒砧断续风。无奈夜长人不寐，数声和月到帘栊。"写作技巧大大提高，内容却换成抒写文士夜听捣衣声时的悲秋情绪，可谓鸠占鹊巢。至于贺铸这组词，又来了个否定之否定。它们标明是"古"《捣练子》，五首中且有三首与敦煌《捣练子》同韵，看来词人是有意汲取民间词中的营养并向其复归。不过，他在学习和继承民间词的同时，扬弃了它们质木无文的弱点，益之以文人词的成熟技法，做到了内容之"善"与形式之"美"的和谐统一。这个螺旋形的上升，缩影了词的整个演进历程，自有典型示范的意义。

【注释】

〔1〕古捣练子：古代一般纺织品的质地较粗硬，制衣之前或成衣之后，须用木杵在石砧上反复捶捣，使之柔软，以利穿着。妇女们多在秋天捣衣，为远行的夫婿准备冬装。《捣练子》这个词调，创始之作可能即咏此事，因而得名。贺

铸这组词似是咏此词调的原始题意。特意标出一"古"字，是为了和近世那些改写其它题材的《捣练子》词相区别。

〔2〕这组词的第一首已残缺，故未录。

〔3〕贺铸 (1052—1125)，字方回，号庆湖遗老，卫州共城 (今河南辉县) 人。宋太祖贺皇后的五代族孙。神宗熙宁初，因门荫 (贵族、官僚子弟享有的一种特权，不经选拔，直接授官) 入仕，任低级侍卫武官。哲宗元祐年间，由苏轼等荐举，改为文官。历官神宗、哲宗、徽宗三朝，曾任徐州宝丰监钱官 (负责铸造钱币)、和州管界巡检 (负责当地军训、治安等)、通判泗州 (今江苏盱眙一带)、太平州 (今安徽当涂一带) 等差遣。晚年隐居于苏、常二州。他才兼文武，但由于秉性刚直，不阿权贵，故一生屈居下位，未能施展其抱负。善诗，有《庆湖遗老诗集》。尤以词著称于世，与晏几道、秦观、周邦彦等先后齐名。其词题材较丰富，风格也多所变化，盛丽、妖冶、幽洁、悲壮兼而有之，又擅长融化前人诗文成句，用韵特严，富有节奏感和音乐美。今存词二百八十余首，有《东山词》、《贺方回词》等不同名目版本。

〔4〕锦字：《晋书·列女传》载，前秦时，窦滔被流放到边疆，其妻苏蕙思念不已，遂织锦为回文旋图诗寄给他。诗图共八百四十字，文辞凄惋，宛转循环皆可以读。这里是用典，写思妇满怀惦念之情，为夫婿织锦。

〔5〕鸳机：织机的美称。

〔6〕净拂床砧 (zhēn 贞)：掸去石砧上的尘土，将石砧擦拭干净。床砧，捣衣用的大石板。　以上三句写思妇白天忙着织锦，黄昏后收拾好织成的锦缎，起身下机，又趁着月色，连夜捣衣。

〔7〕马上少年：指从军的年轻夫婿。马，此指战马。　健否：安康么？

〔8〕瓜时：指兵役期满之时。《左传·庄公八年》载，春秋时，齐襄公派遣将军连称、管至父去戍守葵丘 (在今山东淄博境内)，当时正值瓜熟 (即"瓜时"，夏历七月)，襄公许诺明年瓜熟时就派人来替换他们。谁知一年期满，襄公却自食其言，不准他们返回。　以上二句写思妇一边劳作，一边忐忑不安地思忖：不知夫婿现在可健康地活着？为什么役期已过，却只见大雁南归，不见征人北返呢？　此调押用同一部平声韵。本篇韵脚分别是"机"、"衣"、"归"。

〔9〕杵 (chǔ 础)：捣衣用的木棒槌。

〔10〕砧面：石板的表面。　莹 (yìng 硬)：形容磨得很光滑。

〔11〕捣就：捣成功。就，常用于动词后，表示完成状态。　征衣：军衣，出征人穿的衣服。　泪墨题：用泪水研墨，在裹衣服的包袱上题写夫婿的名字。

〔12〕玉关：即玉门关。故地在今甘肃敦煌附近，北宋时属西夏。由于它在汉、唐两代是通往西域的重要关口，故这里借用来泛指西北边塞。

〔13〕戍人：戍守边疆的军人。　以上二句是说，衣裳寄到玉门关，该有迢迢万里路吧？可夫婿戍守的地方，还在玉门关的西面（比玉门关更远）！　本篇韵脚分别是"齐"、"题"、"西"。

〔14〕夜如年：一夜好像一年那样长，极言长夜难熬。

〔15〕这句是说，木杵在石砧上捣了千下万下，石板都快捣穿了。

〔16〕以上二句说，不是为了捣衣，勤奋得顾不上睡觉；实是因为思念亲人而睡不着，这才借捣衣来打发漫漫长夜。　本篇韵脚分别是"前"、"穿"、"年"。

〔17〕剪：裁剪。　征袍：战袍。袍，特指装有丝绵的长衣，即御寒的冬衣。

〔18〕窗纱：即"纱窗"，为押韵而倒文。

〔19〕斗：拼合。　以上三句写思妇丢开捣练的木杵，坐到窗边来缝制战袍。开片时，她巧运心思，设法使不得不剪破的花朵图案，能够在缝纫时重新拼接复原。

〔20〕陇头：即陇山，在今陕、甘两省交界处。这里也是作为西北边塞的泛称。　长戍客：长期戍守边关的军人。客，离家在外的人。

〔21〕授衣时节：《诗·豳风·七月》："九月授衣。"夏历九月，已是深秋。以上二句写思妇心里念道：长戍边塞的夫婿，到了这授冬衣的时节，也一定在想家吧？　本篇韵脚分别是"纱"、"花"、"家"。

〔22〕边候：边防线上的土堡，用来侦伺敌情。略同于今天的"哨所"。

〔23〕置邮：驿车、驿马、驿站。古代的邮递设施。

〔24〕铁衣：铠甲。　以上三句是说，边关遥远，官家的驿车马却配备甚少，难得今天见到了驿使，寄信之外，还附上自己赶制的寒衣，有它衬在里面，夫婿披上铁甲便不会感到寒冷。

〔25〕过年：逾年。　惟望：只盼。　以上二句写思妇哀叹道：一夜之间尽可以三番五次地梦见夫婿，可事实上呢，明年能够收到他的回信，也就算如愿以偿了。古诗中写思妇与征夫互通音讯之难，每有类似的句子。如南朝梁刘孝先《春宵》："敦煌定若远，一信动经年。"唐代刘希夷《捣衣篇》："缄书远寄交河曲，须及明年春草绿。"　本篇韵脚分别是"稀"、"衣"、"归"。

西　河

金　陵 [1]

〔宋〕周邦彦 [2]

　　佳丽地 [3]。南朝盛事谁记 [4]？山围故国绕清江 [5]，髻鬟对起 [6]。怒涛寂寞打孤城 [7]，风樯遥度天际 [8]。　　断崖树 [9]，犹倒倚 [10]。莫愁艇子曾系 [11]。空余旧迹郁苍苍 [12]，雾沉半垒 [13]。夜深月过女墙来 [14]，伤心东望淮水 [15]。　　酒旗戏鼓甚处市 [16]？想依稀、王谢邻里 [17]。燕子不知何世 [18]，入寻常、巷陌人家相对 [19]，如说兴亡，斜阳里 [20]。

【题解】

　　北宋时期的金陵怀古词，王安石的《桂枝香》独步于前，周邦彦这首《西河》踵武其后，异曲同工，并臻妙境。而细察其视野文心、声情辞采，又各有鲜明的艺术个性。王词充溢着对祖国江山的赞叹，对历史兴亡的感慨，见出强烈的参与意识，且选用入声韵，高亢激越，飞扬蹈厉，是叱咤风云的政治家之词。周词则通篇为寂寥衰飒之景，不胜其怀古伤逝之悲，又用上去声啮齿音入韵，低回唱叹，幽咽苍凉，是沧桑人世的诗人之词。体段精神，互不相袭，一颦一笑，各肖其人，作家身分与性格对其文学创作的影响，由此可以概见。

【注释】

　　〔1〕金陵：见前欧阳炯《江城子》注〔3〕、王安石《桂枝香》注〔3〕。
　　〔2〕周邦彦 (1057—1121)，字美成，号清真居士，杭州钱塘 (今已废入杭州市) 人。神宗元丰二年 (1079) 入京为太学生 (国家最高学府的学员)。六年 (1083)，献《汴都赋》万余言，得到神宗的赏识，拔为太学正 (最高学府中执掌学规、辅助教学的低级官员)。哲宗时期，出任庐州 (今合肥一带) 教授，知溧水县

(今属江苏)，累迁至秘书省正字 (国家图书、档案馆内负责校勘典籍等事宜的低级官员)。徽宗时期，曾知隆德府 (今山西长治一带)、明州 (今浙江宁波一带)、顺昌府 (今安徽阜阳一带) 等，并曾在朝中任秘书监 (国家图书、档案馆的长官)、提举大晟府 (主管国家音乐机关)。他精通音律，创制新曲甚多，对于词调的蕃衍有卓越的贡献。今存词一百八十余首，有《清真词》、《片玉词》、《美成长短句》等不同名目版本。

〔3〕佳丽地：语本谢朓《入朝曲》诗："江南佳丽地，金陵帝王州。"是说金陵这地方十分美好。

〔4〕南朝：自公元 420 年宋武帝刘裕废晋至 589 年隋文帝杨坚灭陈，我国南方共经历了宋、齐、梁、陈四朝，皆建都于建康 (古金陵)，史称南朝。 盛事：兴盛时的事迹。 谁记：还有谁记得？

〔5〕山围故国：化用刘禹锡《石头城》诗："山围故国周遭在。"故国，古都。金陵周围多山。

〔6〕髻鬟 (jì huán 季环)：女子的发髻。鬟，环形的发髻。 这句是说，长江两岸的青山犹如美人的髻鬟，相对耸起。

〔7〕这句化用刘禹锡《石头城》诗："潮打空城寂寞回。"

〔8〕风樯：乘风张帆的船只。樯，桅杆。这里代指船。 这句是说，帆船远远地从天边驶过。

〔9〕断崖：陡峭的江岸山壁。

〔10〕倒倚：指断崖老树的枝干紧挨石壁倒挂着，横生斜长。

〔11〕莫愁艇子：南朝乐府民歌《莫愁乐》："莫愁在何许？莫愁石城西。艇子打两桨，催送莫愁来。"莫愁本是当时竟陵石城 (在今湖北钟祥) 一位善唱歌谣的女子 (见《旧唐书·音乐志》)，后来"竟陵石城"讹传为"金陵石城"。艇子，小划子。 以上三句是说，当年莫愁系过船的老树至今犹存。

〔12〕空余：只剩下。 郁苍苍：三国魏曹植《赠白马王彪》诗七首其二："山树郁苍苍。"形容树木葱茏。

〔13〕垒：指石头城军垒。故址在今南京城西清凉山，古时面临长江 (今山下已成陆地)，南抵秦淮河口。战国时，楚威王在这里建金陵邑。东吴孙权时，加以整修，改名石头城。城依山而立，以江为护城河，地形险要，历来为兵家必争之地。 以上二句是说，雄踞一时的石头城垒今已毁废，仅有遗迹残留；雾沉江面，遮住了城垒的下半部分，上端郁郁葱葱的林木则依稀可见。

〔14〕女墙：古代城墙上端呈凹凸状的小墙，有射击孔，供守军隐蔽、射击用。此指石头城上的女墙。

〔15〕淮水：指秦淮河。源出今江苏溧水东北，西北流至南京东南，横贯城

中，西出汇入长江。相传秦始皇东游，望气者说"五百年后金陵有天子气"，即指那里将有帝王兴起，于是秦始皇便下令凿断金陵郊外的方山，让淮水流通，为的是破坏那"王气"。见晋代孙盛《晋阳秋》。　以上二句化用刘禹锡《石头城》诗："淮水东边旧时月，夜深还过女墙来。"是说夜深时，明月向西越过石头城垣，伤心地回望东面的秦淮河。

〔16〕戏鼓：杂技戏曲演出时敲奏的锣鼓声。　甚处：什么地方？

〔17〕依稀：仿佛。　王谢邻里：指乌衣巷一带。本是东吴军队乌衣营的驻地，东晋时，王、谢等名门贵族居住于此，故址在今南京城中、秦淮河畔。邻里，泛指邻近街巷、住家。　以上二句说，那酒旗招展、戏鼓喧嚣的街市是什么地方？想来大概是当年王、谢等贵族居住的乌衣巷一带吧。借昔日贵族豪门住宅区而今沦为平民游乐场所这一重大历史变迁，反映人世沧桑。

〔18〕不知何世：不知道如今是什么朝代。

〔19〕陌：街道。　以上二句化用刘禹锡《乌衣巷》诗："旧时王谢堂前燕，飞入寻常百姓家。"

〔20〕以上二句说，双燕呢喃，好像是在夕阳中谈论着历史的兴亡。　里：繁体本作"裏"，与前"邻里"之"里"字不同，并非重复押韵。　本篇押用同一部仄声韵，韵脚分别是"地"、"记"、"起"、"际"、"倚"、"系"、"垒"、"水"、"市"、"里"、"世"、"对"、"里（裏）"。

鹧 鸪 天

西 都 作 [1]

〔宋〕朱敦儒 [2]

　　我是清都山水郎 [3]，天教分付与疏狂 [4]。曾批给雨支风
券 [5]，累上留云借月章 [6]。　　诗万首，酒千觞 [7]，几曾着
眼看侯王 [8]？玉楼金阙慵归去 [9]，且插梅花醉洛阳 [10]。

【题解】

　　这首词作于北宋末年。当时徽宗信用一班奸臣，穷奢极欲，弄得民
不聊生，是北宋历史上最腐败的时期。因此，词人之自任"疏狂"、高
歌隐逸，颇有洁身自好、不与堕落的统治集团同流合污的意味。上片原
只是东晋大诗人陶渊明《归田园居》诗所谓"少无适俗韵，性本爱丘
山"，类似话头，不知有多少骚人墨客说过，但词人换了一种极浪漫、
极奇谲的构思来表达，便横生出全新的妙趣。你看他一落笔就不同凡
响，径以天国中主管山水的仙官自封；下文愈益匪夷所思——既任"清
都山水郎"矣，少不得要费心擘划些逢山开路、遇水搭桥的旅游开发事
宜罢？偏不，只顾自家"给雨支风"、"留云借月"而已。原来他杜撰
的这个仙职，竟是个专业从事游山逛水的美差！天帝果真用他管山管
水，不啻是任命美猴王管蟠桃园了！词人的隐逸情怀，就通过这超现实
的独特狂想，活泼泼地抒发出来。论此词在艺术上的创造性，固然要数
上片，但一篇之主旨，还须向下片去探求。封建社会，等级森严，官爵
之有无与高低，在世俗心目中成为判断人的价值大小的唯一尺度。因
而，一切敢于发现和认识自我的价值、藐视封建秩序的人，人们或以为
"狂"，他们往往也索性以"狂"自居。这"狂"，在当时正是思想解放
的一种标志。词人连天国的"玉楼金阙"都懒得归去，又怎肯拿正眼去
看尘世间的王侯权贵？由此愈加清楚地见出，上片云云，与其说是对神

仙世界的向往，毋宁认作对玉皇大帝的狎弄。这倒也不难理解：感觉到人世的压抑，渴望到天国去寻求精神解脱的痴人虽所在多有，而意识到天国无非是人世在大气层外的翻版，不愿费偌大气力，换一种海拔高度来受束缚的智者也不可谓无，词人就是一个。那么他竟向何处去寄托身心呢？山麓水湄而外，惟有诗境与醉乡。于是乎乃有"诗万首，酒千觞"，于是乎乃有"且插梅花醉洛阳"。洛阳盛产牡丹，他不说"插牡丹"，偏说"插梅花"，是有深意的。牡丹者，花中之王侯。梅花者，花中之隐士。去取之间，不正透露出词人的志行与品格么？

【题解】

〔1〕西都：北宋的西京，即洛阳。

〔2〕朱敦儒 (1081—1159)，字希真，号岩壑老人，河南洛阳人。志行高洁，有名望。钦宗靖康年间，召至东京，将授以学官，他推辞不受。金人南侵，北宋覆亡，他逃难客居南雄州 (今广东南雄一带)。高宗绍兴年间，因大臣荐举，被召见，议论明畅，得到高宗的赏识，赐进士出身，为秘书省正字。累迁至两浙东路提点刑狱 (掌管本路司法、刑狱，监察地方官员)。因主张抗金，与主战派大臣李光交结，遭到秦桧党徒的弹劾，被罢官。晚年畏惧秦桧的权势，受其笼络，出任鸿胪寺少卿 (鸿胪寺是掌管外交、祭祀、皇族及大臣丧葬等事务的机构，少卿为副长官)。秦桧死后，再次罢官。他擅长诗词，词名尤卓著。有《樵歌》。今存词二百四十余首。多隐逸之作，清旷明洁。南渡初期，也写过一些忧伤国事的词篇，沉郁而悲凉。

〔3〕清都：传说中天帝居住的地方，天国的京城。 山水郎：词人编造的天国官名。郎，本是人间帝王的侍从官。

〔4〕教 (jiāo 交)：让，使，令。 分付：给予。 与：给。 疏狂：狂放，不守礼法。 这句是说，老天爷让把狂放不羁的权利赐给我，意即本人天性狂放。

〔5〕给 (jǐ 几) 雨支风：给，供应。支，领取。 券：证券。这里指官员从官库领取生活供给物品时须持有的一种特别凭证。

〔6〕累上：多次向皇帝呈递。 章：臣下给皇帝的书面报告。 以上二句互文见义，说自己曾一再向天帝请求享受风雨云月等特殊供给，蒙天帝恩准，批给了支取此类物品的文券。风雨云月，都是指江湖、山林间的自然景致。两句不过是申明自己热爱隐逸生活、享有上苍赋予的欣赏大自然之美的权利，却写得十分诙谐。

〔7〕觞 (shāng 商)：古代的一种酒杯。这里用作量词。

〔8〕几曾：何曾。用反诘语气表示从来不曾。 着眼：注目。 侯王：即
"王侯"，为押韵而倒文。本是封给皇亲国戚、大臣功臣的两种高级爵位，这里泛
指一切达官贵人。 以上三句写自己纵情于诗酒，蔑视权贵。

〔9〕玉楼金阙：白玉楼台，黄金宫阙。指天庭的华丽殿堂。 慵（yōng拥）：
懒。

〔10〕插梅花：将梅花簪在发髻上。这是一种豪放不羁的名士风流。 本篇
押用同一部平声韵，韵脚分别是"郎"、"狂"、"章"、"觞"、"王"、"阳"。

九 张 机 [1]

〔宋〕无名氏

一张机 [2]。采桑陌上试春衣 [3]。风晴日暖慵无力，桃花枝上，啼莺言语，不肯放人归 [4]。

两张机。行人立马意迟迟 [5]。深心未忍轻分付 [6]，回头一笑，花间归去，只恐被花知 [7]。

三张机。吴蚕已老燕雏飞 [8]。东风宴罢长洲苑 [9]，轻绡催趁 [10]，馆娃宫女 [11]，要换舞时衣 [12]。

四张机。咿哑声里暗颦眉 [13]。回梭织朵垂莲子 [14]，盘花易绾 [15]，愁心难整，脉脉乱如丝 [16]。

五张机。横纹织就沈郎诗 [17]。中心一句无人会 [18]，不言愁恨，不言憔悴，只恁寄相思 [19]。

六张机。行行都是耍花儿 [20]。花间更有双蝴蝶，停梭一晌 [21]，闲窗影里 [22]，独自看多时 [23]。

七张机。鸳鸯织就又迟疑。只恐被人轻裁剪，分飞两处，一场离恨，何计再相随 [24]？

八张机。回纹知是阿谁诗[25]？织成一片凄凉意，行行读遍，厌厌无语[26]，不忍更寻思[27]。

九张机。双花双叶又双枝。薄情自古多离别[28]，从头到底，将心萦系，穿过一条丝[29]。

【题解】

在宋代，词调不仅用于单支抒情歌曲的演唱，还用于"鼓子词"(有说有唱)、"大曲"和"转踏"(亦歌亦舞) 等的演出。这《九张机》组词，便是"转踏"类中的歌词。它由九首同一曲调的小词构成，以农家少女的口吻叙说自己恋爱的喜悦和相思的烦忧。第一章和第二章，写女主人公春日在采桑陌上邂逅了一位过路的男子，两人一见钟情。"回头一笑，花间归去，只恐被花知"三句，刻画少女初恋时的羞怯情态，极为传神。第四章至第九章，具体结合女主人公的机织劳作，反复渲染她对爱情生活的憧憬，对笼罩在爱情生活上空之阴影的忧惧，以及对爱情的坚贞，对生活的执着。一唱三叹，缠绵凄惋。第三章是前后两幕剧情的过场。因蚕老茧成，夏来春去，女主人公的劳作遂由采桑转入机织。因宫廷奢侈，官府勒索，女主人公乃不得不中止采桑陌上的幽会，关在家里紧张地飞梭。这样，就自然地收束上文的恋爱，启动下文的相思。而前章数二，后章数六，此章正处在组词的黄金分割点，关节设置，亦颇见匠心。更值得注意的是，全篇主旨虽不在揭露残酷的封建剥削，但这里侧戈稍稍一击，却也未必是无心的闲笔。清末著名词论家陈廷焯对此具有准民歌性质的创作评价极高，他说："词至《九张机》，高处不减《风》《骚》(《诗经》中的十五国《风》和屈原的《离骚》)，次亦《子夜》《怨歌》(汉魏六朝乐府民歌曲名) 之匹，千年绝调也。"又说："词至是，已臻绝顶，虽美成 (周邦彦)、白石 (姜夔) 亦不能为。"(《白雨斋词话》)

【注释】

〔1〕九张机：这组词录自南宋初曾慥编《乐府雅词》，应是北宋的作品。

《乐府雅词》共收两组《九张机》，另一组前有"勾队辞"（相当于"开场白"），开头就说："《醉留客》者，乐府之旧名；《九张机》者，才子之新调。"据此推断，它当是用《醉留客》曲叠而成。可惜《醉留客》一调，别无单独的词篇流传。

〔2〕一张机：仅表示这是第一章，与文意不相关。以下各章首句皆属此类顺序号性质，不具注。

〔3〕采桑陌：郊野的路旁植有桑树，可供饲蚕的女子采摘，故称。 试春衣：初次换上轻盈的春装。

〔4〕以上三句是说，黄莺在桃花枝头啼啭，像是在和女主人公说话，不肯放她回家。（其实是写女主人公为鸟语花香的美好春光所吸引，流连忘返。）

〔5〕立马：勒马站住。 意迟迟：有所顾恋，不肯继续前行的情态。 这句写一位过路的男子看见并爱上了女主人公。

〔6〕深心：内心的隐秘。 未忍：未肯。 轻分付：轻易地表示。

〔7〕以上四句是说，女主人公也爱上了那位男子，却羞于公开表露，慌忙穿过桃花林往家走，然而又忍不住回头向那男子送去一个微笑，同时不免心意怦怦，惟恐被花儿窥见了秘密。

〔8〕吴蚕：今江苏南部地区，自古以来蚕桑丝织业就很发达。该地区春秋时是吴国的腹心之地，故称其地之蚕为"吴蚕"。 燕雏 (chú 除)：小燕子。 这句是说，老蚕已吐丝结茧，雏燕已开始学飞，时节已进入初夏。

〔9〕长洲苑 (yuàn 院)：春秋时吴国的著名园林，故址在今江苏苏州西南、太湖之北。因其地本是一块狭长的洲渚，故名。苑，畜养禽兽，种植林木，供帝王及贵族游猎、宴饮的场所。

〔10〕轻绡 (xiāo 消)：轻柔的薄绸。 催趁：催赶，督促。

〔11〕馆娃宫：春秋时吴王夫差为西施建造的宫殿，故址在今苏州西南的灵岩山上。"馆娃"是"藏娇"的意思。古代吴地称美女为"娃"。

〔12〕以上四句是说，吴王已结束了春天在长洲苑的宴饮游乐，转到灵岩山上的馆娃宫中来避暑，西施及宫女们要换着更新更美更轻柔的夏日舞衣，因此官府便催逼农家女赶织轻绡，供给宫廷。文义中的吴王、西施、宫女等等，都是代指，不必坐实。总之，本篇只是泛说由于帝王的奢侈，农家女子被迫织作不息。

〔13〕咿哑 (yī yā 衣鸦)：象声词。织机的响声。 颦 (pín 频) 眉：皱眉。

〔14〕回梭：机织的一种手法。即用织梭回环往复地穿织，以期织出复杂的图案。梭，引导纬纱与经纱交织的器件，两头尖，体腔中空，容纳缠有纬纱的纤子 (卷纱管)。 垂莲子：垂倒的莲花。语义双关，谐音为"垂怜子"，即"垂怜 (爱)"于"子" (对男性的第二人称敬指，相当于"您") 的意思。

〔15〕盘花：回梭盘旋织成的花朵。 绾 (wǎn 挽)：盘结。

〔16〕脉脉 (mò mò 莫莫)：含情欲吐貌。　本章写女主人公一边织绡一边在想心事，她织出垂莲花以表示对心上人的爱恋，自觉再复杂的花儿也不难缩织，倒是心中的愁绪难以整理，情思脉脉，纷乱如丝。

〔17〕沈郎诗：疑指南朝梁代沈约的《夜夜曲》诗："河汉纵且横，北斗横复直。星汉空如此，宁知心有忆！孤灯暖不明，寒机晓犹织。零泪向谁道？鸡鸣徒叹息。"是为织机女子代拟的相思之辞。

〔18〕中心一句：疑指上诗中央"宁知心有忆"一句。　会：领悟。

〔19〕以上三句是说，沈约的诗道出了女主人公的心声，不说自己如何愁恨，也不说自己如何憔悴，却充满了对心上人的思念。　恁：如此地。这里表示强调语气。

〔20〕耍花儿：活生生的花儿。

〔21〕一晌 (shǎng 赏)：不太长的一段时间。

〔22〕闲窗影里：在闲静的窗影下。

〔23〕以上四句是说，女主人公织出了在花丛中双飞的蝴蝶，因羡慕它们的雌雄相伴，感伤自己的孤独无偶，她不由得中断了织作，在窗下呆呆地对着那双蝶出了好一会儿神。

〔24〕何计：有什么办法。　本章写女主人公织出了成双作对的鸳鸯，却又有些后悔，惟恐他人制衣开片时轻易地将它们剪散了，无法再团圆。与上章合起来看，真切而细腻地表现了女主人公既渴望能与所爱的男子结合，又担心将来会有鸳鸯分飞的别离之恨那样一种充满矛盾的微妙心理。

〔25〕回纹：即"回文"。参见前贺铸《古捣练子》注〔4〕。　阿谁：即"谁"。"阿"是发语辞，没有实义。

〔26〕厌厌 (yān yān 烟烟)：形容精神不振。

〔27〕本章写女主人公效法苏蕙，织出了凄凉的回文诗，表达对心上人的苦苦思念。她一行行地读遍这些诗，蔫蔫神伤，默默无语，再也不忍心去想它。

〔28〕薄情：薄情郎的省略辞。

〔29〕本章写女主人公织出了象征情侣好合的双枝双叶双花，有感于自古以来薄情郎都不恋家、往往抛下妻子出门远游的社会现象，她又特意用一根丝线从上到下将那双花双叶双枝的中心缠系在一起。"心"字双关花心和人心。"丝"字谐音"思"字。　这组词九首押用同一部平声韵，韵脚分别是：其一，"机"、"衣"、"归"。其二，"机"、"迟"、"知"。其三，"机"、"飞"、"衣"。其四，"机"、"眉"、"丝"。其五，"机"、"诗"、"思"。其六，"机"、"儿"、"时"。其七，"机"、"疑"、"随"。其八，"机"、"诗"、"思"。其九，"机"、"枝"、"丝"。

御　街　行

〔宋〕无名氏 [1]

　　霜风渐紧寒侵被 [2]。听孤雁、声嘹唳 [3]。一声声送一声悲 [4]，云淡碧天如水。披衣起告，雁儿略住，听我些儿事 [5]。

　　塔儿南畔城儿里。第三个、桥儿外。濑河西岸小红楼 [6]，门外梧桐雕砌 [7]。请教且与 [8]，低声飞过，那里有、人人无寐 [9]。

【题解】

　　深秋的夜晚，霜风凄紧，寒气袭人。一只失群的大雁在空中哀叫。正因离别而无寐的游子听了，倍觉伤心。他希望雁儿能解人意，飞过妻子(或恋人)的居处时，不要这样声嘶力竭地悲鸣，因为她一定也在床上翻来覆去，难以成眠。相思怀人的主题，在古诗词中早就被成百上千知名或不知名的作家写得烂熟，但对生活现象作直观反映者居多。本篇则不然。在现实生活中，有谁会真的向不通人语的雁儿作如此奇特的请求呢?然而正是这种看似违反生活真实的荒诞构思，从艺术的层面上更为灵动地表现了生活的真实。明代文学家兼文学理论家袁宏道说："天下之物，孤行(指独特、与众不同)则必不可无，必不可无，虽欲废焉而不能；雷同则可以不有，可以不有，则虽欲存焉而不能。"(《叙小修诗》)在数以万计的同题材作品中，本篇之所以能够脱颖而出，未因作者无名而被湮没，关键就在于它绝不与人雷同，想落天外而生面别开。

　　全篇多为精炼纯熟的口语，亲切有味，俚而不俗。下片絮絮道来，不嫌琐碎，愈见其郑重。

【注释】

　　〔1〕本篇见于明代陈耀文纂《花草粹编》，纂者注明录自《古今词话》(此书今已散佚)。《古今词话》，南宋初杨湜撰。因此，这词很可能是北宋时的作

品。

〔2〕紧：急。 寒侵被：寒气侵入被褥。

〔3〕嘹唳 (liáo lì 辽厉)：形容声音曼长而尖厉。

〔4〕这句是说，孤雁的叫声接连不断地传送来同一种悲凉的音调。

〔5〕以上三句是说，抒情主人公披衣起床，请求雁儿稍停一下，听他说几句话。下文直到篇末，就都是对雁儿的具体叮嘱。 告：求。 些儿：一点点。

〔6〕濒 (bīn 宾) 河：紧靠着河边。

〔7〕雕砌：雕花的石阶。 以上四句是向雁儿详细交代妻子 (或恋人) 居所的具体方位和特征。

〔8〕请教 (jiāo 交)：即"请"的意思。后面省略了宾语"您"。 且：表示委婉的语气，略相当于"姑且"。 与：为，替。后面省略了宾语"我"。

〔9〕人人：对亲爱者的昵称，多用于男性指称女性。"有人人"，有个人儿。 本篇押用同一部仄声韵，韵脚分别是"被"、"唳"、"水"、"事"、"里"、"外"、"砌"、"寐"。

如 梦 令

〔宋〕李清照 [1]

　　昨夜雨疏风骤 [2]，浓睡不消残酒 [3]。试问卷帘人 [4]，却道海棠依旧 [5]。知否？知否 [6]？应是绿肥红瘦 [7]！

【题解】

　　宋词化用唐诗意境者颇多，具体分析，约有三类：一类是东施效颦，画虎成犬；一类是旗鼓相当，平分秋色；一类是踵事增华，后来居上。李清照此词就是这最后一类的典范。它脱胎于晚唐韩偓《懒起》诗的末尾四句："昨夜三更雨，今朝一阵寒。海棠花在否？侧卧卷帘看。"但稍加对读，我们就会感觉到，这位中国文学史上的杰出才女，好似一个魔术师般的导演，竟将一部平常的小说异常出色地搬上了银幕，并攫得了奥斯卡金像奖！你看，在韩诗为美人惜花、卷帘自看的一幕哑剧，到李词中却演绎成感情细腻的女主人公与粗心大意的小丫环之间饶有生活气息的一场对白，情境是不是变得更生动、更活泼、更有趣味了呢？"知否知否"二短句，巧用《如梦令》一调特殊的叠句格，表现女主人公纠正小丫环之错误观察时的急切语气，真是惟妙惟肖。此等处，一般作者往往为格律所苦，勉强凑拍趁韵；而李清照乃能因难见巧，妙语天成，不愧为斫轮高手。结句"绿肥红瘦"，写雨后海棠花叶的不同变化，新警而妥贴。"肥"、"瘦"二字委实下得好，以俗为雅，正是词中本色语。读者试请闭目冥搜，看能找出更为传神的两个字来么？

【注释】

　　〔1〕李清照 (1083 或 1084—1155 后)，号易安居士，齐州章丘 (今属山东) 人。年轻时即有才名。徽宗建中靖国元年 (1101)，嫁太学生赵明诚。明诚后以门荫入仕，历任知州，是著名的文物收藏家和文物考古学家。清照与他情趣相投，夫妇二人共同致力于金石书画等的搜集和整理，生活恩爱美满。金人入侵，占领中原，明诚又仕宦于南宋高宗政权。建炎三年 (1129) 在建康 (今南京) 病卒。清

照前此二年已从北方逃难南下，家藏珍贵文物损失大半，至此又遭丧夫之痛，心境更加悲凉。晚年孤苦无依，转徙于浙东、浙西各地，寄人篱下，郁郁而终。她是古代最有才华的女作家之一，善诗文，能书画，而尤以词闻名于世。今存词近六十首。有《漱玉词》、《李易安词》等不同名目版本。清初王士禛《花草蒙拾》推许她是婉约派之宗。她本人也曾撰有一篇总结婉约派词学观点的《词论》。

〔2〕疏：稀落。 骤：迅猛。

〔3〕这句是说，沉沉地睡了一觉，残存的醉意却还未能完全消除。

〔4〕卷帘人：指早晨正在卷起门窗帘幔的婢女。

〔5〕以上二句是说，女词人关切地问婢女：一夜风雨，院子里的海棠花怎么样了？婢女却答道：还是那个老样子。

〔6〕本词调的五、六两个二字短句，通常多用叠句。

〔7〕以上三句是女词人对婢女答话的纠正之辞：知道么？知道么？海棠应该是叶儿肥了，花儿瘦了！海棠经雨，叶片长大，花瓣凋谢，故称"绿肥红瘦"。 本篇押用同一部仄声韵，韵脚分别是"骤"、"酒"、"旧"、"否"、"否"、"瘦"。

声 声 慢

〔宋〕李清照

寻寻觅觅 [1]。冷冷清清，凄凄惨惨戚戚 [2]。乍暖还寒时候 [3]，最难将息 [4]。三杯两盏淡酒，怎敌他、晚来风急 [5]？雁过也，正伤心，却是旧时相识 [6]。 满地黄花堆积。憔悴损 [7]，如今有谁堪摘 [8]？守着窗儿，独自怎生得黑 [9]？梧桐更兼细雨，到黄昏、点点滴滴 [10]。这次第 [11]，怎一个愁字了得 [12]！

【题解】

根据全篇的凄切情调来推断，这首词当是女词人寡居南方时抒写国破家亡之恸的作品。虽然只是倾诉一己的孤苦无告，却负荷了整个时代、整个民族的深哀巨痛，因此具有震撼人心的力量。它纯用白描，以千锤百炼的口语使入音律，而字字皆从血管中流出。大量舌尖音和齿音的交错摩擦，嘈嘈切切，幺弦细语，更突出了幽咽的声情效果。秋雁这一意象，词中屡见不鲜，但多用作信使以发怀人之思，或视为岁序将暮的标志以伤流年。本篇独取其家在北方而因寒流侵逼、被迫南迁的命运，以关合自己被金兵夺去了家园的北方难民身分，漂泊人对流浪雁，旧时故乡相识，而今异乡相怜，怎不伤心欲绝？如此则熟常的物象便使用出了生新的意义。"守着窗儿，独自怎生得黑"句，"黑"字押险韵而妥溜入妙，也是一奇。至于篇首连下十四叠字，篇末又加四叠字相照映，更是前无古人的出格创新，历来为词学批评家们所津津乐道。

【注释】

〔1〕寻寻觅觅：像是在寻找什么。写精神上的失落感。
〔2〕戚戚：形容悲哀。
〔3〕乍暖还寒：指秋天气候的冷暖不定。

〔4〕将息：调理、调养。

〔5〕敌：抵抗。 以上二句是说，喝了几杯淡薄的水酒，产生不了多少热力，怎么抵挡得住晚风一阵紧似一阵的侵袭?

〔6〕旧时相识：大雁从北方飞来，而词人家乡在北方，因此它们为"旧时相识"。

〔7〕损：煞，极。用作程度副词。

〔8〕以上三句是说，满地菊花开成了堆，但如今我已憔悴不堪，哪有心情去摘它? (在和平时期，生活美满、心境愉悦的情况下，每当重阳节前后菊花盛开的时候，仕女们是要摘花插戴在头鬓上的。)

〔9〕以上二句是说，呆站在窗前，孤零零一个人，怎么挨得到天黑?

〔10〕以上二句是说，梧桐树的枯叶在风中飒飒作响，已经够凄凉的了，再加上绵绵细雨，到黄昏时分，点点滴滴地顺着梧桐叶片坠落下来，那就更让人难受。

〔11〕次第：情形，光景。

〔12〕以上二句意谓：这一系列境况，岂是一个简单的"愁"字能够说得尽的! 本篇押用同一部仄声 (且是入声) 韵，韵脚分别是"觅"、"戚"、"息"、"急"、"识"、"积"、"摘"、"黑"、"滴"、"得"。

贺　新　郎

送胡邦衡赴新州 [1]

〔宋〕张元幹 [2]

梦绕神州路 [3]。怅秋风、连营画角 [4]，故宫离黍 [5]。底事昆仑倾砥柱 [6]，九地黄流乱注 [7]？聚万落千村狐兔 [8]。天意从来高难问，况人情老易悲难诉 [9]。更南浦，送君去 [10]。

凉生岸柳催残暑 [11]。耿斜河、疏星淡月 [12]，断云微度 [13]。万里江山知何处？回首对床夜语 [14]。雁不到、书成谁与 [15]？目尽青天怀今古 [16]，肯儿曹恩怨相尔汝 [17]？举大白 [18]，听《金缕》 [19]！

【题解】

高宗绍兴八年 (1138)，枢密院编修官胡铨上书反对与金人议和，并请斩秦桧等奸贼之头以谢天下，因此得罪，于次年被谪至福州 (今属福建) 任威武军签书判官 (州军长官的助理)。当时，词人已致仕，正寓居福州。二人都是坚定的抗战派，志同道合，遂交游酬唱，成为挚友。十二年 (1142) 秋，胡铨遭到秦桧等变本加厉的迫害，被除名编管新州 (今广东新兴一带)。一时亲友多怕受牵连，避之惟恐不及，而词人却毅然挺身而出，挥毫写下了这首惊天地、泣鬼神的悲愤词作，为胡铨饯行。后来，他也为此招致秦桧等的构陷，一度受到大理寺的传讯，最终被削去官籍，降为平民。像这类置个人安危荣辱于度外，惟民族存亡兴衰是殷忧的爱国词章，自有特殊的政治意义，非一般友朋间的赠别之作可同日语；更何况它通篇沉郁苍凉，慷慨掩抑，如回风摩荡于峡谷，如湍流奔突于冰河，又具备着极高的审美价值呢！

【注释】

〔1〕胡邦衡：即胡铨。详见下篇注〔1〕。

〔2〕张元幹 (gàn 干去声) (1091—1161)，字仲宗，号芦川居士，福州永福 (今福建永泰) 人。徽宗时为太学生，以优等生入仕。曾任陈留县 (今已废入河南开封县) 丞 (副县长)。钦宗靖康元年 (1126)，被著名爱国大臣、亲征行营使 (由皇帝亲任名义统帅的抗金军队的实际指挥官) 李纲辟请为属官，参加了保卫东京的抗金战斗。高宗建炎年间，官至将作监 (主管宫室、都城、桥梁、舟车营造修缮事宜的部门长官)。绍兴元年 (1131)，愤于奸佞当道，国事不可为，遂致仕归隐。著有《芦川归来集》。诗词文皆高，而尤以词擅一时之名。今存词一百八十余首，有《芦川词》单行。他的词本多忧国愤时、讥刺朝政之作，可惜由于晚年遭秦桧等迫害，凡此类批判现实的作品悉被搜去，大都散佚，故集中吟咏风月的清丽妩秀之词仍占有较大的比重。但从流传下来的部分爱国主义名作，尚可想见他当时暗鸣叱咤、磊落不平的英雄之气。

〔3〕神州：《史记·孟子荀卿列传》载，战国时齐人邹衍说中国名曰"赤县神州"。在南宋词里，多用指被金人占领的中原地区。　这句是说自己的梦魂萦绕着沦陷了的北方大地。

〔4〕怅：懊恼。　连营：连延不断的军营。　画角：有雕饰的牛角军号。

〔5〕故宫离黍：《诗经·王风》中有《黍离》篇，小序说，周王朝东迁后，有臣子路过鄗京 (西周的都城，故址在今西安西)，见西周"故宗庙宫室"已废为农田，长满了庄稼，哀伤不已，乃作此诗。诗共三章，首句都是"彼黍离离"。黍，即小米，古代北方地区主要粮食作物之一。离离，形容茂盛。这个典故，后世文学作品中常用来感慨故国兴亡。　以上二句紧承"梦绕神州"语意，说自己仿佛听到了金兵军营里的号角声在秋风中回荡，仿佛看到了东京的宫殿已夷为野田，禾黍在秋风中摇曳，因此而怅恨，心情难以平静。

〔6〕底事：为什么。　昆仑：山名。在今新疆、西藏间，西接帕米尔高原，东延入青海境内。山势高峻雄伟。其脉南支巴颜喀拉山是黄河的发源地。　倾：倒塌。　砥 (dǐ 底) 柱：亦为山名。原在今河南三门峡市东北黄河中，因立于水中如石柱，故名。建国后为修三门峡水库，已将它炸毁。

〔7〕九地：本指根据不同地质、地形划分的九种地面，这里泛指遍地。　黄流：黄河泛滥的水流。　注：灌。　以上二句是说，为什么昆仑山、砥柱山都倒塌了，塞满了黄河，使得河水四溢，到处乱流？喻指金兵在北方各地横行，如黄河泛滥成灾。

〔8〕这句是说，金兵洗劫之下，中原无数的村落已荒无人烟，成为狐兔聚集的场所。

〔9〕以上二句嵌用杜甫《暮春江陵送马大卿公恩命追赴阙下》诗"天意高难问，人情老易悲"一联。字面意是：苍天高高在上，它的意旨从来就难以询问；况且人到老来心情容易悲伤，难以诉说。其实，上句隐然有皇帝的心思一向捉摸不透之意（在古代，"天"往往是帝王的代名词）；下句也不单纯是说老人易悲，主要还是指国事令人痛心。

〔10〕以上二句用南朝梁代江淹《别赋》"送君南浦，伤如之何"语歇后。南浦，南边的水滨，泛指送别之地。句意承上而递进：天高难问、人老易悲这两点已够我愁惨的了，更加上送您远谪蛮荒，那伤心就有三重之多了。

〔11〕凉生岸柳：指秋风乍起，送来凉意。风儿无形，从岸边柳条的摇摆中见出，故云。 催残暑：催促夏日残留的暑气离去。 这句实纪送别胡铨时的节令。史载胡铨谪新州事在初秋七月。

〔12〕耿：闪亮貌。 斜河：斜贯夜空的银河。

〔13〕断云：片段云彩。 度：过，渡。 以上三句是说，夜色渐深，耿耿银河已转斜，星光疏朗，月华淡淡，偶有断云于不知不觉中漂过银河。这也是初秋景象。

〔14〕回首：回忆。 对床夜语：两人同睡在一间屋里，床对着床，谈心直到深夜。指彼此亲密无间。 以上二句是预想分别后的情形：江山如此之大，谁知道您究竟在哪里呢？（担心秦桧等对胡铨的迫害不会就此为止，他未必能够在新州安居。事实也正是这样，后来胡铨又被流放到更为荒远的吉阳军。）只好靠回首对床夜语的往事聊慰相思了。

〔15〕雁不到：旧传大雁南飞，至衡阳为止。新州更在衡阳的南方，故有此语。 书成谁与：书信写好了，交给谁代为传递呢？谁与，即"与谁"。与，给。当时很少有便人到荒远的新州去；就算有人去，谁又敢替在那里受管制的罪人送信呢？"雁不到"云云，是这种情况的艺术表达。

〔16〕目：望。用作动词。

〔17〕肯：以此字领起的句式，是反问语气，即"岂肯……"、"肯……么"，表示否定。 儿曹：儿辈，年轻的人们。 恩怨相尔汝：用唐代韩愈《听颖师弹琴》诗："昵昵儿女语，恩怨相尔汝。"原诗是形容琴声婉转低回好像小夫妻或年轻的情侣在亲昵地说着话。"相尔汝"，彼此以"尔"、"汝"（这两个字都是"你"的意思，口气较随便）相称呼，是亲近的表现。

〔18〕大白：本是古代用来罚人喝酒的大杯，这里"举大白"只是大杯豪饮的意思。

〔19〕《金缕》：即《金缕曲》，《贺新郎》的别名。 以上四句大意是说，我们都是眼界远大、胸怀宽广的爱国志士，关心的是古今兴亡，哪肯在分别之际

像小儿女那样软语缠绵？还是举杯喝它个一醉方休，听我唱这首悲凉慷慨的《贺新郎》吧！　本篇押用同一部仄声韵，韵脚分别是"路"、"黍"、"柱"、"注"、"兔"、"诉"、"浦"、"去"、"暑"、"度"、"处"、"语"、"与"、"古"、"汝"、"缕"。

好 事 近

〔宋〕胡 铨 [1]

富贵本无心，何事故乡轻别 [2]？空使猿惊鹤怨 [3]，误薜萝秋月 [4]。　　囊锥刚要出头来 [5]，不道甚时节 [6]。欲驾巾车归去 [7]，有豺狼当辙 [8]！

【题解】

胡铨因上书反对与金人议和、请斩秦桧等奸贼而得罪编管新州一事的始末，上篇"题解"中已作过交代。据《宋史》本传记载，高宗绍兴十八年(1148)，新州守官又告发他"与客唱酬，谤讪怨望"，于是，他"罪"上加"罪"，被谪往更为僻远蛮荒的吉阳军(今海南岛的最南端)。宋朝制度，不许诛杀文臣，这已经是"秦桧"们所能采取的最严厉的迫害手段。所谓"谤讪"，也就是诽谤，"罪"证何在？与词人之子同辈并有交往的学者王明清在所撰《挥麈后录》一书中作了披露——即这首词。词的末句骂秦桧等是"豺狼"，他们阅后，怎不暴跳如雷？当时秦桧久为宰相，权势熏天，谁敢说他半句坏话！陆游《老学庵笔记》里录有一则趣事，颇能发人一噱：狂生毛文好议论时事，直言大骂，无所忌讳。不料有人在茶馆里凑近了来悄声问他可敢把"秦太师"怎么样，竟吓得他捂住耳朵，连道"放气(屁)放气(屁)"，拔腿溜之大吉。时人因慑于秦贼淫威而钳口噤声之状，由此可见一斑。将本篇放到这样的背景中去考察，我们便愈加清楚地看出：词人不愧是那个时代民族脊梁上的一节硬骨头，他这首词也不啻是刺向民族败类们心脏的一柄匕首、一杆投枪！

【注释】

〔1〕胡铨 (quán 全) (1102—1180)，字邦衡，号澹庵，吉州庐陵人。高宗建炎二年 (1128) 进士。次年，金兵渡江南下，他在虔州 (今江西赣州一带) 组织民众，抗敌有功。绍兴年间，因坚决反对向金人屈膝求和，请斩宰相秦桧、副宰相

孙近等投降派大臣的首级，获罪一贬再贬，直至编管吉阳军。秦桧死后，方得以解除管制。孝宗即位初，欲北伐收复中原失地，起用一批抗战派人士，他也复出任职。"隆兴北伐"失败后，朝廷又与金人议和，参预讨论咨询的十四名官员中，主和者与态度暧昧者约各占半数，惟独他一人坚执不可。和约既签，他虽仍受孝宗器重，但见中原恢复无望，遂无心继续参政，终于获准回乡著书立说。累官至端明殿学士（皇帝的高级政治顾问和文学侍从）。卒，谥"忠简"。著有《澹庵集》。今存词十六首。词集名《澹庵长短句》。

〔2〕以上二句是说，自己本来无心追求富贵，为什么竟轻易地辞别故乡，出来做官？这是发牢骚的话。词人之所以出仕，是想为国家、民族贡献力量。

〔3〕空使：白白地让，徒然使得。 猿惊鹤怨：语出南朝齐孔稚珪《北山移文》："蕙帐空兮夜鹤怨，山人去兮晓猿惊。"意思是说，隐士本与山林中的猿猴、仙鹤朝夕相伴，忽然离开山林去做官，猿、鹤为此而震惊、怨恨。

〔4〕误：耽误、辜负。 薜（bì避）萝秋月：泛指山林中的景致。薜，薜荔，常绿藤本植物。萝，松萝，地衣类植物，常大批悬垂于高山针叶林木枝干间。以上二句是说，自己出仕后非但事业无成，而且牺牲了隐居生活的乐趣。

〔5〕囊锥：放在袋子里的锥子。战国时，秦国围攻赵国，赵公子平原君赴楚国求援，欲挑门下食客文武俱备者二十人随行。毛遂自荐，平原君说：有才能的人处在世上，就好比锥子装在袋子里，锥尖立刻就露出来。（原文是："譬若锥之处囊中，其末立见。"）而先生您在我门下已经三年了，却没有什么名气，可见您无能，您还是留下吧。毛遂则说：我现在才请求您把我装进袋子。假如早把我装进袋子，整个锥子都脱落出来了，岂止是锥尖露头呢？于是平原君便让他随行。在这次外交活动中，毛遂果然大显身手，全靠他的胆略，平原君才得以完成使命。事见《史记·平原君列传》。 刚要：硬要，强要。

〔6〕不道：不顾。 甚：什么。 以上二句为自嘲语气：想当初，自家硬是要在政治上出头露角（指别人多缩头缩脑，自己却挺身而出，反对与金人议和，并抨击秦桧等奸贼），也不看看是什么时候、什么世道！这是用特殊的方式来发泄自己因忠心为国、反遭迫害而窝着的一肚子怒火。

〔7〕巾车：有帷幔遮蔽车厢的车子。

〔8〕豺狼当辙（zhé折）：东汉顺帝时，大将军梁冀等专权，张纲斥之为"豺狼当路"。事见《后汉书·张纲传》。后人沿用来指称凶恶的坏人把持政权。当辙，即"当路"，横在路当中。辙，本指车轮碾出的痕迹，这里代指道路。 以上二句是说，想驾车回乡隐居，可是秦桧等奸贼当道，自己被编管在新州，失去了人身自由，有家归不得。 本篇押用同一部仄声（且是入声）韵，韵脚分别是"别"、"月"、"节"、"辙"。

满 江 红

〔宋〕岳 飞 [1]

怒发冲冠 [2]，凭阑处、潇潇雨歇 [3]。抬望眼，仰天长啸 [4]，壮怀激烈 [5]。三十功名尘与土 [6]，八千里路云和月 [7]。莫等闲、白了少年头 [8]，空悲切 [9]。　　靖康耻 [10]，犹未雪 [11]。臣子恨 [12]，何时灭？驾长车踏破 [13]，贺兰山缺 [14]。壮志饥餐胡虏肉 [15]，笑谈渴饮匈奴血 [16]。待从头、收拾旧山河 [17]，朝天阙 [18]！

【题解】

高宗绍兴四年 (1134) 八月，三十二岁的岳飞因赫赫战功升任清远军节度使 (高级将领的虚衔)、湖北荆襄潭州制置使 (湖北、湖南战区的司令官)。词中有"三十功名"语，当作于此后不久。其时，一场急雨刚刚止息，但词人伫立高楼，凭栏远眺之际，却心潮澎湃，久久不能平静。回顾多年来千里转战的艰苦历程，他将在别人眼里如泰山般巍峨的功名富贵看得像尘土一样微不足道；展望前面的人生之路，他对自己所坚持的抗金大业充满了必胜的信念。他要趁着年富力强的时候，率领他的"岳家军"杀开敌人的重重防线，直捣侵略者的巢穴，雪洗祖国横遭金兵铁蹄蹂躏的奇耻大辱，从强盗手中夺回沦陷的北方领土。这首气壮山河的词，是他的心声，也是当时汉族全体人民的共同心声。时过境迁，词中所反映的具体的民族矛盾斗争的内容已成为历史旧帐，两个仇杀达一世纪之久的民族的后世子孙，早就握手言欢，融洽地共处于中华民族大家庭里。正因为如此，这词的强烈的爱国主义精神，已不属于汉民族独有，而上升为我们整个中华民族的精神财富。在鸦片战争以来中国各族群众反对外来侵略的历次生死搏斗中，特别是在抗日战争那八年峥嵘岁月里，此词曾经起到过巨大的激励人心的作用，这个确定无疑的事实，就是明证。

【注释】

〔1〕岳飞 (1103—1142)，字鹏举，相州汤阴 (今属河南) 人。世代务农，家贫而力学。北宋末，应募投军，因战功由士兵升为军官。南宋高宗建炎元年 (1127) 至绍兴十年 (1140)，率领部下将士南征北战，屡败金兵及金人傀儡政权的军队，金人也不得不承认："撼山易，撼岳家军难。"累官至河南北诸路招讨使 (河南、河北战区的司令官)。由于力主北伐，反对与金人议和，为推行投降政策的高宗、秦桧集团所忌，于绍兴十一年 (1141) 被解除兵权，"升"任徒有空名的枢密副使 (最高军事机关的副长官)。金人酋长兀术对他既恨又怕，写信给秦桧说，一定要杀岳飞，才能与宋媾和。于是，秦桧等便诬陷他谋反，以"莫须有"的罪名将他秘密杀害在狱中。孝宗时，始平反昭雪，追谥"武穆"。宁宗时，追封鄂王。理宗时，改谥"忠武"。他不仅以武功著称，亦能文。有《岳武穆遗文》、《岳忠武王集》等不同名目辑本。今存词三首，散见于本集、手书墨迹及其孙岳珂所纂《金陀粹编》。

〔2〕怒发冲冠：语出《史记·廉颇蔺相如列传》"怒发上冲冠"。形容怒气冲天。夸张说头发直竖起来，冲顶住冠帽。冠，泛指帽子。

〔3〕凭阑：凭靠着 (楼台的) 栏杆。　处：时。

〔4〕长啸：聚拢嘴唇，吐气发出长长的哨音。这是宣泄胸中愤懑的举动。

〔5〕壮怀：壮心，壮志。　以上三句是说，抬头仰望天空，长吁胸中之气，心绪激烈不平。

〔6〕三十功名：指自己三十来岁时便取得的功名成就。

〔7〕八千里路：泛指多年南北转战中走过的漫长路程。

〔8〕等闲：轻易，平常。

〔9〕空悲切：徒劳无益地悲哀悔恨。　以上二句是自励语气：千万不要虚度青春年华，(否则) 到老来追悔莫及！

〔10〕靖康耻：指钦宗靖康二年 (1127) 金人灭亡北宋，掳走徽宗、钦宗、后妃宫女、百官工匠以及大批文物珍宝、国库积蓄，给汉民族造成的耻辱。

〔11〕犹未雪：还未洗刷干净。

〔12〕臣子：封建时代称皇帝为"君父"，与此相对应，官员们自称"臣子"。

〔13〕长车：战车。春秋时期，战争主要是车战。后来逐渐被步战、骑战所代替。这里"驾长车"云云，是沿用古典而非纪实。

〔14〕贺兰山：在今宁夏与内蒙古接界处，长约三百里。古代北方民族称驳

马 (毛色斑杂的马) 为"贺兰"，此山林木青白相间，远望如驳马，故名。当时在西夏境内。在金人入侵之前，西夏曾是侵扰北宋边疆地区的主要的少数民族政权，双方战事频繁，故北宋姚嗣宗有"踏破贺兰石"的诗句 (见宋代洪迈《容斋三笔》等多种笔记杂著)。本篇"踏破贺兰山缺"云云，即从姚诗化出。不过，"贺兰山"已转用为金人本土内军事屏障的代名词。这句句式比较特殊，"破""缺"二字同义反复，即把贺兰山踏破缺的意思 (指不但要把金兵驱逐出境，还要乘胜突破金人本土内的防线，彻底摧毁他们的军事力量)，现代汉语里没有这样的用法。

〔15〕餐：(当饭) 吃。 胡虏：对金兵的蔑称。古代汉人将北方少数民族统称为"胡"。

〔16〕匈奴：古代北方的一个少数民族。两汉时期，曾多次南侵，是汉王朝的心腹大患。这里用来借指金人侵略者。王莽篡汉改称新朝期间，校尉 (将军) 韩威自请率军抗击匈奴，并说不用带一斗军粮，"饥食虏肉，渴饮其血"。事见《汉书·王莽传》。以上二句即由韩威语化出。

〔17〕从头：重新。 收拾：收复。 旧山河：过去属于大宋的国土。

〔18〕朝：朝拜。指臣子拜见君王。 天阙：皇城宫阙。这里指北宋故都东京的宫阙。 以上二句是说，等着吧，我一定要夺回中原失地，在东京的宫阙朝见天子 (意即要让君王能够回到原先的都城)! 在封建时代，皇帝和京都是国家的象征，爱国和忠君是联系在一起的。 本篇押用同一部仄声 (且是入声) 韵，韵脚分别是"歇"、"烈"、"月"、"切"、"雪"、"灭"、"缺"、"血"、"阙"。

清 平 乐

〔宋〕朱淑真 [1]

风光紧急 [2]，三月俄三十 [3]。拟欲留连计无及 [4]，绿野
烟愁露泣。　　倩谁寄语春宵 [5]？城头画鼓轻敲 [6]，缱绻临
歧嘱咐 [7]，来年早到梅梢 [8]！

【题解】

　　春天，是一年四季中最美好的时光。英国十六世纪时的剧作家、诗
人托麦斯·纳西曾将她称作"岁月的仁爱之王"（见其喜剧《夏天的最后
遗嘱》)。古今中外，不知有多少诗人为她的到来而欢唱，为她的离去而
悲吟。朱淑真这首清婉的小词，属于后者。在春天的最后一个白昼和夜
晚，词人以女性特有的那份缠绵，用她那支纤柔细腻的笔，写下了自己
惜春、送春的一往深情。上片的场景是清晨郊陌，绿茵般的原野铺向天
边，烟霭氤氲，珠露晶莹，似乎大地也在愁苦着、哭泣着与春天诀别。
这种移情于物的对象化描写，比用主观的口吻直接抒情，韵味更其隽
永。况且绿野无垠，景象阔大，借用它来作为载体，也使女词人那本来
难于测量的无限惜春愁情得以充分而形象地展现。下片的场景转到深夜
闺阁，艺术手法愈出愈奇了：将春天人化，欲向她寄语，这是一奇；而
所请的传话者，竟是城上报时的更鼓，这又是一奇；至于口信的内容，
则更为想入非非，居然央求春天明年务必早早降临人间！如此构思，波
诡云谲，环环相扣，句句精彩，不由你不拍案叫绝。

【注释】

　　〔1〕朱淑真，南宋高宗绍兴年间在世，号幽栖居士，杭州钱塘人。聪慧好
学，才貌俱佳。但被父母嫁给了一个俗吏，婚姻十分不幸，抱恨终身。她能诗擅
词，多抒写抑郁伤感的情怀，凄惋动人，在宋代便传诵不辍。又工书画，明清时
期尚有零星墨宝流传。有《断肠诗集》、《断肠词》，均为后人所辑。"断肠"之

名，也是辑者据其作品的内容和情调而代拟。今存词二十余首。

〔2〕紧急：这里指迅速流逝。

〔3〕俄：顷刻。 以上二句是说，春光过得太快，转眼间便到了三月三十日。古代以夏历的正、二、三月为春季，小月二十九天，大月三十天，三月三十日即是春季的最后一天。唐代贾岛《三月晦日寄刘评事》诗："三月正当三十日，风光别我苦吟身。劝君今夜不须睡，未到晓钟犹是春。"朱词由此化出。

〔4〕拟欲：想要。 留连：阻滞。这里是使动用法，且后面省略了宾语"春光"。意即让春光滞留住，不要匆匆离去。 计无及：无法办到。

〔5〕倩 (qìng 庆)：请，央求。 寄语：传话，捎口信。 春宵：春夜。

〔6〕画鼓：装饰华美的鼓。古代城楼上设置钟、鼓，用以向大众报告时间。由于"春宵"是被"画鼓"声声送走的，故词人设想，就请那鼓声替我向"春宵"叮嘱几句。

〔7〕缱绻 (qiǎn quǎn 遣犬)：形容情意缠绵。 临歧：临别。歧，分叉。同行的人由于终极去向不同，就在岔路口分别，"临歧"本指这种情况；后来语义范围扩大，送行而分别，也可用此语。

〔8〕梅梢：梅树的枝梢。梅，初春即开花，而树花最先开放的蓓蕾又在树梢，故词人嘱咐"春宵"说："来年早到梅梢！" 本篇上片押用一部仄声 (且是入声) 韵，句句皆叶；下片改用另一部平声韵，韵脚分别是"宵"、"敲"、"梢"。

卜 算 子

咏 梅

〔宋〕陆 游 [1]

驿外断桥边，寂寞开无主 [2]。已是黄昏独自愁，更着风和雨 [3]。 无意苦争春 [4]，一任群芳妒 [5]。零落成泥碾作尘 [6]，只有香如故 [7]。

【题解】

偏僻的驿站外，荒凉的断桥边，一株梅花寂寞地开放着。她、野生野长，没有人栽培，没有人护理，没有人爱惜，也没有人欣赏。在苍茫的暮色中，她独自默默地咀嚼着愁苦，这已经够辛酸的了，可偏偏更遭到风雨的摧残！她本无心与百花争夺春光，因此，任凭她们妒嫉而毫不介意。她的花瓣将随着风吹雨打凋零殒落，化为泥土并被路上的车轮碾作尘埃，惟有她那清幽的香气还会一如既往，永不改变！"似花还似非花"（苏轼《水龙吟·次韵章质夫杨花词》）。词人"咏"的是"梅"，但所"咏"不仅在"梅"，"梅"实是他的人格的化身。驿外断桥，黄昏风雨，正象喻着他一生的艰难政治处境和他所遭受的严酷政治打击；争春无意，妒任群芳，正写照了他不屑媚俗邀宠、有别于一般官僚政客们的傲岸性格；成泥作尘，香犹如故，正凸印出他即便粉身碎骨也还是要坚持爱国理想、民族气节、君子操守的顽强意志。中国古代的咏物诗，自屈原《橘颂》开始，就有以贞木劲草比拟正人直士、藉嘉卉幽芳歌颂高风亮节的优良传统。这种优良传统，在陆游此词中又得到了一次完美的体现。

【注释】

〔1〕陆游（1125—1210），字务观，号放翁，越州山阴（今已废入浙江绍兴）

人。生当北宋灭亡之际，少年时期就深受父辈爱国思想的熏陶。高宗绍兴二十三至二十四年 (1153—1154) 参加进士考试，成绩优异，在秦桧之孙秦埙之上，因此遭到秦桧的嫉恨，竟被黜落。孝宗时，始获赐进士出身。历仕高宗、孝宗、光宗、宁宗四朝，曾多次被罢免，又重新得到起用，官至秘书监。他一生力主北伐抗金，但屡遭当政者的压制，壮志未酬。他是南宋，也是整个中国历史上最伟大的爱国主义诗人之一。著有《剑南诗稿》、《渭南文集》、《南唐书》、《老学庵笔记》等。他的词，成就虽未可与其诗相提并论，但也不愧为南宋名家手笔。今存词一百四十余首，有《放翁词》、《渭南词》等不同名目版本。其中爱国之作悲壮慷慨，隐居之作飘逸高妙，爱情之作流丽缠绵，题材较广泛，风格也富于变化。

〔2〕开无主：杜甫《江畔独步寻花七绝句》诗其五："桃花一簇开无主。"唐李群玉《山驿梅花》诗："生在幽崖独无主。"

〔3〕更着：更值，更遇到。

〔4〕苦：用作程度副词，"竭力"的意思。 争春：喻指争宠于君王。

〔5〕一任：听凭，任随。 群芳妒：宋扬无咎《蓦山溪·和婺州晏倅酴醿》词："天姿雅素，不管群芳妒。"喻指朝中种种小人的嫉恨。

〔6〕碾作尘：王安石《北陂杏花》诗："纵被春风吹作雪，绝胜南陌碾成尘。"

〔7〕如故：依旧，和过去一样。 本篇押用同一部仄声韵，韵脚分别是"主"、"雨"、"妒"、"故"。下片"春"、"尘"亦同韵，虽未必是有意为之，但客观上也造成了平仄两部韵错综交织的声情效果。

六 州 歌 头

〔宋〕张孝祥 [1]

长淮望断 [2]，关塞莽然平 [3]。征尘暗，霜风劲，悄边声 [4]。黯消凝 [5]。追想当年事 [6]，殆天数 [7]，非人力，洙泗上 [8]，弦歌地 [9]，亦膻腥 [10]。隔水毡乡 [11]，落日牛羊下 [12]，区脱纵横 [13]。看名王宵猎 [14]，骑火一川明 [15]，笳鼓悲鸣 [16]，遣人惊 [17]。　　念腰间箭 [18]，匣中剑，空埃蠹 [19]，竟何成 [20]！时易失 [21]，心徒壮 [22]，岁将零 [23]。渺神京 [24]。干羽方怀远 [25]，静烽燧 [26]，且休兵 [27]。冠盖使 [28]，纷驰骛 [29]，若为情 [30]！闻道中原遗老 [31]，常南望、翠葆霓旌 [32]。使行人到此 [33]，忠愤气填膺 [34]，有泪如倾 [35]。

【题解】

本篇约作于孝宗隆兴元年 (1163) 秋或冬，当时词人正在平江府 (今江苏苏州一带) 任知府 (当地的行政长官)。自高宗绍兴十一年 (1141) 与金人签订第二次"绍兴和议"后，南宋朝廷已接受了金人占领中原的既成事实，向金人俯首称臣，岁贡大批银、绢，换取苟安。孝宗即位初，力图改变这屈辱状况，起用抗战派大臣张浚，于隆兴元年兴师北伐。由于准备不足，加上前线将帅失和，北伐军先胜后败，溃于符离 (今安徽宿州)。遭此挫折，孝宗便动摇起来，朝中主和派势力重占上风，又开始派遣使臣与金人谈判，酝酿新的"和议"。词人本是坚定不移的主战派，他眼见金军铁骑猖狂驰骋于淮上，耳闻中原父老日夜盼望着王师，想到自己有志报国却无路请缨，不禁痛心疾首，热泪夺眶，于是写下了这首令人热血为之沸腾的悲壮词篇。如此一百四十三字的长调，句短韵促，管急弦繁，词人濡染如椽大笔，一气呵成，激动的心潮在跳荡的旋律中得到了最完满的显现。次年春天，词人任江淮都督府参赞军事

（江淮战区军政长官的僚佐），随张浚驻节建康（今南京），在一次宴会上，又将此词写付歌女，当筵歌唱。相传张浚竟悲愤得中途退席（见宋无名氏《朝野遗记》），可见其艺术感染力之强烈。清代著名文学理论家刘熙载倡言"词莫要于有关系"（即词篇没有比关系到国家、民族大事更重要的），所标举的两个典范，一个是前选张元幹《贺新郎》，另一个就是张孝祥此篇《六州歌头》（见所撰《艺概·词曲概》）。

【注释】

〔1〕张孝祥（1132—1169），字安国，号于湖居士，和州乌江（今安徽和县乌江镇）人，寓居芜湖（今属安徽）。高宗绍兴二十四年（1154）进士，殿试第一。尚未授官，即上书请求昭雪岳飞冤案，为秦桧所忌恨。高宗朝，累官至知抚州（今属江西）。孝宗朝，历知平江府、建康府，因力主抗金，遭主和派弹劾罢官。后被重新起用，累官至知荆南府（今湖北江陵一带）兼荆湖北路安抚使（湖北地区的军政长官），在任兴修水利，政绩颇著。致仕归乡，病卒，年仅三十八岁。著有《于湖居士文集》。工诗文，善书法，而尤长于词。今存词二百二十余首，有《于湖先生长短句》、《于湖居士乐府》、《于湖词》等不同名目版本。其词清旷潇洒处酷似苏轼，而爱国诸作悲壮激越，堪称辛（弃疾）派的前驱。

〔2〕长淮：即淮河。自从"绍兴和议"签订，它已成为宋、金双方的东部分界线。　望断：望极。

〔3〕莽然：形容草木茂盛，野色迷茫。　以上二句是说，极目远望淮河一线，边防关塞隐没在茫茫草色树影中，看不分明。

〔4〕以上三句是说，军队调动中人马蹴起的尘土昏暗一片，秋风劲吹，边防线上寂静无声。这是渲染金人重兵压境时宋军前沿阵地上肃杀、凝重的氛围。

〔5〕黯（àn暗）：形容人的神情悲哀暗淡。　消凝：消魂、凝魂的缩语，指伤心发愣。　这句写自己默默神伤。

〔6〕当年事：指钦宗靖康年间金人南侵、北宋覆亡之事。

〔7〕殆（dài代）：大概是，恐怕是。　天数：天意，命运。

〔8〕洙（zhū朱）泗（sì四）：古代洙、泗二水自今山东泗水县北合流西下，至曲阜北，又分为二水。曲阜，春秋时为鲁国的都城。洙、泗之间，是孔子当年聚徒讲学的地方。　上：边。

〔9〕弦歌地：相传孔子曾整理编订过《诗经》，并用它作教材来教育学生，在琴、瑟等弦乐器的伴和下歌唱。由于孔子的教化，鲁地礼乐教育之风甚盛，据《史记·儒林列传》记载，汉高祖刘邦攻灭项羽后，举兵围鲁时，鲁地的儒生还在

讲习礼乐，"弦歌之音不绝"。

〔10〕膻 (shān) 腥：羊臊气。金人本是游牧民族，以羊肉为主食。 以上六句是说，回想当年中原地区落入金人之手一事，那或许是天命注定，并非人的力量所能左右，就连当年孔子讲学的文明之地，如今竟也弥漫着金人的臊臭气息！前三句未必是词人的实际认识水平如此，由于不便公然提出北宋的君主应对神州沦亡之事负责，他只好这样说。"殆"字的不确定语气很值得玩味。后三句是举一鲁地作典型，概言本朝文明礼义之邦，凡金人所到之处，无不横遭玷污，是可忍，孰不可忍！

〔11〕毡 (zhān 沾) 乡：毡，指用羊毛毡制作的帐篷，是游牧民族的传统居住物，易建易拆，便于迁徙。

〔12〕这句从《诗·王风·君子于役》篇"日之夕矣，羊牛下来"二句化出，指太阳落山时牛羊归圈。

〔13〕区 (ōu 欧) 脱：匈奴语，侦察、警戒用的土室。这里指金军的哨所。以上三句是说，淮河对岸已成了金人聚居之地，金兵的哨所纵横密布。

〔14〕名王：本指匈奴族中有大名的王爷，这里借指金人的酋长、将帅。宵猎：夜间出猎。

〔15〕骑 (jì 记) 火：骑兵队伍中的火把。 一川明：照亮了整个川原。川，平陆。

〔16〕笳 (jiā 加) 鼓：胡笳和鼙鼓。前者是起源于北方少数民族的一种管乐器，后者是骑兵用的小鼓。这里指金人的军乐。

〔17〕遣：使。 以上四句写金军的骑兵在淮河北岸耀武扬威。古代军队出猎，往往带有军事演习的意味。

〔18〕念：想到。 腰间箭：腰带上悬挂着的箭袋里的箭。

〔19〕埃蠹 (dù 杜)：被尘埃封裹，被虫虫蛀蚀。指长久搁置不用。

〔20〕竟何成：《后汉书·耿弇传》载汉光武帝刘秀说："有志者事竟成也。"这里反用其语，说自己虽然报国有志，却事业无成。竟，终究。何成，做成了什么事？ 以上四句自伤英雄无用武之地，不能在抗金斗争中建立功勋。

〔21〕时易失：时间容易流失，或时机容易错过。

〔22〕心徒壮：空有雄心壮志。

〔23〕岁将零：一年将要结束。解作"年岁将暮"，似亦可通。 以上三句感叹流年似水，壮志难酬。

〔24〕渺：形容遥远。 神京：京城。 这句是说，离故都东京还很远。指收复中原失地的事业未能有所进展。

〔25〕干 (gān) 羽：干，盾牌。羽，翟羽，即野鸡的长尾。都是古代舞蹈者

手执的道具。相传上古时代，南方的有苗族叛乱，舜帝派禹去征伐，历时三十天，却未能平服。后来停止用武，改修文德，"舞干羽"（使舞蹈者手执盾牌、翟羽而舞），七十天后，有苗族终于归顺。事见《尚书·虞书·大禹谟》。 方：正。 怀远：安抚边远地区的民族或民众。

〔26〕静烽燧 (suì 岁)：止熄烽火。烽燧，古代军事报警信号。一般作法是当有敌军来犯时，前方守军在高台上点燃烟火。稍后方的烽火台上的军士望见之后，也照此办理。这样一站站地迅速将信号传报给后方，便于有关军事指挥系统及时派兵驰援。

〔27〕且休兵：姑且罢兵停战。 以上三句是说，朝廷正在改变政策，暂停对金人用兵，而以文德去感化敌人。因不便直接指斥朝廷放弃抗战的方略、向金人屈膝求和，故只好用婉辞微加讽刺。

〔28〕冠盖使：戴着官帽、乘坐马车的外交使臣。盖，车上的遮伞，这里代指车。

〔29〕驰骛 (wù 务)：奔驰忙碌。

〔30〕若为情：何以为情。 以上三句是说，朝廷派去向金人求和的使臣们乱纷纷地往来奔走，不知他们是怎样的心情！（难道不羞耻么？）当年自秋至冬，朝廷向金国派出过三批使臣。词人当时任职的平江府，是使臣北上途中必经之地。使臣过境，地方长官例当接待。因此，词人是亲眼看到了"冠盖使，纷驰骛"的实况的。

〔31〕闻道：听说。 遗老：前朝遗留下来的老人。北宋灭亡已三十七年，当时的成年人在金人统治下挣扎了这么多个春秋，而今已老，更不用说当时的老人了。

〔32〕南望：向着南方盼望。 翠葆 (bǎo 保) 霓旌：指皇帝的车驾。翠葆，用翠鸟羽毛为装饰的车伞。霓旌，有云霓图案的旗帜。 以上二句用转述语写沦陷区的父老们迫切希望南宋的皇帝能带着本朝的军队打回北方来，拯救他们，赶走金人。后若干年出使金人占领区的范成大、韩元吉等爱国诗人，在自己的作品里描写过同样的情形。范诗《州桥》曰："州桥南北是天街，父老年年等驾回。忍泪失声询使者，几时真有六军来？"韩诗《望灵寿致拜祖茔》曰："殷勤父老如相识，只问天兵早晚来。"可与本篇对读。

〔33〕北宋李冠有两首《六州歌头》，《骊山》一首末云："使行人到此，千古只伤歌，事往愁多。"《项羽庙》一首末云："遣行人到此，追念痛伤情，胜负难凭。"与张孝祥同时的袁去华也有《六州歌头·渊明祠》，末云："遣行人到此，感叹不胜悲，物是人非。"这三首词，此句略同，"行人"都指过路人。张词亦用此句格，但"行人"可作双关语理解。解作"过路人"（与前引三词一

样，实际是指自己)，可通。取其另一义项，解作"外交使节"，亦可通，因为上文"闻道"三句就是转述入金执行外交任务者的见闻。

〔34〕填膺 (yīng 英)：塞满胸腔。膺，胸。

〔35〕如倾：像泼水一样，极言伤心之甚、眼泪之多。 本篇押用同一部平声韵，韵脚分别是"平"、"声"、"凝"、"腥"、"横"、"明"、"鸣"、"惊"、"成"、"零"、"京"、"兵"、"情"、"旌"、"膺"、"倾"。其它诸句中，"断"、"箭"、"远"同韵，"暗"、"剑"同韵，"事"、"地"、"燧"、"使"、"此"同韵，"数"、"蠹"、"弩"同韵，"力"、"失"同韵，"上"、"壮"、"望"同韵，虽未必是有意为之，但客观上也增添了全词的声韵之美。

念 奴 娇

过洞庭[1]

〔宋〕张孝祥

　　洞庭青草[2]，近中秋、更无一点风色[3]。玉鉴琼田三万顷[4]，着我扁舟一叶[5]。素月分辉[6]，明河共影[7]，表里俱澄澈[8]。悠然心会[9]，妙处难与君说[10]。　　应念岭海经年[11]，孤光自照[12]，肝胆皆冰雪[13]。短发萧骚襟袖冷[14]，稳泛沧浪空阔[15]。尽吸西江[16]，细斟北斗[17]，万象为宾客[18]。扣舷独啸[19]，不知今夕何夕[20]？

【题解】

　　孝宗乾道元年（1165），词人出知静江府（今广西桂林一带）并兼广南西路安抚使（广西地区的军政长官），在任颇有声绩。但由于朝中政敌进谗言攻击，次年便被罢官。北归途中，他于仲秋时节过洞庭湖，作此词纪游述志。你看，词人笔下的洞庭夜色是多么寥廓、多么美丽啊——秋高气爽，风平浪静。那皎如玉镜、莹若琼田的三万顷湖面上，点缀着词人的一叶扁舟。银盘似的月亮、素练般的银河倒映在碧水中，天光湖影，上下空明，表里澄澈。置身在这样一个纯净无邪的境界里，还有什么世俗人生的得失和烦恼不能消释呢？他想到自己年来在岭南海北的所作所为，无不是为了国家、民族，孤忠耿耿，一如眼前的中宵朗月，顿觉心安神怡，宠辱不复芥蒂于胸。于是，他要援北斗以为勺，把西江以为酒，揖天地万物以为宾客，开怀畅饮，扣舷长啸，对彼清景，醉此良宵。从客观之构图来看，是万顷波光之大吞没了一叶孤舟之微，人在自然面前显得像芥子粒那么渺小；但就主观之抒情而言，却是词人的方寸心房吐纳着整个宇宙，万象受其调遣，供其驱遣，"自然"匍匐在大写的"人"脚下俯首称臣。就在这虚、实两幅画面所呈现的"人"和"自然"的不同比例关系的对照中，本篇元气淋漓地展示了一种天人合一而人为主、天为奴的特殊的崇高美。

【注释】

〔1〕洞庭：中国第二大淡水湖。在今湖南北部、长江南岸，与长江相通。

〔2〕青草：青草湖，在洞庭湖南，水涨时则与洞庭相接。湖之南有青草山，故名。

〔3〕更无：绝没有。 风色：风的迹象。如树枝摇动、水波荡漾之类。

〔4〕玉鉴：鉴，本义是青铜制的大盆，在铜镜未问世以前，古人以鉴贮水，观察仪容；战国以后，铜镜盛行，人们亦称镜为"鉴"。 琼田：琼，美玉。

〔5〕着：点缀、安置。 扁 (piān 偏) 舟一叶：唐虞世南《北堂书钞·舟部》引《湘州记》："绕川行舟，遥望若一树叶。"苏轼《前赤壁赋》："驾一叶之扁舟。"扁舟，小船。

〔6〕素月：素，白色的生绢，引申指白色。 分辉：月亮倒映水中，光辉分身为二，故云。

〔7〕明河：银河。 共影：银河与它在水中的倒影共存并见，故云。

〔8〕表里：表，外，指天空。里，内，指湖水。 澄澈 (chè 彻)：纯净透明。

〔9〕悠然：形容闲适。 心会：心领神会。

〔10〕与：为、向。 以上二句是说，洞庭仲秋夜色的美妙，以及其所包含的玄机，我已领悟于心，却难以用语言来向别人述说。"君"，当指词人意念中的今后将读到这首词的某位或某些友人。

〔11〕应念：这里主语、宾语全都省略了。揣摩其语气，似承上片结句，仍用第二人称，即"君应念我"。 岭海：广南西路地区，在五岭和南海之间。 经年：满一年以上。词人于乾道元年七月到静江府任，乾道二年六月罢官离任。

〔12〕孤光：月光。这里是自喻。 自照：自己照耀自己。

〔13〕以上三句是说，自己在广西远宦一年，虽然孤独，却坚持操守，像天上的月亮自我照映，襟怀坦白，肝胆皆如冰雪一般明洁。这一点，知心的朋友当能想见并理解。词人此次因遭谗言而罢官，不是正常调离，故在这里剖明自己的心迹。

〔14〕短发：自言衰老，头上的长发多已脱落。 萧骚：萧疏。形容稀落。

〔15〕泛：泛舟，乘船浮行。 沧浪 (láng 郎)：形容水色青苍。 这句是说自己安稳地航行在青苍而空阔的洞庭湖上。

〔16〕唐代高僧马祖有"一口吸尽西江水"之语，指融贯万法（佛教所谓一切事理）。见宋僧道原撰《景德传灯录》。词人这里借用其字面，说自己要把西江之水当作酒浆，全部喝干。西江，指长江。长江自西来，与洞庭湖相会于今湖南岳阳。

〔17〕《诗经·小雅·大东》篇云："维北有斗，不可以挹酒浆。"是说天上的北斗七星形状虽像一把长柄勺，却不能用来舀酒。屈原《九歌·东君》篇反其意而用之："援北斗兮酌桂浆。"词人这里从《九歌》化出，说自己要用北斗为勺来细细地斟酒。

〔18〕万象：泛指宇宙间的一切物象。

〔19〕扣舷：敲打船帮。扣，同"叩"。 啸：这里是因适意而歌啸，与前选岳飞《满江红》因悲愤而"长啸"，情绪相反。

〔20〕《诗经·唐风·绸缪》篇云："今夕何夕？见此良人！"是新婚之辞，诗人赞美新娘道：不知今夜是什么好日子，我竟见到了这样的好人儿！苏轼《念奴娇·中秋》云："起舞徘徊风露下，今夕不知何夕！"张词与苏词意同，如仿《诗经》之例为它们补出下句的话，那么该是：今夕何夕？见此美景！ 本篇押用同一部仄声（且是入声）韵，韵脚分别是"色"、"叶"、"澈"、"说"、"雪"、"阔"、"客"、"夕"。又，"顷"、"冷"同韵，分处在上、下片相互对应的位置上，可能是巧合，也可能是有意为之。

卜 算 子

秋晚集杜句吊贾傅 [1]

〔宋〕杨冠卿 [2]

苍生喘未苏 [3]，贾笔论孤愤 [4]。文采风流今尚存 [5]，毫发无遗恨 [6]。　凄恻近长沙 [7]，地僻秋将尽 [8]。长使英雄泪满襟 [9]，天意高难问 [10]！

【题解】

倘若将赋诗填词比作建房造屋，那么一字一字地写就好像是一砖一瓦地砌，而成句成句地搬用则俨然是现代化建筑施工，配套单元，整块吊装。如此说来，似乎"自撰"难而"集句"易。其实不然。因为现代化建筑中的成套单元，乃是按设计要求定做的，尺寸丝毫不差；而"集句"不啻是从各种不同规格的一幢幢楼房里去拆"单元"，当然费事得多。勉强拼装成形，已属不易，更求其浑然一体，如之何不戛戛乎其难哉！因此，清人贺裳曾说过：集句，作得好是"斑斓衣"（五彩衣），作得不好则是"百补破衲"（衲，僧衣）（见清邹祇谟《远志斋词衷》引述）。然而，学饱才富、以写集句诗词擅名的作家，历代仍不乏其人。南宋杨冠卿便是一个。他这首《卜算子》八音克谐，一气呵成，不愧为此体中的上乘之作。他在戴着镣铐打拳，抬手举足，动辄受掣的情况下，乃能招招中式，踢打自如，真令人赞叹。词面是吊贾谊，底蕴则是自伤怀才不遇。贾谊的悲剧，乃至包括词人自己在内的历代众多政治失意者的悲剧，往往就悲在封建帝王们好恶无常，不能真正信用那些忧国忧民而又多才多艺的志士仁人。"长使英雄泪满襟，天意高难问！"全词以此二句作结，可谓图穷而匕首见。在"臣罪当诛兮，天王圣明"（韩愈《拘幽操》诗）之声不绝于耳的封建时代，词人敢怒敢言，能将怨怼的匕首掷向"天意"，是十分难得的。

【注释】

〔1〕秋晚：秋暮，即夏历九月。是这首词创作的时间。　集杜句：集杜甫诗句。集句是古诗词中的一个特殊品种，其作法为摘取前人诗文单句，拼集成篇。取资范围，可大可小，可以杂糅经、史、子、集，也可以单用其中一部；可以广收上下古今，也可以只取某一断代；可以博撷百家群籍，也可以专采一人一书。总的要求是文意必须联贯，读起来如同集句者自铸新辞的创作。杜甫诗博大精深，向来为集句者所乐于取资。本篇八句依次摘自《行次昭陵》、《寄岳州贾司马六丈巴州严八使君两阁老五十韵》、《丹青引赠曹将军霸》、《敬赠郑谏议十韵》、《入乔口》、《秦州杂诗》二十首其十八、《蜀相》、《暮春江陵送马大卿公恩命追赴阙下》等八首杜诗。　吊：悼念死者。　贾傅：即西汉著名政论家、文学家贾谊 (前200—前168)。他是洛阳人，年少时就能通诸子百家之书，二十余岁便得到汉文帝的赏识，被召为博士 (职责是掌管典籍，在古今史事等方面接受皇帝的咨询)。一年之中，越级升为太中大夫 (高级政治顾问)。文帝一度打算任用他为公卿 (泛指高级执政官)，但由于某些元老大臣进谗言加以排斥，他渐渐遭到文帝的疏远，终于被派到偏僻的长沙国 (今长沙一带) 去做王太傅 (诸侯王的辅佐官)。赴长沙途中渡湘水时，他曾作赋吊屈原，自抒政治失意之感。后改任梁怀王太傅。死时年仅三十三岁。事迹详见《史记·屈原贾生列传》和《汉书》本传。因为他两次担任诸侯王太傅，故称"贾傅"。

〔2〕杨冠卿 (1139—1193后)，字梦锡，江陵 (今属湖北) 人。孝宗时，曾举进士。淳熙十年 (1183) 前后，任江州 (今江西九江一带) 都统制司掾官 (当地屯驻大军总司令部里的文职辅佐官)。还做过某地的知州，不知因何事被罢免。晚年曾侨居京城临安。他才华清隽，尤擅长于骈文，所作流丽浑雅。著有《客亭类稿》。张孝祥赞其"精深雄健"。今存词三十余首，在《类稿》中。

〔3〕苍生：百姓。　喘未苏：在沉重的压迫下喘息而未能缓过气来。苏，劳苦困顿之后的休息。

〔4〕贾笔：贾谊的文笔。　孤愤：本指因耿直孤行、不容于世而愤懑。战国时，韩非子曾撰《孤愤》篇。这里借用来说惟独贾谊一人为百姓的困苦而愤慨。《汉书》本传载，贾谊屡次上书议论政事，说当时事势"可为痛哭者一，可为流涕者二，可为长太息 (长叹) 者六"。其中谈及民生疾苦，有这样一段："百人作之不能衣一人 (供统治者一人穿衣)，欲天下亡 (无) 寒，胡 (何) 可得也？一人耕之，十人聚而食之 (指不劳而食者甚多)，欲天下亡饥，不可得也。饥寒切于民之肌肤，欲其亡为奸邪 (不干违反统治阶级利益的'坏'事)，不可得也。" 以上二句词，指此事。

〔5〕文采风流：指贾谊的作品富有文采和神韵。　今尚存：贾谊的名作，保

存下来的计有《吊屈原赋》、《鵩鸟赋》、《过秦论》、《陈政事疏》等。

〔6〕毫：毫毛。 发：头发。 以上二句是说，贾谊的文章十分完美，没有一丝一毫的遗憾。

〔7〕凄恻 (cè 侧)：悲伤。

〔8〕以上二句是说，当此秋天行将结束的萧瑟之时，又步步接近长沙——贾谊过去贬谪所至的僻远之地，不禁使我悲从中来。孝宗乾道四年 (1168) 秋至五年 (1169) 春，张孝祥知荆南府期间，词人从交广 (今广州) 前来，张氏为他的《客亭类稿》写了跋文 (见《于湖居士文集》)。据此推测，词人在由广州赴荆南府治所在地江陵的途中，当于乾道四年九月经过长沙。词或作于此时。

〔9〕长使：长久地使得。

〔10〕以上二句是说，像贾谊这样杰出的政治家、文学家，皇帝却不能充分信用，苍天又不肯赐他长寿，遂使历代英雄豪杰为之洒下同情的热泪，沾满衣襟，悲愤天意高远，捉摸不定。天意，参见前张元幹《贺新郎》注〔9〕。 本篇押用同一部仄声韵，韵脚分别是"愤"、"恨"、"尽"、"问"。

水 龙 吟

登建康赏心亭 [1]

〔宋〕辛弃疾 [2]

楚天千里清秋 [3]，水随天去秋无际。遥岑远目 [4]，献愁供恨，玉簪螺髻 [5]。落日楼头，断鸿声里 [6]，江南游子 [7]。把吴钩看了 [8]，栏干拍遍 [9]，无人会、登临意 [10]。　　休说鲈鱼堪脍 [11]，尽西风 [12]，季鹰归未 [13]？求田问舍 [14]，怕应羞见，刘郎才气 [15]。可惜流年 [16]，忧愁风雨 [17]，树犹如此 [18]！倩何人、唤取红巾翠袖 [19]，揾英雄泪 [20]？

【题解】

本篇约作于孝宗淳熙元年 (1174) 秋，是年词人三十五岁，在建康 (今南京) 任江南东路安抚使司参议官 (江东地区军政长官司令部里的军事参谋。本书中辛词系年，一般根据邓广铭先生的《稼轩词编年笺注》和《辛稼轩年谱》，下不具注)。这时，他南归已有十三个年头，但由于朝廷与金人妥协，他一直未能得到重用，北伐中原的壮志蹉跎成空，故心情十分抑郁。高楼远眺，但见夕阳惨淡，但听孤雁嘹唳，千里清秋，千里清愁，水天无际，愁亦无际，就连妩媚的青山，也成了苦恨的堆砌。他看剑拍栏，为世间知音难觅而惆怅，为岁月流逝不居而嗟叹，为人生风雨莫测而哀伤。何以解忧？惟有呼酒招妓，请她们用红巾翠袖一拭英雄之泪了。然而可贵的是，词人报国之心，拳拳切切，九死未悔，无论如何失意，他终不肯轻易抛弃自己的理想与追求，去经营个人的安乐窝。读"求田问舍"三句，我们仿佛又一次听到了汉代名将霍去病的豪言壮语："匈奴未灭，无以家为也！"(见《史记·卫将军骠骑列传》)

【注释】

〔1〕赏心亭：在建康西面的城头上，俯瞰秦淮河，是观览风景的胜地。北宋真宗时，知升州（即后来的建康）丁谓所建。今已不存。

〔2〕辛弃疾（1140—1207），字幼安，号稼轩居士，济南历城（今已废入济南）人。出生于金占领区。宋高宗绍兴三十一年（1161），聚众二千，参加耿京所领导的北方农民抗金义军，为掌书记。次年，耿京被叛徒张安国等杀害，义军瓦解，他带领五十名骑兵突袭金营，在五万敌军中生擒张安国，并率部众渡淮河南归于宋。历仕高宗、孝宗、光宗、宁宗四朝，担任过湖北、江西、湖南、福建、浙东等路的安抚使。他是当世难得的文武全才，南归后曾向朝廷提出一系列抗金北伐、收复中原的大计方略，但都未被采纳。在地方官任上，他勉力整顿经济，储备粮草，组建抗金武装，旨在积蓄力量，以应北伐之需，然而却一再遭到排斥打击，先后数次被降职罢官，闲居带湖（在今江西上饶）、瓢泉（在今江西铅山）乡里达二十余年之久。至韩侂胄执政，主持"开禧北伐"，又不能委他以重任，仅用他作点缀。由于准备不足，仓促出兵，北伐招致惨败。为此奋斗一生的词人，终于因病抱恨而殁，享年六十八岁。他博学多识，善诗能文，而词名雄冠有宋一代。今存词六百二十余首，数量居两宋第一。有《稼轩词》、《稼轩长短句》等不同名目版本。其中以抗金爱国为主题的作品，不胜枚举。间有山水田园、言情咏物、说理谈玄等多种题材，内容丰富。风格以悲壮雄浑为基调，亦不乏清新隽永、昵狎温柔、诙谐风趣、生动活泼等种种变化。刘克庄评其词曰："大声鞺鞳（洪亮如钟声），小声铿鍧（钟鼓杂奏之声），横绝六合（天地四方），扫空万古，自有苍生以来所无。"（《辛稼轩集序》）

〔3〕楚天：泛指南方的天空。春秋战国时，长江流域曾属楚国所有。

〔4〕遥岑（cén）远目：从唐代韩愈、孟郊《城南联句》诗"遥岑出寸碧（韩愈），远目增双明（孟郊）"二句化出。岑，小而高的山。目，目光，本篇用作动词"望"。

〔5〕玉簪（zān 赞阴平）螺髻：形容远山像是美人头上的碧玉发针和螺旋形发髻。韩愈《送桂州严大夫》诗："山如碧玉簪。"唐皮日休《缥缈峰》诗："似将青螺髻，撒在明月中。" 以上三句是说，遥望远山，虽然秀丽，却不能给我以抚慰，反而更增添了我的愁恨。（这当是因为它们让词人联想到了沦入金人手中的北方大好河山的缘故。）说青山能够"献愁供恨"于人，是艺术的表达方法。

〔6〕断鸿：失群的大雁。 以上二句似有取于柳永《玉蝴蝶》（望处雨收云断）词："断鸿声里，立尽斜阳。"

〔7〕江南游子：词人自称。他的故乡在北方，而如今为了抗金复国，流寓

南方，宦游江南，故这样称呼自己。

〔8〕吴钩：春秋时，吴国出产的名剑，剑端弯作钩状，故称。这里代指自己的佩剑。杜甫《后出塞》诗五首其一有"含笑看吴钩"句，辛词由此化出。这句是感慨有剑而无用武之地的意思。

〔9〕北宋刘概因不得志而作诗有"几回醉把栏干拍"之句 (见宋王辟之《渑水燕谈录》)。辛词与此意思略同。

〔10〕北宋王琪登赏心亭作诗有"残蝉不会登临意"之句 (见宋僧文莹《湘山野录》)，为辛词语意所本。这句是说，没有人理解我登楼时的心思。会，领会。 以上六句应一气连读。"江南游子"四字是"把吴钩看了"两句的主语。

〔11〕鲈 (lú 卢) 鱼：体形狭长，大口，银灰色，背部有小黑斑。江苏苏州松江一带所产的鲈鱼，以味美著称。 鲙 (kuài 快)：细切的鱼肉。这里用作动词，将鱼肉切细。

〔12〕尽 (jǐn 仅)：尽管。

〔13〕季鹰：西晋时吴 (今苏州) 人张翰，字季鹰，本在京城洛阳做官，见秋风起，想到了家乡的菰菜羹、鲈鱼鲙，于是便弃官归隐。事见南朝宋刘义庆等《世说新语·识鉴》。 归未：归隐没有呢？ 以上三句反用张翰故事，大意是：不要说鲈鱼已经肥美到可以细切作鲙的时候了，尽管现在刮起了秋风，可张翰有没有归隐呢？这里是以张翰自指，表示自己还不愿退出政治舞台，还要为抗金事业而奋斗。

〔14〕求田问舍：向人打听，谋求购买田产房舍。

〔15〕刘郎：指三国时蜀汉的开国君主刘备。 才气：指才略、志气。 《三国志·陈登传》记载，东汉末年，许汜在刘备面前抱怨陈登对他很不客气，说他逃难到陈那里，陈登自己睡大床，却让他睡矮床。刘备对他说：如今天下大乱，您不能忧国忘家，反而"求田问舍"，如果换了我，就要睡到百尺高楼上去，让您睡地下，岂止是睡高床、睡矮床的区别！ 以上三句用此典故，说倘若自己在这国家有难的时候抽身归隐，买房买地，恐怕没脸去见有雄才大志的刘备一类英雄人物。

〔16〕流年：像流水一样逝去的年华。

〔17〕忧愁风雨：苏轼《满庭芳》 (蜗角虚名) 词中已有此语。

〔18〕《世说新语·言语》篇载，东晋桓温北征，经过金城 (故地在今江苏句容北，南宋时是建康的郊区)，见自己往年亲手栽植的柳树已长得十分粗壮，慨叹道："木犹如此，人何以堪！" (树木尚且这样老大了，人怎么禁得住岁月的消磨呢！) 辛词这里是"歇后"用法，只引上句，而了解这典故的读者自会联想到下句，明白词人感叹时光不等人的深意。

〔19〕唤取：召唤。　红巾翠袖：女子的红色手帕和绿色衣袖。这里既代指歌妓，又与下句搭配，指她们可以用来为英雄揾泪的是巾、袖。宋时，官员宴会，往往有官妓侑酒并演出音乐歌舞。

〔20〕揾 (wèn 问)：揩拭。　英雄：词人自指。　本篇押用同一部仄声韵，韵脚分别是"际"、"髻"、"里"、"子"、"会"、"意"、"鲙"、"未"、"气"、"此"、"泪"。

菩 萨 蛮

书江西造口壁 [1]

〔宋〕辛弃疾

郁孤台下清江水 [2]，中间多少行人泪！西北望长安 [3]，可怜无数山 [4]。　青山遮不住，毕竟东流去。江晚正愁余 [5]，山深闻鹧鸪 [6]。

【题解】

孝宗淳熙二、三年间 (1175—1176)，词人三十六七岁，在赣州 (今属江西) 任江南西路提点刑狱，本篇约作于此时。清代著名词论家周济在其《宋四家词选》中，指出它的写作脉络是"借水怨山"。这四字下得十分精炼而准确。词人笔下的"水"，混和着爱国志士忧时之泪的赣江水，要冲破重重障碍，一往无前地奔向大海，它是百折不挠的抗战派力量的化身。而其笔下的"山"，则象征着抗金复国大业所面临的种种困难和阻力，它们既来自外部的强大敌人，也来自朝中的妥协派。外敌虽强，并不可怕；但朝廷内部的妥协势力既占着上风，北伐的雄图便寸步难行了。词人理想地怀抱着一战而收中原的热烈希望，同时又理智地正视着半壁惟守东南的冷酷现实。因此，尽管他在词中一度高唱出"青山遮不住，毕竟东流去"的激越，然而词情最终仍归于"江晚正愁余，山深闻鹧鸪"的苍凉。全篇呈现为"抑—扬—抑"的大振幅心电脉冲，一波三折，沉郁顿挫。小令而能跌宕如此，可谓尺水兴澜。

【注释】

〔1〕书……壁：写在某地的墙壁上。　江西：南宋时的江南西路。辖境相当于今江西省除东北角以外的全部地区及湖北东南角的少数县市。　造口：在今江西万安西南六十里。

〔2〕郁孤台：在今江西赣州西北隅田螺岭，始建于唐。因其地势为小山郁然孤耸，故名。唐人李勉任虔州 (南宋方改称赣州) 刺史时，曾登此台北望长安方向，并将台匾改为"望阙" (意思是"望京城")。 清江：指赣江。

〔3〕这句化用杜甫《小寒食舟中作》诗："愁看直北是长安。"长安，汉、唐的京都，后世用为京城的代名词。这里指北宋故都东京。东京在赣州的正北方，"西北望"是切字面"长安"而言。

〔4〕可怜：可惜。 以上二句是说，北望东京，可惜视线被重山叠岭隔断。喻指要收复故都，道路上有着数不清的障碍。

〔5〕余：古汉语第一人称代词，即"我"。

〔6〕鹧鸪 (zhè gū 蔗姑)：鸟名。羽毛黑白相杂，背、胸、腹部眼状白斑尤为显著，分布于我国南方山地。古人将其鸣叫声象拟为"行不得也哥哥"。南宋罗大经《鹤林玉露》认为，这句"谓恢复 (中原) 之事行不得也"。 以上二句是说，傍晚时我正在赣江边愁思，又听得深山里传来了鹧鸪的叫声，仿佛在告诉我北伐一事难以实行。 本篇两句一换韵，共押了四部不同的韵，两仄两平相间。

八 声 甘 州

〔宋〕辛弃疾

夜读《李广传》[1]，不能寐[2]。因念晁楚老、杨民瞻约同居山间[3]，戏用李广事赋以寄之[4]。

　　故将军、饮罢夜归来[5]，长亭解雕鞍[6]。恨灞陵醉尉[7]，匆匆未识，桃李无言[8]。射虎山横一骑，裂石响惊弦[9]。落托封侯事[10]，岁晚田间[11]。　谁向桑麻杜曲[12]，要短衣匹马[13]，移住南山[14]？看风流慷慨，谈笑过残年[15]。汉开边[16]，功名万里，甚当时、健者也曾闲[17]？纱窗外，斜风细雨，一阵轻寒[18]。

【题解】

　　这首词围绕西汉名将李广一生的坎坷遭遇组织文字，上片剪裁史传，下片隐括杜诗，兼史家传神之笔、诗家曳韵之文而有之。"汉开边，功名万里，甚当时、健者也曾闲"一问，意味深长，背面的文章是：本朝懦弱，只知保守南国半壁江山，不思北伐以收复中原，英雄就更无用武之地了！末尾"纱窗外，斜风细雨，一阵轻寒"三句，意境与苏东坡《和刘道原咏史》诗"独掩陈编吊兴废，窗前山雨夜浪浪"（掩，合上。陈编，旧书。浪浪，雨流不止之状）云云相似，以景结情，悠然神远，有悲歌已歇而余音绕梁的艺术效果。

【注释】

　　〔1〕《李广传》：《史记》有《李将军列传》，《汉书》有《李广传》。李广（？—前119），陇西成纪（今甘肃秦安东）人。擅长骑射。汉文帝十四年（前166）从军击匈奴，因战功得任中郎、武骑常侍（皇帝的侍从武官）。景帝、武帝时期，

历任北方诸边郡太守。前后与匈奴大小七十余战，英名远播，匈奴人称他为"飞将军"。治军简易，宽厚仁爱，与部下将士同甘共苦，得赏赐辄分与众人，因此深受部众爱戴。武帝元狩四年（前119）随大将军卫青出征匈奴，中途迷失道路，未能如期到达集结地，当受军法处分，他不愿受辱，遂自刎而死。

〔2〕不能寐：指因心情波动，有许多感慨而不能入睡。

〔3〕因念：于是想到。 晁楚老、杨民瞻：都是作者的友人，生平不详。约同居山间：约我一道隐居山林间。

〔4〕戏：打趣地。这是词人的谦辞，其实他作此词的态度很严肃。 赋以寄之：作词寄给他们。

〔5〕故将军：往日的将军。 饮罢：喝完酒。

〔6〕长亭：古代道路上每隔一定里程便建有长亭、短亭，供行人歇息。一般是十里一长亭，五里一短亭。 解雕鞍：卸下华贵的马鞍。指驻马止宿。

〔7〕灞陵：即"霸陵"，汉文帝刘恒的陵墓，在今西安东。 尉：军官。这里指霸陵警卫军士的头目。

〔8〕桃李无言：《史记》、《汉书》本传后有赞语，说李广虽然不善言辞，但忠实诚信，颇为士大夫所爱重，正如谚语所云："桃李不言，下自成蹊。"（意思是：桃李尽管不会说话，但它们有花有果实，深受人们喜爱，树下自然被人踩出路来。）据本传记载，李广一度被罢去将军的职位，降为庶人（平民）。这期间，有天夜里外出饮酒，回家时经过霸陵亭，霸陵尉醉醺醺地呵止他，不许通行。李广的随从说："（这是）故李将军！"霸陵尉呵道：现任将军尚且不许夜行，何况是"故"将军！于是李广只好止步，就在亭下过夜。 以上五句纪此事，对一代英雄竟遭小人的欺侮，表示愤慨。

〔9〕本传记载，李广曾经外出打猎，误将草丛中的一块大石头当成老虎，张弓射之，箭镞竟嵌入石中。 以上二句纪此事，突出李广的勇武，写他单人独骑，山中射虎，惊弦响处，巨石裂开。

〔10〕落托：形容失意。

〔11〕以上二句写李广平生不得志，始终未能封侯，晚年还曾罢官闲居田园。本传载，李广曾对人说：每次出击匈奴我都参加战斗，那些才能低下的将军都有几十人被封为侯爵，而我却不得封侯，是不是命该如此呢？又载，武帝元光六年（前129），李广与匈奴人作战，由于寡不敌众，负伤被擒，后来夺马逃回。为此受军法审判，当斩。因出钱赎罪，才幸免一死，但被削职为民。此后，他在家闲居了好几年。

〔12〕桑麻：棉花未推广前，古人植桑种麻，以蚕丝、麻纤维为纺织的主要原料。 杜曲：在今陕西长安县东少陵原的东南端。本是西周贵族杜伯的领地，

唐代贵族杜氏世家居住于此，故名。

〔13〕短衣：源于古代北方游牧民族的一种服式，窄袖，衣摆也比汉族士人所服的长衫要短，便于骑马格斗。　匹马：单人独马。

〔14〕南山：即终南山，在今西安之南。本传载，李广被废为庶人后，曾射猎于此山中。

〔15〕残年：晚年，余生。　以上五句化用杜甫《曲江三章》诗其三："自断此生休问天，杜曲幸有桑麻田。故将移住南山边。短衣匹马随李广，看射猛虎终残年。"杜甫壮年时困居长安，政治上很不得意，因此发牢骚说下半生要回乡隐居，并借用追随李广、看射猛虎的艺术表达（两人生活的时代相差八九百年），宣泄自己英雄失路的悲愤。词人的遭遇与李广有相似之处，故自上片"落托封侯事"至此，隐隐以李广自比。又由于晁、杨二友人相约同居山间，故与杜甫欲"移住南山"之事相提并论。

〔16〕开边：开拓疆域。

〔17〕甚：为什么。　健者：勇武刚毅的人。　以上三句是说，汉代开边拓土，将士们每每在万里之外的战场上取得功名，正好大显身手，可为什么当时像李广这样的壮士竟也曾被闲搁在一边呢？言外之意是：汉代尚且有这等事，何况今日！

〔18〕本篇押用同一部平声韵，韵脚分别是"鞍"、"言"、"弦"、"间"、"山"、"年"、"边"、"闲"、"寒"。其它诸句中，"尉"、"骑"、"事"、"里"、"外"同韵，有可能是添押一部仄声韵为辅韵，以增加全词的声韵之美。

青 玉 案

元 夕 [1]

〔宋〕辛弃疾

东风夜放花千树 [2]，更吹落、星如雨 [3]。宝马雕车香满路 [4]。凤箫声动 [5]，玉壶光转 [6]，一夜鱼龙舞 [7]。　　蛾儿雪柳黄金缕 [8]，笑语盈盈暗香去 [9]。众里寻他千百度 [10]。蓦然回首 [11]，那人却在，灯火阑珊处 [12]。

【题解】

这首词的美学价值，不但在于它栩栩如生地再现了南宋大都市元宵节夜火树银花、车水马龙的狂欢场景，更在于它匠心独运，塑造出了一个自甘寂寞、不趋炎附势、"众人皆醉我独醒"（《楚辞·渔父》假托屈原之语）的典型人物。当时满朝文恬武嬉，大大小小的官僚们醉生梦死于以屈膝投降为代价，用民脂民膏向敌人买来的"和平"之中，像词人这样坚持主张北伐的抗战派为数甚少，在政治上处于孤立。然而，他不恤不悔，我行我素，执著于自己的理想和追求。词中那独立在"灯火阑珊处"的美人，不正是他的化身吗？

【注释】

〔1〕元夕：即"元夜"，见前欧阳修《生查子》注〔2〕。
〔2〕放：（吹）开。　花千树：喻指满城到处是一簇簇彩灯，如千树繁花。唐代张鷟《朝野佥载》记唐睿宗时元宵之夜，京城有灯轮高二十丈，燃五万盏灯，"簇之如花树"。
〔3〕星如雨：喻指焰火缤纷，自天而降。一说亦指灯火之盛。语本《春秋·庄公七年》："星陨如雨。"
〔4〕宝马雕车：富贵人家装饰华美的车马。

〔5〕凤箫：古代有一种管乐器叫排箫，由许多根竹管组成，长短参差，形如凤翼，故称"凤箫"。又，《列仙传》有弄玉吹箫、声如凤鸣的神话传说，参见前李白《忆秦娥》注〔3〕。这里泛指音乐。 动：起。

〔6〕玉壶：喻指明月。唐代朱华《海上生明月》诗："轮抱玉壶清。"

〔7〕鱼龙舞：古代的一种杂戏，汉时已有之。据《汉书·西域传》唐颜师古《注》，戏所表演的是鱼、龙变化。这里泛指元宵节夜的种种舞蹈杂耍演出。

〔8〕蛾儿雪柳：元宵节人们头上插戴的两种饰物，造型分别为飞蛾和柳条，用彩绢或彩纸制成。 黄金缕：形容雪柳如金线。李清照《永遇乐》（落日熔金）词咏元宵，提到"撚金雪柳"，可知雪柳又实有用金线搓捻而成者。

〔9〕盈盈：形容女性仪容姿态之美。 暗香：隐隐、幽幽的香气。指女子所用化妆品、所穿熏香之衣、所佩带的香囊等等散发出的气息。

〔10〕他：她。 千百度：无数次。

〔11〕蓦（mò 莫）然：突然。

〔12〕阑珊：零落，稀疏。 以上六句是说，一簇簇打扮得漂漂亮亮、身上飘出香气的姑娘，有说有笑地走过，我在她们当中一遍遍地寻找自己所爱的那一位，但怎么也找不着。没想到猛一回头，原来她却站在灯火冷清、僻静人少的地方！这个情节，应属虚构。 本篇押用同一部仄声韵，韵脚分别是"树"、"雨"、"路"、"舞"、"缕"、"去"、"度"、"处"。

破 阵 子

为陈同甫赋壮词以寄之 [1]

〔宋〕辛弃疾

醉里挑灯看剑 [2],梦回吹角连营 [3]。八百里分麾下炙 [4],五十弦翻塞外声 [5]。沙场秋点兵 [6]。 马作的卢飞快 [7],弓如霹雳弦惊 [8]。了却君王天下事 [9],赢得生前身后名 [10]。可怜白发生 [11]!

【题解】

词人的挚友陈亮,也是一位毕生为抗金大业奔走呐喊的爱国志士。因此,词人特地创作了这首以"北伐"为题材的"壮词"寄赠给他。一般分上下片的双调词,多按自然段谋篇布局,语意群均衡地切作前后两大板块;本篇却打破了常规,以前九句为一层次,末五字为另一层次,章法非常奇特。具体来说,自"醉里挑灯看剑"至"赢得生前身后名"一大段文字,是写理想中的"北伐",纯然游刃于"虚"。但由于词人青年时期确曾有过军旅战阵的生活实践,故写来气酣墨饱,形象逼真,读者几乎不疑其幻。结句一笔叫醒,我们方才恍然大悟,原来所谓醉灯看剑、梦惊画角、麾下分炙、瑟谱边声、点兵沙场、挽弓驰马,种种壮举豪情,都只存在于作者的神往之境。而究其现实,则朝廷畏敌如虎,不敢越雷池一步,英雄如词人者,蹉跎岁月,无所事事,鬓发已染秋霜!这末尾寥寥五字,与前九句相抗,乍看似轻重失权,然而细品味,便知它下语镇纸,正所谓"秤砣虽小压千斤"。由此可见,本篇名曰"壮"词,其实甚"悲"。这"悲壮"二字,是辛词的基调,也是南宋绝大多数爱国词的基调。试想,热血男儿,心雄万夫,揭喉高歌抗战,吐辞焉能不"壮"?而庸君怯懦,佞臣误国,豪杰横遭压抑,吟啸又焉得不"悲"?

【注释】

〔1〕陈同甫：详见下陈亮《念奴娇》注〔2〕。

〔2〕挑 (tiǎo) 灯：挑起油灯的灯芯，使灯光加亮。 看剑：观看宝剑，是渴望杀敌立功的意思。

〔3〕梦回：梦醒。 这句是说，一座连一座的军营中，号角齐鸣，将词人从梦中唤回。 以上二句，一句写前一天夜晚，一句写后一天清晨。

〔4〕八百里：晋人王恺有一头爱牛，名叫"八百里駁" (当是夸言它行走速度快，能日行八百里)，王济和他赌射箭，将这牛赢到手后，竟当场命随从杀牛取心炙烤了送上来吃。事见《世说新语·汰侈》。这里仅用作牛的代名词。 麾 (huī 挥) 下：部下。麾，古代用以指挥军队的旗帜。 炙 (zhì 至)：烤肉。 这句是说，将烤牛肉分给手下将士饱餐。

〔5〕五十弦：即瑟，古代的一种弦乐器，有二十五根弦。相传本为五十弦，上古时黄帝因其音过悲，故破为二十五弦。说见《史记·封禅书》。 翻：旧曲翻新。 塞外声：指外长城以北地区的音乐，以悲壮苍凉著称。 这句是说，军乐队奏起了新翻制的塞外曲调。

〔6〕点兵：集中军队，检阅部署，准备战斗。古人见植物春生秋杀，认为春季天意主生育，秋季天意主杀伐，因此大的军事行动多选择秋天进行，故这里说"秋点兵"。 以上三句紧承上文，写后一天的白天杀牛犒军，战地点兵，军乐齐奏，行将向敌人发动进攻。

〔7〕的卢：额头有白色条块直贯口齿的一种骏马。

〔8〕霹雳 (pī ‖ 劈历)：炸雷的巨响声。南朝梁名将曹景宗回忆年轻时与同伴射猎的豪侠生活，有"拓弓弦作霹雳声"之语。见《梁书》本传。又，隋代名将长孙晟抗击北方突厥人有功，突厥降官说，突厥人很惧怕他，"闻其弓声，谓为霹雳"。见《隋书》本传。 以上二句仍紧承上文，写跃马张弓，出击金人。

〔9〕了却：完成。 君王天下事：君主、国家的大事。指收复中原。

〔10〕赢得：获得，博得。

〔11〕可怜：可惜。 本篇押用同一部平声韵，韵脚分别是"营"、"声"、"兵"、"惊"、"名"、"生"。

西 江 月

夜行黄沙道中 [1]

〔宋〕辛弃疾

明月别枝惊鹊 [2]，清风半夜鸣蝉。稻花香里说丰年，听取蛙声一片 [3]。　　七八个星天外，两三点雨山前 [4]。旧时茅店社林边 [5]，路转溪桥忽见 [6]。

【题解】

读着这首轻快活泼的小词，我们仿佛被作者带到了朦胧月色中的旷野阡陌，只觉清风习习，迎面拂来。上下片前二句写鹊影蝉声、星光雨滴，固然盈手如掬，倾耳可闻；而两阕的后半部分，诗趣苞含，似乎更耐人寻味。稻花香里，酝酿着丰收，词人为之欣喜洋洋，却不露声色，转借一片欢快的蛙语代为诉说，你看妙也不妙？趱行入夜，人困马乏，自然很想找个地方落脚歇宿。此意如照实述说，不免有损于前文闲适、愉悦的氛围。词人聪明地选择了昔日曾经住过的乡村小客店忽然出现在眼前的那一瞬间，仍从欣喜一面着笔，这就保持了全词情调的统一和谐。且这欣喜也不是直截了当地诉诸读者，而是通过"旧时"、"忽见"之类寻常字眼，使那"茅店"显得既熟悉又陌生，使它的出现既在情理之中又在意想之外，如此则虽然平平道来，不加任何摄有感情色彩的词语，但词人那份惊喜的神态，却呼之欲出，宛然若见。

【注释】

〔1〕黄沙：黄沙岭，在今江西上饶西。

〔2〕别枝：树木主干外斜生的枝条。　这句可参看苏轼《杭州牡丹开时仆犹在常润周令作诗见寄次其韵复次一首送赴阙》诗其二："明月惊鹊未安枝。"(其《次韵蒋颖叔》诗亦有此句。)

〔3〕听取：这里是"试听取"的语气，即"请听"。

〔4〕以上二句，化用唐人卢延让《松寺》诗："两三条电欲为雨，七八个星犹在天。"

〔5〕茅店：茅草盖顶的乡村旅店。 社林：土神祠庙所属的树林。

〔6〕以上二句是说，过了溪水上的小桥，转了个弯，社林边旧有的那爿小客店忽然在望了。"见"，同"现"，出现。作看见之"见"理解，也通。 本篇用同一部韵平仄通押，韵脚分别是"蝉"（平）、"年"（平）、"片"（仄）、"前"（平）、"边"（平）、"见"（仄）。

最 高 楼

〔宋〕辛弃疾

吾拟乞归[1]，犬子以田产未置止我[2]，赋此骂之。

吾衰矣[3]，须富贵何时[4]？富贵是危机[5]。暂忘设醴抽身去[6]，未曾得米弃官归[7]。穆先生，陶县令，是吾师[8]。

待葺个园儿名"佚老"[9]，更作个亭儿名"亦好"[10]，闲饮酒，醉吟诗[11]。千年田换八百主[12]，一人口插几张匙[13]？便休休[14]，更说甚[15]，是和非[16]！

【题解】

词之初起，本是一种纯粹的音乐文学，但在发展过程中，实用功能不断扩大，兼有了应用文的性质。到南宋时，它几乎打进了各类社交场合：谈恋爱，交朋友，替人作寿，给人送终，祝人新婚，贺人生子，打阔佬的秋风，拍上官的马屁……五花八门，无施不可。然而写词来教训儿子，我们还是头一回见到。本篇约作于光宗绍熙五年（1194），当时词人五十五岁，在知福州兼福建安抚使任。由于壮志难酬，官场失意，词人打算申请退休，但不晓事的"犬子"却极力反对（田地房产还未购置齐全，老头子倒想洗手不干了，一旦他老人家呜呼哀哉，叫咱哥们喝西北风去），于是词人便作了这词去骂他。全篇既具备历史的思辨，又富有人生的哲理；既充满着书斋里的睿智，又洋溢着生活中的气息；亦庄亦谐，亦雅亦俚；雅庄而不病于迂腐，俚谐而不阑入油滑：句句显出词人胸襟之大、学养之深，字字显出他驾驭各种类型语言艺术的非凡能力。尤其最后五句，口角生风，活脱脱是老子数落儿子的现场录音，写神了，写绝了！有宋一代，封建帝王用较优厚的待遇笼络臣下，换取他们的忠勤服务，因此，官僚地主们置田庄、营第宅、蓄家妓的风气极盛。

而城市商业经济的发达，色情业的畸形繁荣，又大大刺激了纨袴子弟们的享受欲望，红烛呼卢，千金买笑，顷刻间荡尽祖产的不肖子孙比比皆是。时人沈括《梦溪笔谈》中记载了一个发人深省的故事：将军郭进新建府第落成，大开筵席，不但请木工瓦匠与宴，而且让他们坐在自家子弟的上首。有人问他为何如此安排，他指着工匠说：这是造房子的。又指着子弟们说：这是卖房子的，当然该坐在下风。郭进死后不久，府第果然落入他人之手。此公看问题不可谓不透彻。然而明知如此，却仍要大兴土木，还是未能免俗。相比之下，稼轩先生的作法明智得多了。这在封建时代固然难能可贵，对今天的人们，恐怕也有一定的教育意义吧？

【注释】

〔1〕吾：古汉语第一人称代词，即"我"。 乞归：请求归隐。

〔2〕犬子：古人对自己儿子的谦称、贱称。 以田产未置：用"田产未置"为理由。 止：阻止。

〔3〕吾衰矣：用《论语·述而》篇所载孔子之语："甚矣吾衰也。"是自叹衰老之词。矣，语气词，相当于"啦"。

〔4〕汉代杨恽在给孙会宗写的一封回信中说："人生行乐耳，须富贵何时？"见《汉书》本传。这里用其成语。须，等待。

〔5〕东晋末年，诸葛长民官至都督豫州扬州之六郡诸军事、豫州刺史（省级军政长官），权倾一时。他贪婪奢侈，多聚珍宝美女，大建府第住宅。但显赫的富贵并未给他带来多少安乐，相反，由于时时担心遭到杀身之祸，连觉也睡不安稳。他曾叹息道："贫贱常思富贵，富贵必履机危。"后来终于被当政的大军阀刘裕所杀。事见《晋书》本传。这里化用其语。机，捕兽用的设有机关的木笼，喻指潜藏着祸患的境地。 以上三句是说，我老啦，等富贵要等到哪一天呢？就算得到富贵又怎么样？爬得高，跌得重，危险得很呐！由于"犬子"劝阻词人的理由是他还不够"富贵"，未置办像样的"田产"，故词人针锋相对，抓住"富贵"二字作文章。

〔6〕设醴（lǐ礼）：设，陈放。醴，度数不高的米汁甜酒。 抽身去：抽出身来离开官场。《汉书·楚元王传》记载，西汉时，楚王刘交重用穆生、白生、申公等三人，礼遇十分恭敬。穆生不爱喝酒，刘交每开宴会，特为他"设醴"。到刘交之孙刘戊为楚王时，有一次忘了为穆生设醴，穆生认为这说明王爷已开始怠慢他，自己如若不走，终将获罪遭殃，于是称病去职。后来刘戊果然日益淫暴，

白生、申公劝谏无效，都被罚作苦役。本句即用此典故。

〔7〕东晋末年，陶渊明任彭泽县（故城在今江西湖口县东）令，郡太守派督邮（郡长官的属吏）来县视察，他叹道："我不能为五斗米折腰向乡里小人！"（不能为了微不足道的县官俸禄而弯腰给小人行礼。）当天便弃官归隐。事见《宋书·陶潜传》。本句用此典故。

〔8〕是吾师：是我的老师，是我效法的榜样。 以上五句，用穆先生的故事是紧承上文"富贵是危机"；用陶县令的故事则是为了应付格律，与"穆先生"对仗。但"陶县令"弃官的动机与"穆先生"不同，因此他的出场又使词意翻了新的内容，即除了避祸之外，自己的"拟乞归"还有不愿牺牲人格尊严去博取"富贵"的意思。

〔9〕待：待要。 葺（qì 气）：本义是用茅草覆盖房屋，这里引申为修建。名：取名。 佚老：语出《庄子·大宗师》篇："夫大块（大地）载我以形，劳我以生，佚我以老，息我以死。"大意说人生劳碌，只有老来才得安逸。佚，同"逸"。

〔10〕更：再。 亦好：语出唐人戎昱《长安秋夕》诗："在家贫亦好。"即今俗语所谓"金窝银窝，不如自家的草窝"。

〔11〕以上四句设想退休后的生活：辟它一处园林，建它一座亭阁，闲来喝酒，醉后吟诗。从他打算给园、亭起的名字来看，其退休后的生活宗旨是安贫乐道，颐养天年。

〔12〕宋释道原《景德传灯录》载五代时高僧如敏禅师曾说："千年田，八百主。"类似的话还可以追溯到唐人王梵志诗："年老造新舍（屋），鬼来拍手笑。身得暂时坐（住），死后他人卖。千年换百主，各自循环改。前死后人坐（住），本主何相（何厢，即'哪里'）在？"意思是田地、房产不可能永远为一人一姓所保有，总在不断地更换着主人。

〔13〕几张匙（chí 迟）：几把调羹？ 这句化用当时谚语："一口不能着两匙。"（见宋范成大《丙午新正书怀》诗十首其四自注）意思是说，一人只有一张嘴，插得下几把调羹？ 以上二句教训儿子说，多置田产又有何用？只能害你们弟兄成为"败家子"；有几亩薄田，就够维持生活了，一张嘴巴能吃多少东西呢？

〔14〕便：就此。 休休：罢休。

〔15〕甚：什么。

〔16〕以上三句呵斥儿子说：你就给我住口吧，再不要说三道四了！ 本篇交错押用了三部不同的韵。其一，"时"、"机"、"归"、"师"、"诗"、"匙"、"非"。以上一部平韵为主韵。其二，"老"、"好"。其三，"去"、"主"。以上二部仄韵为辅韵。

沁 园 春

〔宋〕辛弃疾

灵山齐庵赋 [1]，时筑偃湖未成 [2]。

叠嶂西驰 [3]，万马回旋，众山欲东 [4]。正惊湍直下 [5]，跳珠倒溅；小桥横截，缺月初弓 [6]。老合投闲 [7]，天教多事 [8]，检校长身十万松 [9]。吾庐小 [10]，在龙蛇影外 [11]，风雨声中 [12]。　　争先见面重重 [13]，看爽气、朝来三数峰 [14]。似谢家子弟 [15]，衣冠磊落 [16]；相如庭户 [17]，车骑雍容 [18]。我觉其间，雄深雅健 [19]，如对文章太史公 [20]。新堤路 [21]，问偃湖何日，烟水濛濛 [22]？

【题解】

本篇约作于宁宗庆元二年 (1196) 前后，当时词人五十七岁左右，罢官闲居上饶。它是稼轩山水词中的精品和代表作。起三句用奔腾旋折的万马来状写群山磅礴回转的气势，化静为动，先声夺人。下片采取博喻的手法，叠用谢家子弟、相如车骑、太史公文章等一连串比拟句为姿态横生的林峦传神写照，使得自然景观也染上了人文色彩。历来的文学作品多以山喻人，辛词偏反戈倒戟，以人喻山，便有意外新警的美学效果。全篇重在写山，于水着墨不多，仅上片中、下片末两处稍作点缀。但一为溪涧，一为湖泊；一出于纪实，一出于虚想；一以险急跳荡见奇，一以平缓澂滟称胜——亦相映成趣。模山范水之外，作者也没有忘记写人。"检校长身十万松"七字，见出词人的将军本色，即便是解甲归田了，看到魁梧密集的长松茂林，他仍情不自禁地联想而及自己往日统帅过的精兵悍将。然而如今所能提辖者，惟此无知之林木耳。戏谑的言语背后，又潜藏着一片悲凉。可见他英雄失志的愤懑不平，并未能消释在岚光水色之中。这是他的山水词与忘怀世事的高人逸士的同题材之作在"质"上的根本区别。

【注释】

〔1〕灵山：在上饶西北。 齐庵 (ān 安)：灵山中的一处胜境，有长松茂林。

〔2〕时：当时。 偃 (yǎn 演) 湖：词人作此词时，灵山中正在修筑的一个水库。

〔3〕叠嶂：重叠的高大山岭。

〔4〕东：此处用作动词。向东行进。 以上三句是说，巍峨不断的群山像万马狂奔，先向西驰骋，最后又折转过来，要向东反扑。

〔5〕惊湍 (tuān 团阴平)：指迅急的涧水。湍，急流。

〔6〕弓：用作动词，指呈现为弓背状的弧形。 以上四句是说，湍急的涧水从高处直泻而下，冲击着山石，水花犹如珍珠弹跳溅起；小桥拦腰横架在涧水之上，那拱形的侧影，宛若弯成一张弓似的初弦月。

〔7〕合：应当，该。 投闲：被抛掷在闲散的境地。

〔8〕多事：管闲事。

〔9〕检校 (jiào 叫)：核查，察看。又，宋时有"检校官"，是正官外的加官，虚衔而已，原官加"检校"二字，仅标志地位的提高，实际职权并没有扩大。以上三句是说，我老了，合该被朝廷罢官，置于闲散，可老天爷偏让我多事，来管这片松林。这是发牢骚的话，却出之以幽默。

〔10〕吾庐：我的小屋。词人自指其坐落在灵山齐庵的别墅。

〔11〕龙蛇：喻指松树。松树枝干夭矫，树皮斑驳块裂如鳞片，形似龙蛇，故称。

〔12〕风雨声：喻指松涛。松林受风摇动时发出的飒飒响声，如同风雨交加，故称。

〔13〕见 (xiàn 现) 面：露面。

〔14〕爽气：山林间清爽的空气。 朝 (zhāo) 来：朝，早晨。来，前来。三数：三四、三五。《世说新语·简傲》篇载，东晋时，王徽之在车骑将军桓冲手下当参军 (将军的幕僚)，桓冲对他说，打算关照他，让他升官。他却不答理，眼睛望着高处说："西山朝来，致有爽气。"辛词即从王徽之语化出。 以上二句是说，晨起看山，云雾开处，群山争先恐后地露出重重面容，其中有三五座峰峦最为突出，清爽之气向人扑来。

〔15〕谢家子弟：指东晋及南朝首屈一指的名门望族谢家的青年男子。他们多风流倜傥，仪表出众，气质高雅，不同凡俗。

〔16〕磊 (lěi 垒) 落：指形象俊伟。

〔17〕相如：汉代著名文学家司马相如。 庭户：门庭。

〔18〕车骑 (jì 记)：车马。 雍容：从容不迫，很有气派。《史记·司马相如列传》载，相如客游临邛 (今四川邛崃)，"从车骑，雍容闲雅甚都" (有车马随从，气度从容大方，人也标致丰美)。以上二句用此典故。

〔19〕雄深雅健：雄伟，深邃，高雅，健拔。

〔20〕对：面对。 太史公：指汉代著名史学家司马迁。他曾任太史公 (主管记载史事、编纂史书的官员。说见汉代卫宏《汉旧仪》)。他的名著《史记》，原名也作《太史公书》。唐代韩愈评论柳宗元的文章 "雄深雅健，似司马子长" (司马迁字子长)。见《新唐书·柳宗元传》。以上二句，由韩愈此语化出。 自 "似谢家子弟" 到这里，都是赞美 "三数峰" 之辞。

〔21〕新堤路：新筑的堤坝，坝上是路，故称。

〔22〕以上三句是说，走在新堤上，很关心偃湖蓄水工程何时才能竣工，好让山间平添一番烟水濛濛的新景致。 本篇押用同一部平声韵，韵脚分别是 "东"、"弓"、"松"、"中"、"重"、"峰"、"容"、"公"、"濛"。

木兰花慢

〔宋〕辛弃疾

中秋饮酒，将旦[1]，客谓前人诗词有赋"待月"，无"送月"者，因用《天问》体赋[2]。

可怜今夕月[3]，向何处、去悠悠？是别有人间，那边才见，光影东头？是天外，空汗漫[4]，但长风浩浩送中秋[5]？飞镜无根谁系[6]？姮娥不嫁谁留[7]？　　谓经海底问无由[8]，恍惚使人愁[9]。怕万里长鲸[10]，纵横触破，玉殿琼楼[11]。虾蟆故堪浴水[12]，问云何玉兔解沉浮[13]？若道都齐无恙[14]，云何渐渐如钩[15]？

【题解】

　　月亮、太阳和地球在无边无际的宇宙中已不知捉了几千万亿年的迷藏。地球上的人们面对着亘古以来此出彼没、运行不止的月亮和太阳，也不知有过多少沉思和遐想。在蒙昧的童年，人类不能科学地解释日月升沉的奥秘，便充分驰骋他们那丰富的想象力，为之编织出一件件光怪陆离的神话彩衣。也许是因为太阳的威力使人敬而远之而月亮的魅力使人亲而近之的缘故吧，我国古代神话中，月亮神话的数量大大超过了太阳神话。辛弃疾这首词，就集中了几乎是所有的关于月亮的主要神话传说，并一一加以探询，发出种种妙趣横生的质问来。诚然，对于月亮神话的刨根问底，前人诗歌中早已有了之。如屈原就曾质询道：月亮为什么要在她的肚子里畜养兔子呢？(《天问》："厥利维何，而顾菟在腹？")李白也曾追问：月亮中的白兔捣成了仙药，给谁吃啊？(《古朗月行》："白兔捣药成，问言与谁餐？")嫦娥孤独地住在月宫，她和谁做邻居？(《把酒问月》诗："嫦娥孤栖与谁邻？")但一篇之中提出这许多类似幼儿园里的小朋友向阿姨提出的天真烂漫的问题，却是词人的首创。浓郁的浪漫主义情味，活泼泼地向我们展示了他那颗不泯的童心。

【注释】

〔1〕将旦：即将天亮。旦，这里用作动词。

〔2〕《天问》体：《天问》，屈原创作的一篇长诗，是对"天"的质问。全篇由一百七十多个问题组成，这些问题包括自然现象、神话传说、历史故事等各个方面，表现出诗人对旧的传统观念的怀疑，以及对科学、文化、宗教、历史的深刻的探索精神。《天问》体，即类似此诗，纯以天发问的形式构思撰写而成篇的一种特殊的文学创作体格、模式。　以上三句意思是：有宾客说，前人咏中秋节的诗词，有写"待月"（等候月亮升现）的，没有写"送月"（送别月亮离去）的。于是，我就用《天问》体写了这首"送月"词。

〔3〕可怜：可爱。唐代孟郊《婵娟篇》诗有"月婵娟，真可怜"句。

〔4〕汗漫：形容寥廓无边。

〔5〕但：只，仅。浩浩：形容广大。　以上六句二韵，构成一组选择疑问，承上"月向何处去"的问题，进一步揣测道：是另有一个人类世界，那边的人们刚刚看到月亮的光影出现在东方呢？还是天外空荡荡无际无涯，只有一股大风在吹送着中秋的明月？关于"是别有人间"三句，王国维《人间词话》认为："词人想象，直悟月轮绕地之理，与科学家密合，可谓神悟。"其实，与其说词人无意中悟得了月亮绕着地球转的道理，倒不如说他大胆地想到了宇宙间是否还有外星人类的问题。

〔6〕飞镜：满月团圆明亮如镜，又运行在天，故古人拟之为"飞镜"。李白《把酒问月》诗："皎如飞镜临丹阙。"　系：拴缚。

〔7〕姮（héng 恒）娥：即"嫦娥"。神话传说中远古英雄羿的妻子，因偷吃了西王母给她丈夫的不死之药，飞升到月亮中，成为月神。说见《淮南子·览冥》篇及汉代高诱的注释。　以上二句是问：飞镜般的圆月并没有根蒂，是谁把它拴系在空中？嫦娥仙子总不出嫁，是谁将她留在月宫？

〔8〕谓：（人们）说。经海底：古人以为月亮是从海里升出的。唐代卢仝《月蚀》诗："烂银盘从海底出。"　无由：无从。

〔9〕恍惚（hū 忽）：形容捉摸不透，又形容神思不定。　以上二句是说，相传月亮在运行的过程中要经由大海深处，属实与否，无从查问。这使我愁思不已。（也可解作：这弄不清楚的问题令我发愁。）

〔10〕万里长鲸（jīng 京）：长达万里的大鲸鱼。这是夸张语。

〔11〕玉殿琼楼：参见前苏轼《水调歌头》注〔7〕。 以上三句是说，我担心鲸鱼在海里横冲直撞，会撞坏了月亮中那些精美的宫殿楼阁。

〔12〕虾蟆 (há má 蛤麻)：即"蛤蟆"，蟾蜍的俗称。传说月亮中有蟾蜍。故：同"固"。

〔13〕云何：如何，为何。 玉兔：白兔。传说月亮中有玉兔。 解：会。以上二句仍然承上"月经海底"一说而发问：虾蟆固然是可以在水里洗澡的，请问为什么那玉兔竟也能游泳呢？

〔14〕若道：如果说。 都齐：一切，一齐。 无恙 (yàng 样)：平安无事。恙，疾病，伤害。

〔15〕以上二句退一步问难：如果说月亮中的一切都完好无损，那为什么它会从圆满渐渐亏蚀，最终变成为细细弯弯的一钩？ 本篇押用同一部平声韵，韵脚分别是"悠"、"头"、"秋"、"留"、"由"、"愁"、"楼"、"浮"、"钩"。

西 江 月

遣 兴 [1]

〔宋〕辛弃疾

醉里且贪欢笑 [2]，要愁那得工夫 [3]？近来始觉古人书 [4]，信着全无是处 [5]。　　昨夜松边醉倒，问松我醉何如 [6]？只疑松动要来扶 [7]，以手推松曰去 [8]！

【题解】

这首词，上片不可从正面读，而须从背面读。说"醉贪欢笑"，可见他醒时极为苦闷。说"愁无工夫"，其实是愁不可解，真正无忧无虑的人，决想不到宣称自己无愁。说"古人书不可信"，也无非是因为他笃信古代圣贤之教，身体力行，一心要治平天下，恢复神州，但在现实社会中却处处碰壁。愤激之余，故有此牢骚语，不必当真的。正话反说，词情就多一层曲折，耐人咀嚼。

下片可以作韵文读，更可以作散文读。如采用新式标点，便是一段绝妙的短文——昨夜松边醉倒，问松："我醉何如？"只疑松动要来扶，以手推松曰："去！"——"以文为词"本是辛弃疾的拿手好戏，此段运用尤其纯熟，真到了出神入化的地步。特别是末句，只一个动作加上一个字的挥斥语，就写活了词人性格的倔强。若按词的句法六字连读，便觉平淡；惟有按散文句法，前五字一顿，最后那"去"字用重音冲口喷出，方才有味。读者不妨将两种读法都试一试，作个比较，看是不是这个道理。

【注释】

〔1〕遣兴：抒写一时的情致。遣，排遣。兴，意兴。
〔2〕且：聊且，暂且。　贪：不知满足地追求。

〔3〕那得：哪有。 工夫：空闲的时间。 以上二句是说自己饮酒寻乐还忙不及呢，哪来闲工夫去发愁？其实他是借酒浇愁。

〔4〕始觉：才开始感觉到。

〔5〕信着：信，相信。着，动词后的语助词。 全无是处：全然没有一点对的地方。 以上二句是说自己近来才发觉古人书统统信不得。这里的意思并非否定古人，而是有慨于古代的圣贤之道在当今昏黑腐败的政治环境中无法实行。

〔6〕我醉何如：我醉得怎么样了？

〔7〕这句是说自己醉眼朦胧，看那松树晃动着活了起来，以为它要来搀扶自己。

〔8〕这句是说自己用手推开松树，呵斥道："去!"（走开！老子自个儿站得起来!）《汉书·龚胜传》："胜以手推常（夏侯常）曰：'去!'"辛词用此句格。 本篇用同一部韵平、仄通押，韵脚分别是"夫"（平）、"书"（平）、"处"（仄）、"如"（平）、"扶"（平）、"去"（仄）。上、下片首句"笑"、"倒"亦同韵，当是有意添押另一部仄韵为辅，以增加全词的声韵之美。

永 遇 乐

京口北固亭怀古 [1]

〔宋〕辛弃疾

千古江山，英雄无觅，孙仲谋处 [2]。舞榭歌台 [3]，风流总被，雨打风吹去 [4]。斜阳草树，寻常巷陌，人道寄奴曾住 [5]。想当年，金戈铁马 [6]，气吞万里如虎 [7]。　元嘉草草 [8]，封狼居胥 [9]，赢得仓皇北顾 [10]。四十三年 [11]，望中犹记，烽火扬州路 [12]。可堪回首 [13]，佛貍祠下 [14]，一片神鸦社鼓 [15]。凭谁问，廉颇老矣 [16]，尚能饭否 [17]？

【题解】

宁宗时期，外戚韩侂胄执政，谋划北伐中原以建千秋功业，于是起用了一批被闲置的抗战派人士。嘉泰三年 (1203) 夏，词人在罢官隐居铅山九年之后，复出知绍兴府 (今浙江绍兴一带) 兼浙东安抚使。四年 (1204) 春，改知镇江府 (今江苏镇江一带)。本篇作于到镇江的次年，即开禧元年 (1205)，词人当时六十六岁。

韩侂胄其人志大才疏，寡谋躁进，不等条件成熟，就想用兵伐金，又并不真正倚重像词人这样有经验的老将，仅用作点缀而已。词人对此，感慨颇多。词中引述刘宋"元嘉北伐"的历史教训，既是影射四十三年前失败了的"隆兴北伐"，又是对迫在眉睫的"开禧北伐"的前景所表示的深深忧虑。篇终以廉颇自比，可见他有感于英雄迟暮而用不能尽其才的悲愤心情。尤为可哀的是，就在这年秋天，词人竟又遭罢免。明年即开禧二年 (1206) 夏，韩氏贸然下令出师，终于重蹈了"隆兴北伐"的覆辙。词人不幸而言中了。

这词是稼轩集里的压卷之作，其沉郁顿挫，可与杜甫诗媲美。它的

沉郁显而易见，不必细说，我们且看它如何顿挫。千古江山，何其壮
哉；而英雄无处寻觅，又何其悲也。这是一顿挫。歌舞风流，繁华已
极；而风吹雨打，扫地成空。这又是一顿挫。残阳陌巷，好不衰飒；而
豪杰曾居，便当刮目。这又是一顿挫。以上还只是一韵之内前波后澜的
小顿挫。如大段而论，则先怀孙权之英武而继叹六朝之孱弱，是一顿
挫；复于六朝碌碌无能之辈中拈出一个气吞中原的刘寄奴，这又是一顿
挫；刚赞罢刘裕北伐之大捷，旋即悲叹其子刘义隆北伐之惨败，这又是
一顿挫；以"元嘉北伐"指"隆兴北伐"，悲哀之中犹有对于当年战斗
气氛的怀念，这又是一顿挫；怀念之余更以佛狸祠下之一片神鸦社鼓为
不堪回首，仿佛是说与其要和平时期的麻木，毋宁要战败之际的惕厉，
这又是一顿挫。黄河九曲，终注大海。本篇百折千回，总将一腔抑塞难
平的英雄气，吐向浩浩太空，真能令风云变色，星月移辉！

【注释】

〔1〕京口：今江苏镇江。汉献帝建安十四年 (209)，孙权曾以此为京城。十
六年 (211)，迁都建业 (今南京)，改此地为京口镇。南宋时为镇江府。 北固亭：
又名北固楼。在镇江东北、长江南岸的北固山上。天色晴明时，楼上可望见江北
的扬州城。见宋代祝穆《方舆胜览·镇江府·楼观》。楼今已不存。

〔2〕孙仲谋：即三国时吴国的开国君主吴大帝孙权，字仲谋。他自建安五
年 (200) 起继承父兄遗业，据有江东。十三年 (208)，与刘备合力大败曹操的军
队于赤壁。黄武元年 (222)，又大败刘备的军队于彝陵 (今湖北宜昌东)。故词人
称他为"英雄"。其事迹详见《三国志·吴主传》。 以上三句是说，江山千古犹
存，而孙仲谋等历史英雄已无处寻觅。

〔3〕舞榭 (xiè 谢) 歌台：古代帝王和达官贵人饮宴、观看歌舞的场所。榭，
建在平台上的敞屋。

〔4〕以上三句是说，自孙权之后，统治江东的六朝以及南唐的君主大多是
征歌逐舞、醉生梦死、苟且偷安之辈，他们的政权都不能长久，或因内部政变而
王朝更迭，或因外部战争而江山失守，作为他们"风流"生活象征的"舞榭歌
台"，总被历史的风风雨雨摧为陈迹。宋刘一止《踏莎行·游凤凰台》词："六代
豪华，一时燕乐，从教雨打风吹却。"辛词语意似有取于此。

〔5〕寄奴：刘裕 (356—422) 字德舆，小名寄奴。祖籍彭城，迁居丹徒 (今
镇江郊县) 京口里。家贫而有大志。初为东晋北府兵将领，后掌握东晋大权。晋
安帝义熙五至六年 (409—410) 北伐，攻灭南燕鲜卑族慕容氏政权。十二至十三

年 (416—417) 又北伐，攻灭后秦羌族姚氏政权，收复洛阳、长安。元熙二年 (420) 代晋称帝，国号宋。在位三年，史称宋武帝。事见《宋书》本纪。

〔6〕金戈铁马：后唐李袭吉《谕梁文》："金戈铁马，蹂践于明时。"金戈，泛指精良的兵器。戈，一种长柄兵器，柄端装有横刃，可击可钩。铁马，身披铁甲的战马。

〔7〕这句形容刘裕北伐灭南燕、后秦时的磅礴气势。 以上六句承上而转折，说六朝历史上固然是庸碌的君主居多，但也还有一位起家于京口，从寻常巷陌里走上政治舞台的英雄刘裕，其当年北伐时的赫赫声威，令人神往。

〔8〕元嘉：南朝宋文帝刘义隆的年号，共三十年 (424—453)。 草草：形容辛劳。又可形容仓促、匆忙。用于此处，都说得通。

〔9〕封：聚土为坛而祭天。 狼居胥 (xū 虚)：古山名，约在今内蒙古境内，具体地点不详。汉武帝元狩四年 (前 119)，骠骑将军霍去病率五万骑兵远征匈奴，歼敌七万余人，"封狼居胥山"而还。见《史记·卫将军骠骑列传》。南朝宋时，王玄谟屡次向文帝陈说讨伐北魏的方略，文帝曾对人说，听了王玄谟的议论，"使人有封狼居胥意" (使人想北伐建立汉代霍去病那样的功业)。见《宋书·王玄谟传》。

〔10〕仓皇：形容慌张。 北顾：北望。元嘉二十七年 (450)，宋文帝派遣宁朔将军王玄谟等分水陆数路大举北伐，北魏太武帝拓跋焘亲率大军渡黄河迎战，宋军败走，魏军一直追击到长江北岸的瓜步 (在今江苏六合县境)，扬言要渡江攻取宋的都城建康，因宋军沿江防守甚严，乃于次年正月退兵。在这场战争中，魏军一路烧杀，宋方人民财产损失惨重。见《宋书·索虏传》。 以上三句纪此事，承上再转，说刘义隆远不及他的父亲刘裕，元嘉北伐，辛苦一场，结果只落得"仓皇北顾"。同上书记载，元嘉八年 (431) 宋军在滑台 (故城在今河南滑县东) 与魏军作战失利后，文帝赋诗有"北顾涕交流"之句，词人移用来刻画十九年后文帝隔江面对北魏骄兵时慌乱痛惜的神情。又，南宋孝宗隆兴元年 (1163)，枢密使张浚主持北伐，亦因事起仓促，加上前线将帅不和，招致溃败，金人反乘机胁迫南宋与他们签订"隆兴和约"，割地称侄。词人拈出"元嘉北伐"，正是影射"隆兴北伐"，以此为枢纽，词情便自然地由怀古转入了感慨本朝的政治现实。

〔11〕四十三年：自"隆兴北伐"失利至词人作此词时，共四十三个年头 (1163—1205)。

〔12〕扬州路：指淮南东路。辖境为淮河以南、长江以北的东部地区，治所在扬州。 以上三句是说，"隆兴北伐"失败后，淮南东路报警的烽火，至今还历历在目，记忆犹新。"隆兴北伐"的主战场在淮北，距淮南东、西二路最近。北伐军溃败后，二路处于金人的直接威胁之下，烽火之紧急，不难想见。当时词

人正在江阴军 (今江苏江阴一带) 任签判 (州军长官的助理)，江阴与扬州地区隔江相望，淮南烽火给他留下了深刻印象，也是很自然的事。

〔13〕可堪：哪堪。 回首：回顾，回想。

〔14〕佛 (bì必) 狸祠：拓跋焘字佛狸 (见《宋书·索虏传》)。当年他挥师追击宋军至长江边，曾在瓜步山上建行宫 (见《魏书·世祖纪》)。据陆游《入蜀记》载，瓜步山顶有魏太武帝庙，庙前大树约已三百年。很可能是后人就其行宫旧址改建为祠庙。

〔15〕神鸦：栖息在祠庙内啄食祭品的乌鸦。 社鼓：民间祭祀土神时的乐鼓声。拓跋焘是北方少数民族侵略军的首领，在历史上以残杀汉族人民而恶名昭著，如今其祠庙内却香火旺盛，足见自"隆兴和议"之后，朝廷的苟安政策已造成了严重的后果，长期的和平环境，淡漠了人们的家国之仇。 以上三句，为此而叹息。

〔16〕廉颇：战国时赵国的名将。赵惠文王时，他大破齐国之军，以勇气闻名于诸侯。赵悼襄王时，不得志，流亡到魏国。后来赵国屡遭秦国侵略，赵王想重新起用他，就派使者去探望。他当着使者的面一顿吃了一斗米的饭、十斤肉，又披铠甲上马，显示自己还能打仗。但使者受了他的仇人的贿赂，回去报告赵王说："廉将军虽老，尚善饭 (还很能吃饭)，然与臣坐，顷之三遗矢矣 (一会儿就拉了三次屎)。"赵王以为他老而无用，于是便不再召他回国。见《史记·廉颇蔺相如列传》。

〔17〕尚能饭否：还能吃饭么？饭，这里用作动词。 以上三句是说，朝廷有谁关心、重视我们这些老将呢？ 本篇押用同一部仄声韵，韵脚分别是"处"、"去"、"树"、"住"、"虎"、"顾"、"路"、"鼓"、"否"。

南 乡 子

登京口北固亭有怀 [1]

〔宋〕辛弃疾

何处望神州 [2]？满眼风光北固楼。千古兴亡多少事？悠悠。不尽长江滚滚流 [3]。　年少万兜鍪 [4]，坐断东南战未休 [5]。天下英雄谁敌手 [6]？曹刘 [7]。生子当如孙仲谋 [8]！

【题解】

这首词和上篇是同时期的作品。全词四个语意层次，竟设置了三问三答，章法十分别致。上片结句拈用杜诗"不尽长江滚滚来"句以说明千古兴亡乃是一个波澜壮阔、奔腾无已的活的历史流程，仅为押韵而更动一字，便化无形为有形，宕出远神。且大江本为北固楼上登临送目时眼前实有之景，不劳他求，自然凑泊。下片结句整用史书成语，信手拈来，天衣无缝，益发妙不可言。特别有味的是，他只用曹操赞孙权语的上半句"生子当如孙仲谋"，却将下半句"刘景升儿子若豚犬耳"留给读者去补充联想。歇后成文，于是正面的道白之外就有了潜台词，个中深意，耐人寻思。当今之世，谁是"刘景升儿子"？词人不便明说，读者自可于言外心领而神会。

【注释】

〔1〕京口、北固亭：见上篇注〔1〕。　有怀：有所感怀。据词意，他感怀的是孙权及其英雄业绩。

〔2〕神州：见前张元幹《贺新郎》注〔3〕。

〔3〕杜甫《登高》诗："无边落木萧萧下，不尽长江滚滚来。"

〔4〕兜鍪 (móu 谋)：古代军人的头盔。这里代指战士。

〔5〕坐断：占住。　以上二句是说，孙权自年轻时起就统帅千军万马，占据

东南地区，北与曹魏抗衡，西与蜀汉争锋，征战不止。孙权为吴主时，年仅十九岁。

〔6〕这句问道：天下英雄谁是孙权的对手？

〔7〕曹刘：《三国志·蜀先主传》载，曹操曾对刘备说："今天下英雄惟使君（称刘备）与操耳。"（当今天下的英雄，只有你和我两人而已。）

〔8〕汉献帝建安十八年（213），曹操率军攻濡须（故址在今安徽巢湖市），孙权亲自提兵迎敌。曹操见孙权军容整肃，喟然叹道："生子当如孙仲谋。刘景升儿子若豚犬耳！"（生儿子就应生像孙权这样有出息的。刘表的儿子简直像猪狗！）事见《三国志·吴主传》南朝宋裴松之《注》引《吴历》。按刘表死后，他的儿子刘琮不能固守基业，不战而降，拱手将荆州之地奉送给曹操，因此曹操在赞叹孙权之英武的同时，对刘琮嗤之以鼻。 本篇押用同一部平声韵，韵脚分别是"州"、"楼"、"悠"、"流"、"鍪"、"休"、"刘"、"谋"。

念 奴 娇

登多景楼 [1]

〔宋〕陈 亮 [2]

　　危楼还望 [3]，叹此意、今古几人曾会 [4]？鬼设神施 [5]，浑认作、天限南疆北界 [6]。一水横陈 [7]，连冈三面 [8]，做出争雄势 [9]。六朝何事 [10]，只成门户私计 [11]！　　因笑王谢诸人 [12]，登高怀远 [13]，也学英雄涕 [14]。凭却江山 [15]，管不到、河洛腥膻无际 [16]。正好长驱 [17]，不须反顾 [18]，寻取中流誓 [19]。小儿破贼 [20]，势成宁问强对 [21]！

【题解】

　　孝宗淳熙十五年 (1188) 春，词人赴建康、镇江观览山川形势，写出了著名的《戊申再上孝宗皇帝书》，又一次慷慨陈说北伐中原的大计方略。本篇即作于此次游镇江时 (参见夏承焘先生《龙川词校笺》)，与《戊申再上书》互为表里，可以对读。作者用政治战略家的眼光指点江山，审视历史，破除长江乃天限南北的旧说，发表京口可争雄中原的宏论，嗟叹六朝只经营门户之私计，哂笑庸人空仿效英雄之挥泪，进而大声疾呼，鼓吹北伐。全篇高屋建瓴，势不可当，颇有战国纵横家之气，充分体现了他以策论为词的创作特色。同属镇江怀古之作，辛弃疾的《永遇乐》沉郁顿挫，是百炼刚化为绕指柔；而陈亮这首《念奴娇》痛快淋漓，则如宝剑出匣，寒光直射人眼。

【注释】

　　〔1〕多景楼：在镇江北固山上甘露寺内，故基是唐代的临江亭。唐人李德裕《题临江亭》诗有"多景悬窗牖"之句，楼名有取于此。南宋初，楼废于兵火。孝宗初，寺僧重修。登楼凭眺，江山胜景荟萃于目前。详见宋张邦基《墨庄

漫录》、张孝祥《题陆务观多景楼长句》。

〔2〕陈亮 (1143—1194)，字同甫，号龙川，婺州永康 (今属浙江) 人。才气超迈，喜谈论军事，作文下笔如飞。孝宗隆兴年间与金人议和，他持反对态度。乾道五年 (1169)，向朝廷献上《中兴五论》，未被采纳。淳熙五年 (1178)，他赴京城，十日内三次上书陈说恢复中原之计，孝宗欲授以官职，他笑道：我上书是为了国家，不是为了博取功名。乃渡江而归。十五年 (1188)，又上书激励孝宗北伐，仍如石沉大海。光宗绍熙四年 (1193)，中进士，名列第一，被授予建康府签判的差遣，未到任即于次年病卒。他一生力主抗金，直言不讳，颇遭当权者嫉恨，三次被诬入狱，始终未能施展抱负。著有《龙川文集》，以哲学家、政论家闻名于世，为永康学派的代表人物。今存词 70 余首，集名《龙川词》。平生爱国之志、济世之怀，词中多有反映。

〔3〕危楼：高楼。 还望：向四面眺望。还，同"环"。

〔4〕会：领悟，理解。

〔5〕鬼设神施：《旧唐书·孟郊传》："(孟) 郊为诗鬼设神施。"这里移用来形容长江天险非人工所能。

〔6〕浑：直。 认作：看成。 天限南疆北界：三国时，魏文帝曹丕欲伐东吴，至广陵 (今江苏扬州)，见长江波涛汹涌，叹道："嗟乎！固天所以隔南北也。"遂退兵。见《三国志·吴主传》裴松之《注》引晋代张勃《吴录》。限，隔。

〔7〕一水横陈：指长江横卧于前。

〔8〕连冈三面：镇江东、西、南三面皆有山，故云。

〔9〕争雄势：进取中原，与北方争雄的地理形势。词人《戊申再上孝宗皇帝书》中说："京口连冈三面，而大江横陈，江傍极目千里，其势大略如虎之出穴，而非若穴之藏虎也。"以上三句词意与此相同。

〔10〕何事：为什么。

〔11〕门户私计：为家族谋私利的打算。 以上二句是说，六朝统治者既有镇江这样宜于北伐的战略要地，却为何只考虑家族私利，偏安江东，不思收复中原！词人《戊申再上书》中说到自己"尝一到京口、建业 (今南京)，登高四望，深识天地设险之意"，认为古今论者都只知拘守长江，殊不知这一带天生是进取中原的形势。此词整个上片就申述这古今无人能领会的"天地设险之意"。

〔12〕因：因而。 笑：笑话。 王谢：东晋执政的两大家族。

〔13〕怀远：怀念远方 (指中原)。

〔14〕也学英雄忧国流泪的模样。《世说新语·言语》篇载，东晋初，自北方南渡来的一些士族官僚常在新亭 (故址在今南京市南) 聚会。有一天，周顗叹道："风景不殊，正自有山河之异！" (当时中原包括晋朝原来的京城洛阳都沦陷于匈

奴等北方少数民族，故周颙有此悲叹。) 在座诸人皆相视流泪。陈词以上三句，针对此事而发。但原典中流泪的人并不是王、谢，相反，同上书记载，当时丞相王导还曾沉下脸来批评了周颙等人这种消极的情调。词人在这里不过是借王、谢诸人指称东晋那些身居高位而无所作为的士大夫罢了。也可能他记忆有误，以致张冠李戴。

〔15〕凭却：凭据得。

〔16〕河洛：河，黄河。洛，洛水，黄河下游南岸的一大支流，在今河南西部。二水连称，泛指中原地区。　腥膻：见前张孝祥《六州歌头》注〔10〕。　以上二句嘲讽东晋暨南朝空占有如此险要的江山，却照管不到中原，只能听任她被胡人盘踞着，沾染上无边无际的膻臭气。词人《戊申再上书》中也有"河洛腥膻"之语。自"六朝何事"到这里一段文字，字面上是议论东晋暨南朝的历史，而实际上却也影射着南宋的政治现状。

〔17〕长驱：长驱而入，直捣中原。

〔18〕反顾：回头看。

〔19〕寻取：寻，通"燖"，重温。　中流誓：晋愍帝建兴元年 (313)，奋威将军祖逖率领部众自京口渡江北伐，"中流击楫而誓" (在江中心敲打着船桨，对着江水发誓)，说自己如不能扫清中原，决不渡江南归。见《晋书》本传。　以上三句是说，现在就应出兵北伐，奋勇直进，重温当年祖逖中流击楫的誓言，而不要瞻前顾后，畏首畏尾。

〔20〕小儿破贼：东晋孝武帝太元八年 (383)，前秦氐族政权的首领苻坚亲率约九十万大军南侵，东晋宰相谢安命侄儿谢玄等以八万人拒敌，在淝水 (今安徽寿县一带的东肥河) 之战中将秦军击溃。当谢玄派人送上报捷的书信时，谢安正与宾客围棋，看罢信默然无语，继续对弈。客问战况如何，他淡淡地回答说："小儿辈大破贼。"事见《世说新语·雅量》篇。

〔21〕宁问：哪管。　强对：强敌。　以上二句据文义当读作"小儿破贼势成，宁问强对"，是以东晋谢玄大败秦军一事为例，申说后生小辈自有锐气，可破强敌，这种形势已成，还怕什么金人！词人《戊申再上书》中建议孝宗任命太子赵惇为抚军大将军，主持北伐的战略大计。词中"小儿"云云，似有将赵惇比作谢玄的意思。当时赵惇四十二岁，而谢玄指挥淝水大战时是四十一岁，年纪正相当。　本篇押用同一部仄声韵，韵脚分别是"意"、"会"、"界"、"势"、"事"、"计"、"涕"、"际"、"誓"、"对"。

沁 园 春

寄稼轩承旨 [1]

〔宋〕刘 过 [2]

斗酒彘肩 [3]，风雨渡江 [4]，岂不快哉 [5]！被香山居士 [6]，约林和靖 [7]，与东坡老 [8]，驾勒吾回 [9]。坡谓西湖 [10]，正如西子 [11]，浓抹淡妆临镜台 [12]。二公者 [13]，皆掉头不顾 [14]，只管衔杯 [15]。 　白云天竺飞来 [16]，图画里、峥嵘楼阁开 [17]。爱东西双涧，纵横水绕，两峰南北 [18]，高下云堆 [19]。逋曰不然 [20]，暗香浮动 [21]，争似孤山先探梅 [22]？须晴去 [23]，访稼轩未晚，且此徘徊 [24]。

【题解】

宁宗嘉泰三年 (1203)，词人在临安，当时辛弃疾知绍兴府兼浙东安抚使，闻其名，派人来请他去作客，他因事不能即刻前往，便仿效辛词的特殊风格赋写此词作为答复。辛弃疾读后大喜，最终还是将他邀了去，待若上宾 (见宋人岳珂《桯史》)。此词构思极为新颖奇妙，它打破了现实生活中的时空界限，让三位虽然时代不同但都与杭州有着密切关系的著名文人起死回生，来演出一场挽留作者、不放他离开杭州赴绍兴的喜剧；又匠心独运地隐括他们诗作中的佳句 (多与杭州景物相关)，编排了一番相互争执首先应游赏杭州哪处名胜的精彩对白。如此鲜活生动风趣盎然的谲幻情节，有词以来，实不多见，一读便豁人耳目，给人留下深刻的印象。古代的文士很讲究人格尊严，尤其是寒士。对于达官贵人的招请，一呼即来，似有失身价；屡邀不至，又未免过傲 (当然，那主人须是贤良，如系奸恶，又作别论)。通常的作法是稍稍拿点架子，再请或三请而后行。刘过与辛弃疾都是坚定的抗战派，彼此敬重，因此，词人对待辛氏的首次邀约，既表示盛情难却，又婉言暂不能至（从词中可以看出他并没有什么要事脱不开身），措辞不卑不亢，态度不即不离，处理方式还是很得体的。

【注释】

〔1〕稼轩：见前辛弃疾《水龙吟》注〔2〕。 承旨：枢密院都承旨（国家最高军事机关枢密院内主管内部事务的长官）的简称。据《宋史》本传，辛弃疾被授予此官，事在宁宗开禧三年（1207），且未受命即病卒。而刘过死于前一年，因此他不可能在作此词时称辛弃疾为"承旨"，也不可能获知朝廷对辛弃疾有这项任命。这个称呼应是后人妄予添加的，不足为据。

〔2〕刘过（1154—1206），字改之，号龙洲道人，吉州太和（今江西泰和）人。多次参加进士考试而未能登第。屡曾上书朝廷，陈述北伐恢复中原的方略，都不为当政者所采纳。长期流浪在江湖间，以诗词游谒于达官贵人。酒酣耳热，出语豪放。晚年得到辛弃疾的赏识，被延为座上客。卒于昆山（今属江苏），墓地至今尚存。著有《龙洲集》。诗文粗豪亢厉，才气纵横。今存词近八十首，集名《龙洲词》。所作学辛弃疾，颇多爱国壮语，虽不及辛词沉着，但狂逸之中自有俊致，足以名家。

〔3〕斗酒彘（zhì 至）肩：《史记·项羽本纪》载，刘邦部下的勇将樊哙护卫刘邦去出席项羽设下的鸿门宴，项羽赐他"斗卮酒"（容量约一斗的一大杯酒），他站着一饮而尽；又赐他"一生彘肩"（一条生猪腿），他放在盾牌上用剑切了吃下去。词人用此典故形容自己的豪放。

〔4〕渡江：江，指钱塘江。自杭州赴绍兴须渡此江。

〔5〕快：痛快，惬意。

〔6〕香山居士：即白居易。详见前白居易《忆江南》注〔2〕。他曾在杭州做过刺史。

〔7〕林和靖：即林逋（967—1028），字君复，杭州钱塘人。性情恬淡，不趋荣利。在西湖孤山结庐隐居，二十年不入城市。卒后，宋仁宗赐谥"和靖先生"（见《宋史》本传）。他是北宋著名的隐士诗人，有《林和靖诗集》。终身不娶，种梅养鹤为伴，人称"梅妻鹤子"。

〔8〕东坡老：即苏轼。见前苏轼《江城子》注〔1〕。他曾在杭州任通判、知州。

〔9〕驾勒：用驾车勒马为喻，是强拖硬拉的意思。 以上六句说，大杯喝酒，大块吃肉，冒着风雨渡江去拜望您辛大帅，难道不是件快意的事么？可硬被

白居易约了林逋、苏轼，三人合伙把我给拖回来了。

〔10〕坡谓：苏东坡说。

〔11〕西子：即西施。参见前薛昭蕴《浣溪沙》注〔4〕。

〔12〕浓抹淡妆：古代女子面部化妆的两种不同方式。"浓抹"指眉毛画得黑，胭脂涂得艳，"淡妆"则正相反。 临镜台：对着镜子。 以上三句隐括苏轼《饮湖上初晴后雨》诗："水光潋滟晴方好，山色空濛雨亦奇。欲把西湖比西子，淡妆浓抹总相宜。"（大意是说，西湖晴天美，雨天也美；好像西施，无论浓妆、淡妆都很漂亮。）

〔13〕二公：指白居易和林逋。 者：语助词，在这里的作用是凑一个音节并表示停顿。

〔14〕掉头不顾：转过头去，不予答理。

〔15〕衔杯：用嘴衔住酒杯，指喝酒。 以上六句是说，苏轼提议去游西湖，但白、林二位却只管饮酒，未作出响应。

〔16〕白云：白居易说。 天竺飞来：西湖西北灵隐山麓灵隐寺前有灵鹫峰，一名飞来峰。相传东晋成帝时，印度高僧慧理见此峰，惊诧道："此乃天竺国(古印度的别称)灵鹫山之小岭，不知何以飞来?"故名。一本作"天竺去来"。"天竺"则指灵隐寺南的天竺山及山中的天竺古寺。"去来"，"来"为语气词。

〔17〕峥嵘 (zhēng róng 争荣)：形容高峻。

〔18〕两峰南北：指灵隐寺后的北高峰和与之遥相对峙的南高峰。

〔19〕高下：高低。 云堆：云彩堆叠。 以上四句隐括白居易《寄韬光禅师》诗："东涧水流西涧水，南山云起北山云。"自"白云"至此一段文字，写白居易提议到灵隐山、天竺山、飞来峰一带去游览，因为那里寺庙依山而建，楼阁高耸，如在画中一般；更有东、西涧水纵横缭绕，可见南、北高峰直插云天。

〔20〕逋 (bū 布阴平)曰：林逋说。 不然：不，不好。

〔21〕暗香浮动：林逋《山园小梅》诗："暗香浮动月黄昏。"是写梅花的幽香飘泛。

〔22〕争似：怎比得上。 孤山：在西湖的里湖和外湖之间，一山孤峙湖中，故名。 探梅：探赏初开的梅花。 以上三句写林逋反对白居易的提议，并说孤山的梅花已开始飘香，还不如先到那里去探玩一番。

〔23〕须：等待。

〔24〕徘徊：盘桓，流连。 以上三句是词人自己的心理活动，他想：等天晴了再到绍兴去拜访辛弃疾也不晚，我就暂且在此逗留一段时间罢。 本篇押用同一部平声韵，韵脚分别是"哉"、"回"、"台"、"杯"、"来"、"开"、"堆"、"梅"、"徊"。

扬 州 慢 [1]

〔宋〕姜 夔 [2]

淳熙丙申至日 [3]，予过维扬 [4]。夜雪初霁 [5]，荠麦弥望 [6]。入其城，则四顾萧条 [7]，寒水自碧，暮色渐起，戍角悲吟 [8]。予怀怆然 [9]，感慨今昔，因自度此曲 [10]。千岩老人以为有《黍离》之悲也 [11]。

淮左名都 [12]，竹西佳处 [13]，解鞍少驻初程 [14]。过春风十里 [15]，尽荠麦青青 [16]。自胡马、窥江去后 [17]，废池乔木 [18]，犹厌言兵 [19]。渐黄昏，清角吹寒，都在空城 [20]。杜郎俊赏 [21]，算而今、重到须惊 [22]。纵豆蔻词工 [23]，青楼梦好 [24]，难赋深情 [25]。二十四桥仍在 [26]，波心荡、冷月无声 [27]。念桥边，红药年年 [28]，知为谁生 [29]？

【题解】

扬州，是我国东南地区的一座历史文化名城。自春秋末叶吴王夫差初筑邗城，至南朝宋时，经过劳动人民千余年来的辛勤建设，这里已是"车挂辖，人驾肩，廛闬扑地，歌吹沸天"（语见南朝宋人鲍照《芜城赋》，大意是说街上车碰车，人挤人，民宅密集，音乐喧闹）。然而宋孝武帝大明三年 (459) 的一场内战，却使她荡为废墟。当时著名的文学家鲍照，曾痛心地为此而撰写了一篇传诵千古的《芜城赋》。此后，由于隋开运河而扬州恰在运河与长江的十字交叉点上，得天独厚的地理位置又使她如凤凰涅槃，从灰烬中重新崛起。发展到唐代，她成了全国最繁荣的商业都市，以至民谚有"扬一益二"（扬州第一，成都第二）之称（见宋人洪迈《容斋随笔》）。虽然五代十国时期的战乱对她也有所破坏，但在北宋一百几十年的和平环境里，扬州得到充分的休养生息，仍不失为淮东的雄藩大邑。可是，南宋高宗建炎三年 (1129) 和绍兴三十一年 (1161)，金人南侵中两次洗劫了她，使她再度大伤元气，在相当一个时期内尚未能恢复。读姜夔这首自度曲，我们不啻又看到了一篇《芜城赋》。不同的是，词人并没有像鲍照那样平铺直叙地由扬州昔日之盛写到今日扬州之衰，他一落笔便将兵燹后扬州的荒凉破败景象以及自己的黍离麦秀之悲掷于读者面前，令人怵目惊心；接下去仍不置一辞以追溯扬州的辉煌历史，却别具匠心地请出当年亲历扬州豪华的唐代诗人杜牧作为见证，虚拟他如今重游故地将有何感想，借用其扬州诸诗为事典，使此古城盛时之风情一一得以由背面反观出来，无形中与今日之衰飒构成反差强烈的对比——应该说，这种表现技巧比起质朴平正的《芜城赋》来，是要复杂新奇得多。同题材的作品怎样才能让人读来不嫌重出呢？惟有在创作手法上刻意翻腾，另辟蹊径。本篇成功的经验值得我们很好地揣摩。

【注释】

〔1〕扬州慢：这个词调是作者的首创。因词咏扬州，故名。慢，即慢曲子，节奏较舒缓，篇幅也较长。

〔2〕姜夔 (kuí 魁) (1155？—1221？)，字尧章，号白石道人，饶州鄱阳 (今江西鄱阳) 人。幼年跟随父亲宦游，往来于汉阳 (今武汉长江北岸的一部分) 二十余年。后来在长沙结识著名诗人萧德藻，德藻欣赏他的诗，将他带到湖州，并把侄女嫁给了他。他参加过进士考试，但未及第，长期客游于达官贵人之门，与杨万里、范成大、辛弃疾等前辈名作家都有交往。晚年寓居临安，以布衣终身。他精通音乐，工诗，善书法，著有《白石道人诗集》、《诗说》等。今存词八十余首，有《白石道人歌曲》、《白石词》等不同名目版本。其自度曲十七首缀有音乐谱，是研究宋代词乐的珍贵文献。

〔3〕淳熙丙申：孝宗淳熙三年 (1176)。　至日：冬至日。一般在农历十一月中。

〔4〕予：我。　维扬：扬州的别称。

〔5〕霁 (jì 计)：雨雪初晴。

〔6〕荠 (jì 剂)：荠菜。一、二年生草本，耐寒，野生于田园，嫩株可食用。一说，荠麦是一种野麦。　弥望：满眼，塞满视野。

〔7〕四顾：四面打量。

〔8〕戍角：戍军的号角声。 悲吟：凄凉地拖着长音。

〔9〕予怀：我的情怀。 怆 (chuàng 创) 然：形容哀伤。

〔10〕自度此曲：精通音律的词人自作新曲并填词，或自作新词并谱曲，叫做“自度曲”。

〔11〕千岩老人：萧德藻，字东夫，号千岩老人，福州人。宋高宗绍兴二十一年 (1151) 进士。曾知乌程县 (今已废入浙江湖州)、峡州 (今湖北宜昌一带)。以诗著称于时。有《千岩择稿》，今不传。见宋陈振孙《直斋书录解题》等。以为：认为。 《黍离》：见前张元幹《贺新郎》注〔5〕。 据夏承焘先生《姜白石词编年笺校》考证，词人识萧德藻在作此词后十年。因此，这小序的末句当系后来所增。

〔12〕淮左：淮东，即淮南东路。 名都：著名的大都市。

〔13〕竹西：杜牧《题扬州禅智寺》诗：“谁知竹西路，歌吹是扬州。”后人在此建竹西亭，遂为当地名胜。据宋人王象之《舆地纪胜》，亭在当时扬州北门外五里。

〔14〕解鞍：卸下马鞍。 少驻：稍稍停留。 初程：旅途刚开始的一段路程。 以上三句写自己旅经扬州，因久慕其为名城佳地，故略事逗留。

〔15〕春风十里：语出杜牧《赠别》诗：“春风十里扬州路。”

〔16〕尽：全是。 以上二句写自己经行之处，只见唐诗中描绘过的繁华街道，如今已变成荒凉的野田。

〔17〕胡马：指北方少数民族的骑兵。 窥江：窥视长江，指侵扰到长江边。

〔18〕废池：荒废的园林池沼。

〔19〕言兵：谈论战争。 唐人钱起《江行无题一百首》诗其十二：“翳日多乔木，维舟取束薪。静听江叟语，俱是厌兵人。”姜词“废池”八字，由此化出。 以上三句是说，自从高宗绍兴三十一年金主完颜亮大举南侵，扬州又一次遭受浩劫以来，虽已过了十六年，但就连废池边的老树也不愿再提起那场战祸。“废池乔木”是战祸的受害者、目击者的象征。说无情的乔木“犹厌言兵”，则当地人民的惨痛心情，自在言外。

〔20〕以上三句是说，天色渐晚，戍军的号角声凄清地回荡着，将寒意散布在这座空城。“空城”是极言其衰微破败，人烟稀落。

〔21〕杜郎：晚唐著名诗人杜牧 (803—852)，字牧之，京兆万年 (今陕西长安) 人。进士及第。宣宗时累官至中书舍人。著有《樊川集》。事迹详见新、旧《唐书》本传。他年轻时曾在扬州任淮南节度府推官、掌书记，狎妓游冶，颇多风流韵事。集中有一定数量的艳情诗即作于扬州。称“杜郎”，是为了强调他的年少风流。 俊赏：爱美。这里指对美人有特殊的鉴赏力。

〔22〕算：料想。　须：应。　以上二句是说，倘若那风流多情的杜牧如今重到扬州，想必会大吃一惊。

〔23〕纵：纵然。　荳蔻 (dòu kòu 豆寇) 词：杜牧《赠别》诗："娉娉袅袅十三余，荳蔻梢头二月初。"所赠对象是扬州的一名雏妓，"荳蔻"句赞其年少而美丽。荳蔻，花名。丛生，叶瘦如芦苇。初开时先抽一茎，有篝包裹着，篝解花见，一穗数十蕊，淡红色，鲜妍如桃、杏花。详见宋范成大《桂海花木志》。工：精妙。

〔24〕青楼梦：杜牧《遣怀》诗："十年一觉扬州梦，赢得青楼薄幸名。"青楼，指妓院。

〔25〕以上三句是说，即便杜郎当年在扬州的浪漫情事是那样缱绻，在扬州写的赠妓诗是那样工妙，如今也难以作诗来表达他的一往深情了。（因为如今的扬州，青楼已所剩无几，美人也多风流云散。）

〔26〕二十四桥：扬州在唐代最为富盛，有二十四座著名的桥梁。五代时，后周与南唐争夺淮南之地，扬州旧城被毁，周世宗命大将韩令坤别筑新城，二十四桥或存或废，北宋时已不可考。参见宋人沈括《补梦溪笔谈》、王象之《舆地纪胜》。下文说"仍在"，是文学家之辞，不是实录。

〔27〕杜牧《寄扬州韩绰判官》诗："二十四桥明月夜，玉人何处教吹箫？"是调侃友人，问他当此明月之夜，在二十四桥中的哪座桥畔，与哪处青楼的妓女相好。姜词以上二句，有意与杜诗作今昔对比，说二十四桥还在，但玉人已不知去向，箫声也不复可闻，只剩得一弯冷月在桥下水波中心荡漾。在杜诗为"明月"，在此词为"冷月"，亦有乐景与哀景的显著区别。

〔28〕红药：红芍药花。宋代彭乘《墨客挥犀》载："扬州芍药，名著天下郡国。"

〔29〕以上三句用秦观《满庭芳》（碧水惊秋）词"问篱边黄菊，知为谁开"句格。是说自忖桥边红药年年不知为谁而生。按《诗·郑风·溱洧》："维士与女，伊其相谑，赠之以勺药。""勺药"即"芍药"。可知古代早就将芍药用作男女定情之物。词中即取这种含义。扬州残破，佳人流散，男欢女爱之事既已罕见，则芍药虽生，也就无所用了。　这三句，一般注本多断作"念桥边红药，年年知为谁生"二句，亦通。但上下片末韵字数、字声全同，句法当划一，因此笔者读为三句。如这里读作上五下六二句，那么上片末韵也应改读作"渐黄昏清角，吹寒都在空城"。　本篇押用同一部平声韵，韵脚分别是"程"、"青"、"兵"、"城"、"惊"、"情"、"声"、"生"。又"寒"、"年"同韵，且分处在上、下片相应的位置上，可能是巧合，也可能是添押一部平声韵为辅韵。

满 江 红

九月二十一日出京怀古

〔宋〕史达祖 [1]

　　缓辔西风 [2]，叹三宿、迟迟行客 [3]。桑梓外 [4]，耡耰渐入 [5]，柳坊花陌 [6]。双阙远腾龙凤影 [7]，九门空锁鸳鸾翼 [8]。更无人、撅笛傍宫墙 [9]，苔花碧 [10]。　　天相汉 [11]，民怀国 [12]。天厌虏 [13]，臣离德 [14]。趁建瓴一举 [15]，并收鳌极 [16]。老子岂无经世术 [17]？诗人不预平戎策 [18]。办一襟、风月看升平 [19]，吟春色 [20]。

【题解】

　　宁宗开禧元年（1205）秋，韩侂胄派遣试吏部尚书李璧等出使金国，以贺金章宗生辰天寿节（九月初一）为名，而主要目的是伺探虚实，为北伐定策提供依据（参见《金史·交聘表》、宋叶绍翁《四朝闻见录》）。词人此次随行。返程于九月中过开封亦即北宋故都东京，因有此作。上片纪行，写景，怀古，视线自郊外向旧京城中逆向投射，一步三回首，写尽故国依依之恋、彼黍离离之悲。今日耡耰渐入之地，昔日为柳坊花陌；今日无人苔碧之处，昔日有人傍宫墙而撅笛；双阙虽远，犹腾龙凤之影；九门虽锁，犹有鸳鸾之翼——这样组合意象，空间中有时间在，目前之沉寂荒寒中有遥远之喧阗繁盛在，真可谓"融情景于一家，会句意于两得"（宋代黄昇《中兴以来绝妙词选》引姜夔《梅溪词序》）。下片议论，抒慨，展望未来。前六句为北伐作鼓吹。后四句因经世有才而用武无地，不免发一通牢骚，但仍拟濡彩笔，裹锦笺，歌胜利，赞成功，洋洋喜悦，溢于言表，其浪漫气质、乐观情绪，予人以强烈的艺术感染。当然，词人毕竟是一介书生，对北伐的艰巨性认识不足，与辛弃疾同年所作《永遇乐》词相比，本篇明显见出他缺乏战略家的头脑；证以次年"开禧北伐"惨败的历史事实，本篇又勿庸讳言地暴露了他盲目的诗人狂热。不过，历史学家尚未可以成败论英雄，我们又何必用功利主义的眼光来苛求词人？读此词，当看它充沛的爱国激情，精湛的写作技巧，其余似不必深论。

【注释】

〔1〕史达祖：字邦卿，号梅溪，祖籍东京。宋宁宗时，外戚韩侂胄当政，他在韩氏手下为吏，颇得倚重，一时公文多由他起草。韩氏主持"开禧北伐"，失败后遭投降派谋杀，他也受到株连，被黥（在脸上刺字）放逐。他是当时著名的词人，今存词一百一十余首，集名《梅溪词》。所作奇秀清逸，甚得姜夔等推许。

〔2〕缓辔（pèi 配）：放松缰绳。

〔3〕三宿：《孟子·公孙丑下》载，战国时，孟子千里往见齐王，谈话不投机，遂离去。但仍在齐国都城附近的一个小邑留宿三夜，希望齐王改变态度，派人将他追回。本词用此典，仅取其滞留不忍离去的意思。 迟迟行客：《孟子·万章下》载，孔子离开祖国鲁时说："迟迟吾行也。" 以上二句是写自己在秋风中信马慢慢地走，不忍离开已沦陷多年的故国旧京。

〔4〕桑梓（zǐ 子）：古人家宅旁常植的两种树木，后亦用为故乡的代名词。词人祖籍东京，用此字面，兼有以上两种含义。

〔5〕耰耰（yōu 优）：耰，耰头。耰，农民用来碎土平地的木榔头。

〔6〕柳坊花陌：指旧日的繁华街巷。 以上三句是说，东京已衰败不堪，部分城区竟废为农田。

〔7〕据宋人孟元老《东京梦华录·大内》载，东京宋故宫正门宣德楼壁上"镌镂龙凤飞云之状"，有"两阙亭相对"。

〔8〕九门：泛指皇宫的重重门户。 鸳鸾（luán 峦）翼：指宫殿建筑的飞檐，形似鸳鸯鸾凤的翅膀。 以上二句写回望宋故宫。说"远腾"，是郊外遥瞻时口吻。说"空锁"，是强调其荒寂。

〔9〕擫（yè 业）笛傍宫墙：语出唐代元稹《连昌宫词》："李謩擫笛傍宫墙，偷得新翻数般曲。"原作者自注说，唐明皇曾于正月十四日夜在宫中用笛吹奏新曲，结果被长安少年李謩听见，偷记曲谱，第二天便到酒楼上去演奏。擫，按。

〔10〕苔花：青苔。 以上二句用典，说如今宋故宫中已不再有美妙的音乐歌舞，到处长满了碧绿的苔藓。

〔11〕相（xiàng 象）：辅助。 汉：汉族国家。指南宋。

〔12〕怀国：心向故国。即怀宋。

〔13〕厌：厌弃。 虏：对金的蔑称。

〔14〕离德：有二心。

〔15〕建瓴 (líng 零)：《史记·高祖本纪》载，田肯对刘邦说：秦地地势便利，用兵对付诸侯，好比"居高屋之上建瓴水"。即在高屋上往下倒水，势不可当。建，倾倒。瓴，盛水的瓶。

〔16〕鳌 (áo 熬) 极：鳌，传说中的大海龟。极，屋脊的栋梁。古代神话传说，天有四极，后来倒塌了，于是女娲便"断鳌足以立四极" (砍下鳌足当作柱子，撑起天的四极)。见《淮南子·览冥》篇。这里指极远的地方。 以上六句是说，中原民心怀宋，金统治集团内部分裂，天赐北伐良机，应趁此一举，连同边远之地，一并收归版图。

〔17〕老子：老夫。词人自呼。 经世术：治理天下的手段。

〔18〕不预：不得参预。 平戎策：指靳灭金人的谋略。戎，对北方游牧民族的泛称。

〔19〕办：准备。 一襟：满怀。 风月：这里指风雅。

〔20〕以上四句是说，自己虽有满腹经纶，但只是个诗人，不在其位，不能直接参加北伐的战略决策，唯有坐看其成，等着天下重新统一的太平盛世到来，届时写诗赋词，予以歌颂。 本篇押用同一部仄声 (且是入声) 韵，韵脚分别是"客"、"入"、"陌"、"翼"、"碧"、"国"、"德"、"极"、"策"、"色"。

玉 楼 春

戏呈林节推乡兄 [1]

〔宋〕刘克庄 [2]

　　年年跃马长安市 [3]，客舍似家家似寄 [4]。青钱换酒日无何 [5]，红烛呼卢宵不寐 [6]。　　　易挑锦妇机中字 [7]，难得玉人心下事 [8]。男儿西北有神州，莫滴水西桥畔泪 [9]！

【题解】

　　词人在题目中自称，这首词是写来和一位姓林的老乡开玩笑（"戏"）的，但细玩词意，他的态度却相当严肃。他看到友人沾染上酗酒、赌博、狎妓等种种不良习气，十分痛心，于是剀切地予以规劝，希望朋友从醉酒美人中自拔出来，做一个顶天立地的男子汉，为振兴国家、收复中原的大业贡献自己的青春才智。词人的思想境界很高，与朋友相处能够坚持原则，对其恶习毫不姑息迁就，真正做到了爱人以德。明人杨慎《词品》称刘克庄《贺新郎·送陈真州子华》词"庄语亦可起懦"（严肃的词语可以使怯懦者奋起），晚清况周颐《蕙风词话》引作"壮语足以立懦"，并特别提出"男儿西北有神州，莫滴水西桥畔泪"云云亦属于这一类。

【注释】

　　〔1〕节推："节度推官"（府、州、军主管司法的官员）的简称。　乡兄：对同乡而年辈相近的人的称呼。习惯上对年岁比自己小的人也可敬称为"兄"。

　　〔2〕刘克庄（1187—1269），字潜夫，号后村居士，兴化军莆田（今属福建）人。宁宗嘉定二年（1209），以门荫入仕。理宗淳祐六年（1246），特赐同进士出身。他历事二朝，在激烈的政治斗争中，屡经浮沉。在地方上曾任知县、州通判、知州、知府、路提举常平、提点刑狱、转运使等差遣。先后四次入朝任职，

但时间都不长，多则两年，少仅数月。官至翰林侍读。卒谥"文定"。著有《后村先生大全集》。他一生爱国，关心民生疾苦，力主抗金、抗蒙古，对朝廷的妥协苟安深表不满，这在其文学创作中多所反映。他是南宋江湖派最杰出的诗人，又是南宋后期辛派词人群中成就较高的一位。今存词二百七十余首，有《后村诗余》、《后村长短句》等不同名目版本。

〔3〕长安：代指南宋京城临安。

〔4〕客舍：旅馆。 寄：暂时居住。这里用作名词，指临时的住所。 以上二句是写林节推年年骑马在京城繁华热闹的街市遨游，住旅馆的时候多，住在家里的时候少。

〔5〕青钱：青铜钱。 无何：不干别的事。

〔6〕晏几道《浣溪沙》（家近旗亭酒易酤）词："床前红烛夜呼卢。"呼卢：古代有一种赌博名叫"樗蒲"，用五只木骰子，一面白，一面黑。如一投五子皆黑，名为"卢"（"卢"字古义有"黑"的意思），是最高的彩。因此，赌博者在投骰子时往往大呼"卢"。 以上二句是写林节推白天无所事事，只顾滥饮；夜晚则点着蜡烛赌博，甚至通宵达旦。

〔7〕挑：织锦刺绣的一种技法，用针挑起锦缎上的经线或纬线，将针上的丝线从底下穿过去，这样便可以织绣出精细的汉字或花纹来。 锦妇：织锦的妇女，指妻子。 这句用《晋书·列女传》中苏蕙的故事，详见前贺铸《古捣练子》注〔4〕。

〔8〕玉人：肤色如白玉的美人。这里指妓女。 心下：心中。 以上二句是说，妻子们总是一心惦记着出远门的丈夫，妓女们在想些什么可就难以捉摸了。

〔9〕水西桥：未详。宋吴自牧《梦粱录》载，五代十国时，吴越国王钱镠扩建杭州城，西门名曰"水西关"。不知桥是否在这一带并与此门名称有关。从词意分析，似是指林节推离开临安时与相好的妓女分别之地。 以上二句劝诫、激励林节推：西北方向有沦陷了的中原，男子汉应以恢复神州为己任，千万不要沉溺在儿女私情之中，为与相好的美人离别而掉眼泪！ 本篇押用同一部仄声韵，韵脚分别是"市"、"寄"、"寐"、"字"、"事"、"泪"。

八 声 甘 州

陪庾幕诸公游灵岩 [1]

〔宋〕吴文英 [2]

渺空烟四远 [3]，是何年、青天坠长星 [4]？幻苍崖云树 [5]，名娃金屋 [6]，残霸宫城 [7]。箭径酸风射眼 [8]，腻水染花腥 [9]。时靸双鸳响 [10]，廊叶秋声 [11]。　　宫里吴王沉醉 [12]，倩五湖倦客 [13]，独钓醒醒 [14]。问苍波无语 [15]，华发奈山青 [16]！水涵空 [17]，阑干高处，送乱鸦、斜日落渔汀 [18]。连呼酒 [19]，上琴台去 [20]，秋与云平 [21]。

【题解】

据夏承焘先生《吴梦窗系年》考证，吴文英约在理宗绍定五年 (1232) 至淳祐五年 (1245) 间寓居平江 (今苏州) 达十数年之久，当时约三十三至四十六岁，其间前若干年曾任当地仓台幕僚。本篇似即作于此时。南宋后期，统治阶级奢侈腐化、醉生梦死的状况愈演愈烈，君昏臣聩，政事日非。词人登灵岩而追思春秋末吴王夫差因荒于酒色以致国破家亡的前史殷鉴，未雨绸缪，心头升腾起一片阴云。然而，作为一个算不上朝廷命官，充其量只是地方官吏私人雇员的小小寒儒，他对此又何能为力呢？郁闷的情怀，惟有借豪饮来宣泄了。篇末"连呼酒，上琴台去，秋与云平"诸句，看似雄放亢爽，其实骨子里充满了悲凉。历史上的吴王是沉醉的，现实中的帝皇公卿也是沉醉的，他们那是真醉；而词人之呼酒买醉，却正是由于他的清醒。否则，他登临怀古之际就不会有如此深重的历史感慨了。这是全词神光所聚之处，应特别留意。至于其它种种佳妙，如设喻之奇谲、对照之鲜明、摄象之苍莽、措辞之精悍，显而易见，一览便知，兹不赘述。

【注释】

〔1〕庾 (yǔ 雨) 幕：提举常平司 (主管一路义仓、赈济等事务的机构) 幕府 (地方大吏的工作班子，人员一般由大吏聘请) 的别称。提举常平司别称"庾司"或"仓司"。庾，露天谷仓。 灵岩：山名，在今苏州西。山多灵秀之石，故名。

〔2〕吴文英 (约 1200—约 1260)，字君特，号梦窗，庆元府鄞县 (今属浙江) 人。一生辗转流寓于平江、临安、绍兴等地，客游达官贵人之门，曾任浙西提举常平、浙东安抚使司幕府僚属，以布衣终身。他精通音律，能自度曲。论作词之法，主张音律欲协，下字欲雅，用字不可太露，发意不可太高。清代周济《介存斋论词杂著》称其词佳者如"天光云影，摇荡绿波，抚玩无斁 (不厌)，追寻已远"。今存词近三百四十首，有《梦窗词甲乙丙丁稿》。

〔3〕渺：形容远。 空烟：空中的云烟。

〔4〕长星：彗星。有长长的尾光，故称。

〔5〕幻：幻化。用作动词。

〔6〕名娃金屋：指灵岩山上的馆娃宫。这是吴王夫差为西施而建造的，遗址即今灵岩寺。名娃，著名的美女，指西施。金屋，传说汉武帝年幼时，姑妈长公主问他愿不愿娶自己的女儿阿娇，他答道："若得阿娇作妇，当作金屋贮之也 (用黄金造屋给她住)。"见旧题汉代班固《汉武故事》。

〔7〕残霸：吴王夫差时，吴国一度强盛，与齐、晋等国争霸中原，后被越国攻灭，霸业有始无终，故称。参见前薛昭蕴《浣溪沙》注〔6〕。 宫城：灵岩山上除馆娃宫外，还有石城，故称。 以上五句是说，登灵岩山眺望四方，但见云烟缥缈，空阔无边，不知是哪年哪月天上落下一颗彗星，化作这青山丛林，从而有后来吴王夫差在此建筑宫城、金屋藏娇的种种奢华之事。后三句用一"幻"字领起统摄，寓有天地人生无非虚幻的感叹意味。

〔8〕箭径：即箭泾，又名采香泾，是灵岩山南面的一条小溪。相传吴王夫差种香草于香山，使美人沿此溪泛舟去采集。自灵岩山上俯瞰，溪流笔直如箭。酸风射眼：化用唐代李贺《金铜仙人辞汉歌》："东关酸风射眸子。"指冷风刺眼。

〔9〕腻水：混和着脂粉油腻的溪水。 腥：这里指浓烈刺鼻的香气。 以上二句是说，冷风像箭一样从箭泾射来，使人眼睛发酸；当年馆娃宫中美女如云，洗脸卸妆时倾弃的脂粉水注入箭泾，至今落花漂在泾水中还会沾染上怪异的芳香。又，吴故宫中有香水溪，相传是西施沐浴之处，人称"脂粉塘"，其他宫女也曾在此濯妆。说"腻水"句指此而言，亦可通。

〔10〕时：当时。 靸 (sǎ 洒)：拖着没有后跟的鞋行走。 双鸳：代指女性的鞋履。馆娃宫中旧有响屧廊，相传吴王夫差令西施等靸着屧 (木拖鞋) 在廊中

漫步，因廊底空虚，故而能发出悦耳的响声。以上对于各古迹的解说，均据宋范成大《吴郡志》。

〔11〕以上二句是说，当年响屧廊中西施等美人的步履声，如今已被秋风落叶叩扫长廊的萧瑟声响所替代。

〔12〕这句化用李白《乌栖曲》："吴王宫里醉西施。"

〔13〕五湖倦客：指春秋末越国大夫范蠡。他在辅佐越王勾践攻灭吴国后，辞官隐遁，"乘轻舟以浮于五湖"。见《国语·越语下》。五湖，即太湖，因周围尚有四个小湖，故称。倦客，厌倦于做官的人。

〔14〕独钓：独自钓鱼。指隐遁江湖。 醒醒：形容清醒。这里读平声。 以上三句是说，吴王夫差的沉醉，反衬出了范蠡的清醒。"倩"字本为请求的意思，用在这里很活泼诙谐，无法作等值翻译。

〔15〕苍波：沧波。指灵岩附近的太湖。

〔16〕以上二句，上句是说自己有许多关于历史和人生的问题弄不明白，问沧波，但沧波却沉默无语（这是诗的语言，并非真对沧波发问）；下句是感慨人生的短暂和大自然的永恒，自己已长出了白头发，可山峰却总是青翠不老，仿佛有意刺激人，你拿它有什么办法？只能徒唤奈何。

〔17〕水涵空：指浩森的太湖涵纳了广阔的天空。即天空倒映于水之意的艺术表达。苏轼《更漏子·送孙巨源》词："水涵空，山照市。"

〔18〕渔汀：水边汀洲。因渔人多在那里垂钓捕鱼，故称。 以上三句是说自己在山上凭栏鸟瞰太湖水天一色，目送纷飞的群鸦和西下的夕阳落向远方的渔汀。这是没落的时代和惨淡的人生在词人心灵上的双重投影。

〔19〕连呼酒：连声呼唤拿酒来。

〔20〕琴台：在灵岩山上，亦见《吴郡志》。

〔21〕秋与云平：指秋气高爽。 本篇押用同一部平声韵，韵脚分别是"星"、"城"、"腥"、"声"、"醒"、"青"、"汀"、"平"。其它诸句中，"远"、"眼"同韵，"树"、"语"、"处"、"去"同韵，可能是巧合，也可能是有意添押两部仄声韵为辅韵。

沁 园 春

〔宋〕陈人杰 [1]

　　诗不穷人 [2]，人道得诗 [3]，胜如得官 [4]。有山川草木，纵横纸上；虫鱼鸟兽，飞动毫端 [5]。水到渠成 [6]，风来帆速 [7]，廿四中书考不难 [8]。惟诗也 [9]，是乾坤清气 [10]，造物须悭 [11]。　　金张许史浑闲 [12]，未必有功名久后看 [13]。算南朝将相 [14]，到今几姓？西湖名胜，只说孤山 [15]。象笏堆床 [16]，蝉冠满座 [17]，无此新诗传世间。杜陵老 [18]，向年时也自 [19]，井冻衣寒 [20]。

【题解】

　　封建社会是"官本位"的社会。在这样的社会中，人的含金量是由他头上有没有一顶乌纱帽，以及他这顶乌纱帽的大小来决定的。本篇的可贵之处在于它一破世俗的价值观念，将文学家的精神劳动及其产品的地位，提到了空前的高度，而将历来为一切凡夫俗子所垂涎不已的功名富贵压了下去。词人认为，王侯将相未必都有真才实学、丰功伟绩，他们之所以得官得名，有时仅仅是靠着偶然的机遇，甚或是凭恃门荫，此等衮衮诸公尽管显赫一时，终究要被历史忘却；而伟大的诗人却没有一个是侥幸成功的，他们才真正是公平竞争中的强者和胜者，他们摘取文化冠冕上的明珠，靠的是个人生命的燃烧、心血的蒸发，他们的业绩永远镌刻在人类文明史的大理石丰碑上，不会因时间长河的冲刷而漶漫磨灭。从这个意义上来说，诗人也许多半会窘于物质生活的匮乏，如杜甫那样；但他们的精神世界是充实的、富有的，"诗不穷人"，信非虚语。词人的议论，标举了一种崭新的人的价值观，张扬了人的主体意识与创造、贡献精神，这是具有反传统意味的。其论辩之辞也纵横捭阖，寓说理于形象思维之中，不失为以论说文体入词的一个全新的尝试。

【注释】

〔1〕陈人杰 (1218？—1243？)，又名经国，号龟峰，福州 (今福建福州一带) 人。二十岁时，曾在建康参加过漕试 (由本路即江南东路转运司主持的举子考试，合格者即可进京参加进士考试)，未能中举。后漫游两淮、荆、湘地区，到过黄州、岳州 (今湖南岳阳一带)，还到过湖州、平江，最后旅食临安。他素有远大的政治抱负，渴望能够在国难当头之际，为抗击蒙古军队的南侵贡献自己的才略，然而始终被摒弃在仕途之外，壮志难酬，于是只好用他那支劲健的词笔来高歌爱国抗战，抨击当朝统治集团的孱弱无能，兼以吁吐自己报国无地的一腔忠愤。其《龟峰词》虽然词气失之粗豪，但真力弥满，鼓荡风雷，读之令人拍案欲起。

〔2〕诗不穷人：欧阳修在《梅圣俞诗集序》一文中说，他听见世人议论，诗人很少显达而多穷困。对此，他提出了自己的看法：诗人愈穷困，所作就愈工妙。并非诗“能穷人” (使人穷困)，应是“穷者而后工”。他强调的是坎坷的人生经历对于优秀诗歌之创作的积极作用。词人这里则换了一个角度立论，他认为诗使人在精神上富有，因此生活上的穷困不是真正的“穷”。

〔3〕人道：有人说。 得诗：写出好诗。

〔4〕胜如：胜于。 得官：获得官职。 以上二句化用唐代郑谷《静吟》诗：“得句胜于得好官。”合首句串解，是说：诗并不使人穷困，古人早就说过，写出好诗来得比得到了好的官位还要强。

〔5〕毫端：笔尖。毫，毫毛。古人写作用毛笔。 以上四句是说，好诗能够将自然界的一切景物写得栩栩如生。《梅圣俞诗集序》写到诗人“外见虫鱼草木风云鸟兽之状类，往往探其奇怪”。陈词由此生发而出。

〔6〕水到渠成：语出宋释道原《景德传灯录·光涌禅师》。是说水一流过，渠道自然形成。比喻条件一旦成熟，事情就会成功。

〔7〕风来帆速：顺风来了，帆船便驶得快。喻意与上句差不多。

〔8〕廿 (niàn 念) 四中书考：唐德宗时，大臣郭子仪“校中书令考二十有四”，即任中书令 (宰相) 二十四年，主持了二十四次对百官的考绩 (考察其政绩)。见《旧唐书》本传。

〔9〕惟：只有。 也：语气助词。在这里的作用是凑足一个音节并表示停顿。

〔10〕乾 (qián 前) 坤 (kūn 昆)：本是《周易》八卦中的两个卦名，指阴、阳两种对立的势力。乾为阳，象天。坤为阴，象地。合称即指天地、世界。 清气：古人认为天地间有清、浊二气，清气生成一切美好的事物，浊气则相反。

〔11〕造物：古人认为天创造万物，故称天为“造物”，亦称“造物主”。

悭 (qiān 千)：吝啬。　以上六句是说，机遇顺遂的话，高官久任也不难做到；惟独诗是天地间清气所钟，极为美好，老天爷想必是分外吝惜它，不肯轻易赐给人。（所以，要成为一个好诗人，写出好诗来，是很不容易的。）

〔12〕金张许史：西汉时期四个富贵显赫的家庭。金日磾家自武帝至平帝朝七世内侍 (在皇帝身边供职)；张汤后世自宣帝、元帝以来为侍中、中常侍 (都是皇帝亲近的侍从官) 者十余人；许广汉是宣帝许皇后的父亲，史高是宣帝祖母史良娣兄长史恭的儿子，两家都是宣帝朝著名的外戚。分别参见《汉书》中的《金日磾传》、《张汤传》和《外戚传》。　浑闲：浑，直，真。闲，等闲、寻常。

〔13〕看：这里读平声。　以上二句是说，达官贵人们实在没有什么了不起，不见得有多少功名能够留传后世。也可以理解为：荣华富贵都不能传至千秋万代，总有衰败的一天。

〔14〕算：细数。　南朝：见前周邦彦《西河》注〔4〕。

〔15〕孤山：参见前刘过《沁园春》注〔7〕、注〔22〕。　以上四句是说，算来南朝的将相大臣，到如今已不知更换了多少姓氏；而人们谈起临安西湖的名胜，只提到北宋寒士诗人林逋隐居过的孤山。也就是说，富贵功名都不过是过眼烟云，惟有诗歌和诗人的价值永恒存在。

〔16〕象笏 (hù 互) 堆床：是说家族中做大官的人多。《旧唐书·崔义玄传》载，唐玄宗开元年间，崔神庆之子崔琳等都做大官，逢年过节家族宴会时，"以一榻置笏，重叠于其上"。象笏，象牙制成的笏 (官员朝见皇帝时捧着的手板)。床，即榻。

〔17〕蝉冠满座：意思同上。一说指家中来往交际的客人也都是显贵。　蝉冠：汉代侍中、中常侍等官员的冠帽上有蝉形装饰。后人遂用"蝉冠"泛指达官贵人的身分标志。

〔18〕杜陵老：指唐代伟大的现实主义诗人杜甫。他曾在长安东南的杜陵 (汉宣帝陵墓) 一带居住过，并自称"杜陵布衣"。

〔19〕向年时：在那个年代。

〔20〕井冻衣寒：语本杜甫《空囊》诗："不爨井晨冻，无衣床夜寒。"（不爨，断炊。）　以上六句用唐代先后同时的崔琳等人和杜甫构成鲜明的对比：前者飞黄腾达，却无新诗传世；后者穷困潦倒，诗名偏垂不朽。这是再次重申上文自"金张许史浑闲"到"只说孤山"一段的主旨。汉、南朝、唐、宋都点到，涵盖的历史面甚广。此外，强调杜甫当年也自寒苦，隐有对于自己的贫困状况聊自宽慰的意味。　本篇押用同一部平声韵，韵脚分别是"官"、"端"、"难"、"悭"、"闲"、"看"、"山"、"间"、"寒"。

六 州 歌 头

〔宋〕刘辰翁 [1]

乙亥二月 [2]，贾平章似道督师至太平州鲁港 [3]，未见敌，鸣锣而溃 [4]。后半月闻报，赋此 [5]。

向来人道 [6]，真个胜周公 [7]。燕然眇 [8]，浯溪小 [9]，万世功，再建隆 [10]。十五年宇宙 [11]，宫中赝 [12]，堂中伴 [13]，翻虎鼠 [14]，搏鹯雀 [15]，覆蛇龙 [16]。鹤发庞眉 [17]，憔悴空山久，来上东封 [18]。便一朝符瑞 [19]，四十万人同 [20]。说甚东风 [21]？怕西风 [22]。都人窃议者称"西头" [23]。 甚边尘起 [24]，《渔阳》惨 [25]，《霓裳》断 [26]，广寒宫 [27]。青楼杳 [28]，都城籍妓皆隶歌舞 [29]，无敢犯 [30]。朱门悄 [31]，镜湖空 [32]，里湖通 [33]。葛岭瞰里湖 [34]，无敢过 [35]。大纛高牙去 [36]，人不见 [37]，港重重。斜阳外，芳草碧，落花红 [38]。抛尽黄金无计 [39]，方知道、前此和戎 [40]。但千年传说，夜半一声铜 [41]。何面江东 [42]？

【题解】

南宋后期，政治本即腐败不堪；而奸相贾似道专权的十五年，更是天昏地黑，日月无光。贾贼一手遮天，纠集狐群狗党，对内百般剥削压榨人民大众，弄得民不聊生，怨声载道；对外屈服于蒙古（后改称"元"）政权的军事入侵，不惜费尽民脂民膏去填豺狼的欲壑，但求苟延残喘——南宋的半壁江山，最终就葬送在他（他们）的手里。刘辰翁此词，以凝炼的笔墨，辛辣的语言，写出了这个曾经权势熏天、不可一世的大人物如何由青云之上一跟头栽到地的全过程，是南宋众多政治讽刺词中的冠冕之作。它虽然只是以贾贼一人为箭靶子，但由于这一丑角是南宋亡国悲剧中的罪魁祸首，因此全词亦是这段痛史的生动实录，具有"词史"（即用词这种文学样式书写的历史）的性质。

【注释】

〔1〕刘辰翁（1232—1297），字会孟，号须溪，吉州庐陵（今江西吉安）人。年轻时为太学生。理宗景定三年（1262）进士。因殿试时论及朝政之失，直言不讳，触犯了贾似道，遂被置于丙等。曾任濂溪书院山长（书院是半官方半民间性质的地方学校，山长为主持人）。朝臣荐举他入朝做官，他都推辞不就。宋亡后，坚持民族气节，以遗民身分隐居终生。著有《须溪集》。又喜评选诗文，如杜甫、李贺、陆游等人的诗，都有他的评选本。论词推崇苏轼、辛弃疾，强调词的社会价值，反对以格律束缚性情。所作多真率，不假雕琢，风格道上，颇能实践自己的词学观点。尤其是他那些感伤亡国的词作，沉痛悲苦，深切动人。但也时有粗糙的缺点。今存词三百五十余首，集名《须溪词》。

〔2〕乙亥：恭帝德祐元年（1275）。

〔3〕贾平章似道：贾似道（1213–1275），字师宪，台州天台（今属浙江）人。年轻时起即为流氓无赖。以门荫入仕。因其姊为理宗的宠妃，政治上遂得以发迹。至理宗宝祐六年（1258），已官至两淮宣抚大使（淮南东、西两路的军政长官）。开庆元年（1259），蒙古军围攻鄂州，他领兵援救，私下向蒙军统帅忽必烈乞求议和，主动提出本朝向蒙古称臣、岁贡银绢等卖国条款。蒙军北撤后，他谎称大捷，以右丞相（宰相）入朝执政。从此排斥异己，独揽大权。度宗时期，权势愈盛，朝政竟在他的私宅中决定。蒙古军围攻襄阳（今湖北襄樊）数年，他隐匿军情，坐视不救，终使襄阳陷落。恭帝德祐元年，督师与元军（此前四年蒙古已建国号为"大元"）作战，望风先逃，导致宋军大溃。这才被革职放逐。途中在漳州（今属福建）为监送者所杀。事迹详见《宋史》本传。以下叙其事，凡不注出处者，均据此传。平章，"平章军国重事"（位在宰相上，不常设置）的简称。贾似道于度宗咸淳三年（1267）被授予此官。 督师：总督军队。贾氏于前一年的十二月被差遣都督诸路军马，即出任宋军的总指挥官。见《宋史·瀛国公纪》。 太平州鲁港：鲁港在芜湖（今属安徽）西南不远处的长江南涯，当时属太平州（今安徽繁昌、芜湖、当涂、马鞍山一线）。

〔4〕鸣锣：敲锣。这是退兵的信号。 据《宋史·瀛国公纪》，这一年的二月，元军攻占池州（今安徽贵池一带），与宋军前锋战于丁家洲（在今安徽铜陵东北长江中），宋军前锋败退奔鲁港，贾似道见大势不妙，也仓皇逃往扬州，于是"诸军尽溃"。

〔5〕以上二句是说自己于鲁港之溃的半个月后听到了有关战况，于是写了

这首词。

〔6〕向来：此前的一段时期内。

〔7〕真个：真的。 周公：即西周初年的著名政治家姬旦，是周武王的弟弟，因封地在周（今陕西岐山东北），世称周公。他曾辅佐武王灭商。武王死后，其子成王年幼，由他摄政，在建立周王朝的典章制度、巩固和加强周朝奴隶主阶级的政治、思想统治等方面多所贡献。孔子对他赞扬备至，后来的统治阶级也都将他奉为圣贤。 史载贾氏因拥立度宗，大权在握，当朝一些官僚阿谀奉承，称他是"周公"。

〔8〕燕然：见前范仲淹《渔家傲》注〔7〕。 眇（miǎo 渺）：微小。

〔9〕浯（wú 无）溪：在今湖南祁阳西南，北流汇入湘江。溪畔石崖上有摩崖石刻《大唐中兴颂》，唐人元结撰文，颜真卿书，唐代宗大历六年（771）刻，内容是歌颂唐王朝平定安禄山、史思明的叛乱。

〔10〕再：第二次。 建隆：宋太祖开国后使用的第一个年号。 以上六句是说，近十多年来，人们（指吹捧贾氏的人）称贾氏功德确实超过了周公，他击退蒙古军、解救鄂州、保卫国家的功绩（其实都是欺世盗名的弥天大谎，详见注〔3〕），可垂千秋万世，使得东汉窦宪大破北匈奴、唐代诸将平息安史之乱的辉煌成就都相形失色、微不足道，俨然是宋代的第二次开国。

〔11〕十五年：贾氏自开庆元年升任宰相，次年即景定元年（1260）回朝执政，至德祐元年已有十五年。

〔12〕赝（yàn 雁）：假。这句是说，贾氏虽无天子的名分却有天子的实权，宫中的皇帝反倒成了赝品。

〔13〕堂中伴：堂，指政事堂，唐宋时期宰相们集体办公的地方。伴，伴食，陪同吃饭。唐玄宗时，卢怀慎与姚崇同掌朝政，遇事推让姚崇作主，时人称他为"伴食宰相"。见《旧唐书·卢怀慎传》。史载贾氏当权时，大小朝政都由他和手下的亲信门客堂吏决定，"宰执充位署纸尾而已"（其他宰相一级的执政官都不过是挂名领干薪的，只能在文件末尾签字罢了）。这句即指此而言。

〔14〕翻虎鼠：化用李白《远别离》诗："权归臣兮鼠变虎。"这句是说，因为大权旁落在贾氏之手，皇帝遂由虎变鼠，贾氏则由鼠变虎。

〔15〕鹯（zhān 沾）：形似鹞鹰的一种猛禽。古人以鹰鹯搏击鸟雀比喻忠直的官员抨击奸邪的官员。 这句是说，无论是忠良还是奸佞，无论是鹰鹯还是鸟雀，只要不是自己的同党，贾氏都一概予以打击、驱逐。史载，遭他排斥的既有忠臣吴潜等一大批正人直士，也有宦官董宋臣等奸邪的党徒。

〔16〕覆：与上文"翻"字同义，都是"颠倒"的意思。 蛇龙：古人以"龙"喻指帝王。"蛇"似龙而非龙，则喻指地位亚于帝王的臣僚。 这句的含

义与上文"翻虎鼠"差不多。 以上六句中，"宫中赝"、"翻虎鼠"、"覆蛇龙"三句主要是就贾氏与度宗的君臣关系而言。度宗不是理宗之子，而是理宗之侄，完全是靠着贾氏的扶植才得以被理宗立为太子并在理宗死后继位的，因此他在位期间只是贾氏手中的傀儡。他称贾为"师臣"而不敢直呼其名；贾氏动不动就拿辞职来要挟他，他只好与太后亲手写诏书加以挽留，最后竟允许贾入朝不拜，贾退朝时，他必起立，目送贾走出殿廷才敢坐下；他的爱妃胡贵嫔，其父胡显祖因一桩小事得罪了贾，他不得不罢了胡显祖的官，并流着泪将贵嫔送去当尼姑。如此等等，不一而足。

〔17〕鹤发庞眉：头发雪白如鹤的羽毛，眉毛黑白间杂。这里代指老人。

〔18〕上东封：上东封书。即上书建议东封。古代帝王为标榜太平盛世，每每东封泰山，即赴泰山筑坛祭天。北宋太宗、真宗、徽宗三朝曾拟东封，但真正实行了的只有真宗朝一次。三次都是由泰山地区的父老耆寿（高寿老人）提出动议（很可能系当局幕后指使，至少也应得到当局的奖劝。见《宋史·礼志》。南宋时，泰山已不在本朝境内，这里是用典，代指类似性质的活动。 以上三句是说，某些老人在空旷的山林里寂寞了许多年，都饿瘦了。这时也投贾氏所好，出来凑热闹，帮着粉饰太平，提议举行很久不曾举行了的封禅祭天大典。

〔19〕便：正、恰。 一朝（zhāo 招）：有朝一日。 符瑞：祥瑞的征兆。

〔20〕《汉书·王莽传》载，西汉末年，王莽摄政时，伪造各种符瑞，吏民上书为他歌功颂德的，有四十八万多人。后来，他终于篡汉自立为皇帝，改国号为"新"。 以上二句将贾氏比作王莽，说他当时正处在这样的地位，一旦造出什么符瑞来，就会有大批的党徒拥戴他做皇帝，盗取大宋江山。

〔21〕东风：喻指度宗。东风即春风，春风化育万物，因此古代多借来比喻皇恩浩荡。

〔22〕西风：喻指贾氏。其一是因为"贾"字头上为"西"字。其二，西风即秋风，主杀伐摧残，也是贾氏暴虐的象征。 以上二句字面意是：还说什么东风呢？东风也怕西风啊！

〔23〕都人：京城临安人。 窃议：私下议论。 西头：见上注。 这句是说，京城中人背地议论贾氏，都用暗语管他叫"西头"。这是词人为"西风"二字作的自注，不是词的正文。下面还有两处小字排印的文句，性质与此相同。

〔24〕甚：正。 边尘：指敌军入侵的战争行动。边，边塞。尘，指兵马蹴踏起的灰土。

〔25〕《渔阳》：古代军乐曲名。是鼓曲。 惨：当是"摻"的形误字。摻（càn 灿），击鼓。

〔26〕《霓裳》：即《霓裳羽衣曲》，唐代著名宫廷乐舞。

〔27〕广寒宫：神话传说中的月宫。相传唐代道士罗公远引唐玄宗游月宫，见仙女数百人舞《霓裳羽衣》，玄宗暗记声调，归后遂召优伶 (演员) 仿作。说见唐代卢肇《逸史》。　以上四句化用白居易《长恨歌》："《渔阳》鼙鼓动地来，惊破《霓裳羽衣曲》。"原诗写唐玄宗时爆发了安禄山等胡人军阀的叛乱，打破了唐王朝的歌舞升平。这里借指度宗咸淳十年 (1274) 元世祖下诏全面发动旨在灭亡南宋的侵略战争。

〔28〕青楼：妓院。　杳 (yǎo 咬)：形容不见人的踪影。

〔29〕籍妓：登记在册的妓女。　皆隶歌舞：指都得听从贾氏的拘管，随时应召为他表演歌舞。

〔30〕无敢犯：没有人敢违抗贾氏的旨意。　史载，咸淳十年元军全面攻宋时，度宗去世，恭帝即位，元军攻占长江中游重镇鄂州，南宋朝野震动，都说非贾氏亲自出师不可。贾氏无奈，只好于次年 (即德祐元年) 正月离开临安往江上督师迎敌。"青楼杳"句夸张说他带了许多妓女随行，致使临安青楼为之一空。

〔31〕朱门：富贵人家用红漆涂门，故称。这里指贾府。　悄：形容寂静。

〔32〕镜湖：在今浙江绍兴。唐代名臣贺知章辞官归隐时，唐玄宗将镜湖的一部分赐给了他。见《新唐书》本传。这里借指临安西湖的里湖。由于下面注释中所将详叙的史实，里湖当时等于被贾氏私人占有。　以上二句写贾氏去后，府第中少了宴会歌舞，骤显冷清；里湖中少了画舫遨游，顿觉空荡。这是从背面着墨的手法，此前贾氏的豪华排场，可以透见。

〔33〕里湖：见前柳永《望海潮》注〔15〕。

〔34〕葛岭：在西湖北。相传晋代葛洪曾居此山炼丹药，故名。度宗咸淳三年，赐贾氏府第，供他休养，府第就坐落在此山中。

〔35〕以上二句是说，由于贾府在葛岭，俯瞰里湖，因此没有人敢擅自入湖。也就是说，贾氏在临安时，"里湖"是不通的，贾氏去后，"里湖"才"通"。

〔36〕大纛 (dào 道)：军队统帅的大旗。　高牙：见前柳永《望海潮》注〔21〕。

〔37〕人：指贾氏及其周围的一干人等。

〔38〕以上六句与"镜湖空"意思差不多，是说贾氏督师外出后，西湖中不见了他那一帮人的踪影，只有重重港汊，夕阳外芳草自碧、落花自红而已，一片寂寥。

〔39〕史载贾氏督师到芜湖后，又故伎重演，再次提出开庆元年的那些条款 (上回蒙古撤军后，贾氏许诺的种种条件，一样也没有兑现)，向元军统帅伯颜乞和，但伯颜认为他不守信用，断然拒绝。这句指此而言。

〔40〕前此：此前。指前一次。　和戎：与蒙古人议和。戎，古代对西北方

少数民族的泛称。　以上二句是说，这回贾氏想用大量金钱求和也办不到了，于是世人方才知道，原来十五年前所谓鄂州"大捷"竟是一场骗局，是向敌人乞求、由敌人"恩赐"的"和平"。

〔41〕一声铜：一声锣。锣用铜制作，此处为了押韵，故以"铜"字代"锣"。

〔42〕见前李冠《六州歌头》注〔26〕所述项羽不肯过乌江的故事。当时项羽对乌江亭长说的原话是："纵江东父兄怜而王我，我何面目见之？"（见《史记·项羽本纪》）　以上三句是说，贾氏乞和不成，只落得个夜半鸣锣溃逃的可耻结局，让千年万代的人传为笑话，他还有什么脸面见江东父老？　本篇交错押用了三部不同的韵。其一，"公"、"功"、"隆"、"龙"、"封"、"同"、"风"、"风"、"宫"、"空"、"通"、"重"、"红"、"戎"、"铜"、"东"。以上一部平声韵为主韵。其二，"道"、"眇"、"小"、"杳"、"悄"、"道"。其三，"赝"、"伴"、"断"、"见"。以上两部仄声韵为辅韵。

闻 鹊 喜

吴山观涛 [1]

〔宋〕周 密 [2]

天水碧 [3]，染就一江秋色 [4]。鳌戴雪山龙起蛰 [5]，快风吹海立 [6]。　数点烟鬟青滴 [7]，一杼霞绡红湿 [8]。白鸟明边帆影直 [9]，隔江闻夜笛 [10]。

【题解】

杭州钱塘江的仲秋海潮，向有"天下奇观"之称。周密《武林旧事》中另有一篇专题介绍钱江观潮之胜状的精彩散文，可与此词对读。文中写潮起时景观，有云："方其远出海门，仅如银线；既而渐近，则玉城雪岭，际天而来，大声如雷霆，震撼激射，吞天沃日，势极雄豪。"这和本篇上片措辞虽异，气象略同，都着意刻画出了昼间钱塘江上那种奔逸跳荡的动态之美。文中还写到了弄潮儿和观潮客，写弄潮儿的一段亦生动异常："吴儿善泅者数百，皆披发文身，手持十幅大彩旗，争先鼓勇，溯迎而上，出没于鲸波万仞中，腾身百变，而旗尾略不沾湿，以此夸能。"这些内容则为词中所无。但我们不必因此而遗憾，有所不为方能有所为，词的下片就用腾出的篇幅向读者提供了文中未有的另一种境界——傍晚及夜间潮平时钱塘江上恬适空濛的静态之美。如此，则上下两片朝与夕互补，动与静相宣，鸳鸯剑合而益增其利，凤凰钗并而愈显其妍。末句以隔江夜笛之一"声"收束上文七句中碧、青、红、白诸"色"，亦拖出了长长的余韵。

【注释】

〔1〕吴山：在今杭州西湖东南，钱塘江北，宋时为观潮的胜地。

〔2〕周密 (1232—1298)，字公谨，号草窗，湖州人。早年随父宦游福建、两

浙。后以门荫入仕。理宗时，曾入浙西安抚司幕府。度宗时，曾任两浙转运司 (转运使官署) 掾官 (助理官)。元军攻占临安、掳走恭帝后，端宗在福州即位，他曾知义乌县 (今属浙江)，但为时很短暂。南宋亡后，隐居杭州不仕，与爱国志士谢翱等交游，又与王沂孙、张炎等遗民词人共结词社，以宋遗民终其身。他工诗文，善书画，长于歌词。一生著述甚丰，诗集有《草窗韵语》、《蜡屐集》；野史笔记杂著有《齐东野语》、《癸辛杂识》、《武林旧事》等多种；词集则有《蘋洲渔笛谱》、《草窗词》等不同名目版本；又曾选辑南宋人词为《绝妙好词》。其词今存一百五十余首。

〔3〕天水碧：南唐李后主时，宫女染衣为浅碧色，夜晾于室外，经露水湿染后颜色更好，因此称为"天水碧"。参见五代无名氏《五国故事》。

〔4〕这里套用韦庄《谒金门》词"染就一溪新绿"句格。 以上二句写潮起之前的钱塘江，满江浅青之色似是秋天的风露所染成。

〔5〕鳌戴雪山：神话传说，渤海中有五座神山漂浮不定，随潮水上下往还，天帝怕它们漂走，便令神仙派十五只巨鳌轮班用头顶住它们。见《列子·汤问》。这里用来形容涌起的潮头仿佛巨鳌顶起了雪山。 龙起蛰 (zhé 哲)：形容潮水掀腾，似是蛟龙从蛰伏状态中苏醒过来，开始翻江倒海。蛰，动物休眠，潜伏不动。

〔6〕这句化用苏轼《有美堂暴雨》诗："天外黑风吹海立。" 快风：令人感到胸襟畅快的大风。语出战国楚人宋玉《风赋》："快哉此风。" 吹海立：吹得海水起立。形容海潮高涌。

〔7〕烟鬟：形容烟水外的远山如美人的鬓鬟。 青滴：青翠欲滴。

〔8〕一杼 (zhù 住)：杼，织梭。这里用作量词。 霞绡：如薄绸般的云霞。神话传说，云霞系天上的织女用机杼织成。 以上二句写潮平后的远山晚霞，"青滴"、"红湿"尤生动，仿佛山和天都刚被潮水洗过，尚未晾干。

〔9〕白鸟明边：化用杜甫《雨》诗四首其一："白鸟去边明。"白鸟，白鹭、江鸥之类白色的水鸟。明边，明处。明，指白鸟的亮色闪耀。

〔10〕以上二句，时间又有推移，已由傍晚入夜。 本篇押用同一部仄声 (且是入声) 韵，句句皆押。

酹 江 月

和 [1]

〔宋〕文天祥 [2]

　　乾坤能大 [3]，算蛟龙、元不是池中物 [4]。风雨牢愁无着处 [5]，那更寒虫四壁 [6]？横槊题诗 [7]，登楼作赋 [8]，万事空中雪 [9]。江流如此，方来还有英杰 [10]。　　堪笑一叶漂零 [11]，重来淮水 [12]，正凉风新发 [13]。镜里朱颜都变尽 [14]，只有丹心难灭。去去龙沙 [15]，江山回首，一线青如发 [16]。故人应念 [17]，杜鹃枝上残月 [18]。

【题解】

　　公元 1279 年南宋彻底覆灭后，词人与同属爱国志士的友人邓剡作为俘虏被元军押赴北方，于夏末抵达建康，停留二月余，仲秋将渡江继续北上。这时，邓剡因病不能同行，于是乃步苏轼《赤壁怀古》词原韵填《酹江月》一首，在建康驿馆中与词人诀别。词人亦赋此和作作答。国破家亡，陷身敌手，虎困于柙，龙拘于池，词人的心情本即十分沉痛；更加上将与难友劳燕分飞，生离死别，又平添许多悲凉。因此，词的基调是怆楚欲绝的。然而，可歌可泣的是，英雄末路，一至于此，他仍旧豪迈地预言：反抗民族侵略的斗争，火种不会熄灭，"方来还有英杰"。他那颗不屈的头颅仍旧高昂着，他那满腔热血仍旧在熊熊燃烧。"镜里朱颜都变尽，只有丹心难灭"，这和他《过零丁洋》诗中的名句"人生自古谁无死，留取丹心照汗青"后先一揆，都是民族正气的光芒闪射。凡此皆使得本篇于沉郁中复有亢爽之致，令人慷慨激昂而瞋目决眦，发上指冠。

【注释】

〔1〕和：文天祥《指南后录》中，此词之前即《酹江月·驿中言别》，注明"友人作"，本篇所"和"的就是那一首。

〔2〕文天祥 (1236—1283)，字宋瑞，号文山，吉州庐陵人。理宗宝祐四年 (1256) 进士第一。历事理宗、度宗、恭帝、端宗、帝昺五朝，官至右丞相兼枢密使。恭帝德祐元年 (1275)，元军沿江东下，国家危在旦夕，他当时知赣州，捐家产为军费，募兵万人人卫临安。次年临安陷落前，他奉命出使元军议和，痛斥元丞相伯颜，被拘禁。后逃脱虎口，至福建、广东一带继续坚持抗元斗争。帝昺祥兴元年十二月 (1279 年 2 月)，兵败被俘。次年被押送至元大都 (今北京)，囚禁达三年之久，屡经威胁利诱，誓死不屈，从容就义。他是历史上著名的民族英雄、爱国诗人。有《文山先生全集》。诗文多为其抗元斗争经历的记录，忠愤喷薄，大义凛然，词亦如此。今存词仅七首，见其《全集》者六首，见于元代无名氏《元草堂诗余》者一首。

〔3〕能：如此，这样。

〔4〕元：同"原"。 这句化用《三国志·周瑜传》周瑜论刘备之语："恐蛟龙得云雨，终非池中物也。" 以上二句是说，天地如此之大，细想来，蛟龙原不是浅狭之池所能拘束的。蛟龙，比喻自己和邓剡。邓剡同时所作《送行》诗有"神龙荡失水"之句，文词似是为此而发。

〔5〕牢愁：忧愁。 无着处：无处安放。

〔6〕那更：更兼。 寒虫：指蟋蟀。参见前冯延巳《鹊踏枝》注〔7〕。 四壁：四面墙壁。 以上二句是说，风雨已使人忧愁至极，愁多得没有地方搁了，何况再加上四周蟋蟀的哀鸣！

〔7〕横槊 (shuò 硕) 题诗：唐代元稹《唐故工部员外郎杜君墓系铭并序》："曹氏父子 (曹操、曹丕、曹植) 鞍马间为文，往往横槊赋诗。"

〔8〕登楼作赋：东汉末年，天下大乱，王粲到荆州依附当地军阀刘表，不受重视，曾作《登楼赋》，感伤时事，抒发怀才不遇及思乡之情。

〔9〕以上三句是说，自己此前横槊题诗的豪情，登楼作赋的忧思，一切都如空中的雪花，终归虚幻。喻指事业无成而种种努力都化作了泡影。

〔10〕方来：将来。 以上二句承上而转折，是说自己的抱负虽已落空，但正像眼前奔流不止的江水一样，抗元的斗争不会中断，英杰辈出，后继一定有人。

〔11〕堪笑：可笑。 一叶漂零：乘一叶扁舟漂泊不定。一说，自喻飘零如一片树叶，亦通。

〔12〕淮水：见前周邦彦《西河》注〔15〕。

〔13〕词人等这次到建康后不久便逢立秋，故云。

〔14〕朱颜、变尽：参见前李煜《虞美人》注〔7〕。

〔15〕去去：越去越远。 龙沙：白龙堆沙漠，泛指塞外沙漠之地。

〔16〕这里化用苏轼《澄迈驿通潮阁》诗二首其二："青山一发是中原。"是说遥望中原，青山一线，细如毛发。 以上三句设想自己此次渡江后向北更行更远，但仍将步步回首南方那依稀可辨的江山。这表达了作者对故国的深情眷念。

〔17〕故人：老朋友，指邓剡。

〔18〕唐代崔涂《春夕》诗："胡蝶梦中家万里，杜鹃枝上月三更。" 以上二句，词人巧妙地将崔诗拆开分属于自己和友人两面，并用作歇后（更贴切地说，是"歇前"）语。字面上只说，当残月在天、夜阑将尽、杜鹃在树梢啼血的时候，您或许正想念着我；但言外也包括了下面这层意思：我呢，则会在梦中不远万里地返回南方。又，词人同时所作《金陵驿》诗二首其一末云："从今别却江南日，化作啼鹃带血归。"因此以上二句词亦可作如下理解：当残月之夜杜鹃在枝头啼血时，您应该想到，那就是我归来的魂魄。 本篇押韵情况，参见前苏轼《念奴娇》注〔18〕。

齐　天　乐

蝉

〔宋〕王沂孙 [1]

一襟余恨宫魂断 [2]，年年翠阴庭树 [3]。乍咽凉柯 [4]，还移暗叶 [5]，重把离愁深诉 [6]。西窗过雨。怪瑶珮流空 [7]，玉筝调柱 [8]。镜暗妆残 [9]，为谁娇鬓尚如许 [10]？　铜仙铅泪似洗 [11]，叹移盘去远 [12]，难贮零露 [13]。病翼惊秋，枯形阅世 [14]，消得斜阳几度 [15]？余音更苦。甚独抱清高 [16]，顿成凄楚 [17]？谩想薰风 [18]，柳丝千万缕 [19]。

【题解】

这首词作于南宋覆亡后。表现形式与前选陆游《卜算子》咏梅词相同，名为咏物，实则拟人。但如作过细的比较，两者仍有许多区别。其一，陆词中的"梅"主要是自己的化身；而本篇所咏之"蝉"则不仅为自喻，更是一批宋遗民文人的集体写照。其二，陆词所反映的是封建统治集团内部进步势力与反动势力之间的对立；而本篇所观照的则是压迫民族与被压迫民族之间的矛盾。其三，作为一个政治漩涡中的强者，陆游在词里充分显示了他个性的傲岸不屈；而作为一个时代风暴中的弱者，王沂孙在词里只能发出痛苦而消沉的呻吟。其四，陆词为小令，简洁明快，冲口而出，纯用白描而不尚故实，因此词意较显豁；而王词为长调，繁复纤徐，深思熟虑，熔铸事典而敷彩勾勒，故而题旨较隐曲。总之，它们各有其特定的社会认识价值和艺术审美价值，无法相互替代。从格调上看，当然是陆词要高一个等级；但就笔墨而言，似乎还不能强为轩轾。

【注释】

〔1〕王沂孙（？—1291前），字圣与，号碧山，又号中仙，绍兴府会稽（今浙江绍兴）人。中年经历了南宋亡国的沧桑巨变。所交往者，多为当时著名的遗民文人。元世祖至元年间，一度被迫出任庆元路（今浙江宁波一带）儒学学正（本路汉文化学校的学官，级别低于教授），不久即归隐。他是宋、元之际与周密、张炎等齐名的格律派词代表作家，今存词六十余首，有《花外集》、《玉笥山人词》、《碧山乐府》等不同名目版本。所作多咏物，而故国之思暗寓其中，幽折清远，吐韵妍和，善以文意贯串典事，作到浑化无痕。但较为隐晦，难以确认。

〔2〕一襟：满怀，满腔。 余恨：遗恨。 宫魂：传说古代齐国的一位王后怨死化为蝉，"登庭树嘒唳而鸣"。见晋代崔豹《古今注》引汉代董仲舒语。

〔3〕庭树：唐欧阳询《艺文类聚·虫豸部》引古诗："庭前有奇树，上有悲鸣蝉。"

〔4〕凉柯：柯，树枝。

〔5〕暗叶：隐蔽的树叶。

〔6〕以上五句是说，齐宫王后的怨魂化为蝉，带着一腔遗恨，年年悲鸣在庭院树木的翠荫中。它刚才还呜咽于阴凉的树枝之上，转眼间却又迁移到密集的叶片背后，重新深切地吐诉离愁。

〔7〕瑶珮（pèi 佩）：玉珮。古人身上佩带的玉质装饰品。

〔8〕玉筝（zhēng 争）：有玉石为饰的筝。筝，一种弹拨类弦乐器，一般为十三弦。 调（tiáo 条）柱：本指移动筝弦的支撑立柱以调试音高。这里是试弹的意思。 以上三句是说，西窗外，一场雨过后，忽然听到一种清越的音响，仿佛玉珮的叩击声流布在空中，又好似拨动了宝筝的琴弦，令人惊诧。原来，那是蝉在振翅飞鸣。

〔9〕镜暗：铜镜生锈后变得昏暗了。暗指美人久不梳妆。 妆残：美人的面部化妆已经残褪。含义同上。

〔10〕娇鬓：《古今注》载，魏文帝宠爱的宫女莫琼树创制了一种新发型，名曰"蝉鬓"，缥缈如蝉翼。 如许：如此。 以上二句由蝉飞自然地联想到蝉翼，逆用"蝉鬓"的典故，将蝉翼比作美人的鬓发，设问道：蝉美人已久无心于打扮自己了，为了什么人，她的鬓发还这样娇美呢？整个上片，主意在咏蝉，但也流露出宋遗民的亡国之痛，流亡之苦，以及虽有才华却无心取悦于新朝统治者的品格。

〔11〕铜仙：汉武帝为了长生不老，在长安建章宫制造了金铜仙人，手捧铜盘，承接天上的露水，供他饮用。汉亡后，魏明帝派人去拆取金铜仙人，移置邺城（当时魏的都城，故址在今河北临漳）魏宫。相传金铜仙人在将要被装车运走

的时候流出了眼泪。唐代李贺据此传说创作了《金铜仙人辞汉歌》。后来多作为哀伤亡国的典故被使用。 铅泪似洗：李贺《歌》中写到金铜仙人"忆君清泪如铅水"。铅熔液为灰白色。似洗，形容泪水满面如洗脸。

〔12〕移盘去远：李贺《歌》中有"携盘独出月荒凉，渭城已远波声小"之句。盘，金铜仙人手捧之承露盘。

〔13〕贮：贮存。 零露：零，滴落。 以上三句是说，金铜仙人既被拆走，便无露可贮以供蝉饮用。三国魏曹植《蝉赋》："漱朝露之清流。"古人以为蝉靠饮露过活，词人构思，由此想出，喻指国家既亡，宋遗民们就衣食无主，难以生存了。

〔14〕枯形：曹植《蝉赋》："状枯槁以丧形。" 阅世：阅历世事。

〔15〕消得：消受得了。 以上三句是说，蝉到秋天，憔悴枯槁，病翅难飞，还能熬过几回夕阳西下的凄凉呢？喻指宋遗民们在严峻的政治环境中苟延残喘，前景不堪设想。

〔16〕独抱：独自怀抱。 清高：晋代徐广《车服杂注》中称蝉"清高，饮露而不食"。

〔17〕顿：骤然。

〔18〕谩：徒然。 薰风：夏天的和风。相传上古贤君虞舜作《南风》诗："南风之薰兮，可以解吾民之愠兮。"(见《尸子·绰子》篇) 是说夏日的南风可以使百姓从暑热中解脱出来。后来，这成为歌颂太平盛世及帝王恩德的典故。

〔19〕以上五句是说，在生命行将结束的最后阶段，蝉的鸣声更加哀苦了。为什么它独自怀抱着清高的操守，却骤然变得这样凄凉伤心呢？原来，它枉自回忆起了夏天和风拂煦、柳条万缕的美好时光。夏日柳林是蝉最好的生活环境，喻指宋遗民们失去了的大宋王朝这个"天堂"。 本篇押用同一部仄声韵，韵脚分别是"树"、"诉"、"雨"、"柱"、"许"、"露"、"度"、"苦"、"楚"、"缕"。

贺 新 郎

兵后寓吴 [1]

〔宋〕蒋 捷 [2]

深阁帘垂绣 [3]。记家人、软语灯边 [4]，笑涡红透 [5]。万叠城头哀怨角 [6]，吹落霜花满袖。影厮伴、东奔西走 [7]。望断乡关知何处 [8]？羡寒鸦、到着黄昏后，一点点，归杨柳 [9]。　　相看只有山如旧。叹浮云、本是无心 [10]，也成苍狗 [11]。明日枯荷包冷饭，又过前头小阜 [12]。趁未发、且尝村酒 [13]。醉探枵囊毛锥在 [14]，问邻翁、要写《牛经》否 [15]？翁不应，但摇手 [16]。

【题解】

本篇似作于恭帝德祐二年 (1276) 三月元军占领临安后、帝昺祥兴二年 (1279) 二月南宋最终灭亡前这三年间的某一个秋天，当时词人正在平江府一带流浪。作为南宋士大夫阶级中的一位有民族气节的成员，他既不肯降附元人、靦颜事敌，为了逃脱网罗与迫害，便只好抛下妻儿老小，独自奔走他乡。词以写实的手法，真切地记录了他的这段辛酸的生活经历和凄凉的感情体验。两宋之交、宋元之交的许多作家，都曾用词笔来搞写国破家亡的深哀巨痛，但成百上千的此类篇章，基本上是以抒情为主的，即便有些叙事的内容，也多逸笔草草，重在神到，并不措意于情节；像蒋捷这样凭藉小说家的笔调，细腻地刻画人物动作、态度，形神毕肖地摄取典型的生活局部，以琐事之微来反映那天崩地裂、海水群飞的动荡时代的作品，却未曾有。如果考虑到词主要是一种抒情诗体的客观事实，那么这个偏以记事取胜的特例，其美学意义和价值就更不可等闲视之了。

【注释】

〔1〕兵后：兵燹之后，军队劫掠之后。　寓：寄居。　吴：吴郡。平江府的别名，即今苏州一带。

〔2〕蒋捷，字胜欲，号竹山，常州宜兴（今属江苏）人。度宗咸淳年间进士。恭帝德祐二年临安陷落后，曾在江南地区流浪了一段时间。宋亡后，隐居乡里。元成宗大德年间，有人推荐他出来做官，他坚持民族气节，不肯接受，以宋遗民终其身。有《竹山词》。今存词九十余首。其中描写乱离之苦和抒发亡国之恸的作品最为真挚动人。在艺术上不拘一格，多所变化，或粗犷挥斥，或缜密洗练，或轻灵圆熟，总体来说，作风稍近于辛弃疾。清代刘熙载《艺概》称赞他为"长短句之长城"。

〔3〕深阁：深邃的楼阁。　帘垂绣：即"绣帘垂"。

〔4〕家人：指自己的妻子。　软语：亲昵地说话，语音娇柔。

〔5〕笑涡：涡，指两颊的酒窝。　红透：红，指脸上搽着胭脂。透，形容酒窝深陷。以上三句"记"字束前管后，写回忆兵前在家中的团圆、温馨的夫妻生活。

〔6〕万叠：不断地重复吹奏同一支曲调。乐曲再奏一遍为"一叠"。　角：军队的号角声。

〔7〕厮（sī斯）：互相。　以上三句转写目前的状况：傍晚时，自己独身一人在外逃难，只有影子陪伴；城上的号角声声哀怨，一遍遍地重复着，战时的肃杀气氛很浓；秋霜凝结，身寒心亦寒。说城头哀角吹落霜花满袖，是艺术的表达。

〔8〕乡关：家乡的城关，泛指家乡。　这句似由唐代崔颢《黄鹤楼》诗"日暮乡关何处是"云云化出。

〔9〕以上四句是说，遥望家乡，路远难见，真羡慕那天边的点点寒鸦，它们到黄昏后还有杨柳林可以归宿，而我却无处安身！

〔10〕贺铸《题海陵开元寺栖云庵》诗："浮云本无心。"

〔11〕以上二句化用杜甫《可叹》诗："天上浮云似白衣，斯须改变如苍狗。"和"相看"句连起来读，是说可叹那本无所用心的浮云也随着世事的翻覆而改变了形色（由白衣变成了黑狗状），相看如旧、始终不改的就只有青山了。这是因政局、时势急遽变幻而发出的沉重感喟。

〔12〕小阜（fù父）：阜，土山。

〔13〕未发：未启程。　村酒：乡村酒店酿造的劣质酒。　以上三句是说，明天又将用枯荷叶包着冷饭，越过前面的小山继续赶路，趁着还没动身，且尝一尝乡村水酒的滋味。

〔14〕探：伸手摸索。　枵（xiāo消）囊：瘪瘪的行李袋。枵，中空的树根，

引申为空虚的意思。 毛锥:毛笔。白居易《紫毫笔》诗:"尖如锥兮利如刀。"

〔15〕邻翁:隔壁人家的老头。《牛经》:有关牛的知识的书。《三国志·夏侯玄传》南朝宋裴松之《注》引《相印书》说,汉代有《牛经》。

〔16〕以上四句是说,喝醉酒以后,摸了摸空空如也的行囊,毛笔还在,于是便问邻翁要不要抄写《牛经》(好挣几文钱糊口)。邻翁未吭气,只摆了摆手。这结尾六字,煞是传神,活画出那老头无力周济像词人这样的流浪者,却又不忍开口拒绝其乞求的情态。(战乱时代,农村中的日子也并不好过。再说,此时谁还有心思顾及农事!) 本篇押用同一部仄声韵,韵脚分别是"绣"、"透"、"袖"、"走"、"后"、"柳"、"旧"、"狗"、"阜"、"酒"、"否"、"手"。

高 阳 台

西湖春感 〔1〕

〔宋〕张 炎 〔2〕

接叶巢莺 〔3〕，平波卷絮 〔4〕，断桥斜日归船 〔5〕。能几番游？看花又是明年 〔6〕。东风且伴蔷薇住，到蔷薇、春已堪怜 〔7〕。更凄然，万绿西泠 〔8〕，一抹荒烟 〔9〕。　　当年燕子知何处 〔10〕？但苔深韦曲 〔11〕，草暗斜川 〔12〕。见说新愁 〔13〕，如今也到鸥边 〔14〕。无心再续笙歌梦 〔15〕，掩重门、浅醉闲眠 〔16〕。莫开帘，怕见飞花，怕听啼鹃 〔17〕。

【题解】

"一勺西湖水。渡江来、百年歌舞，百年酗醉！"理宗朝进士文及翁在其《贺新郎·西湖》词中，对整个南宋时期统治阶级醉生梦死于东南秀山丽水间的偷安状况，曾作出过如此一针见血的概括。身为贵族公子的张炎，在宋亡之前，自然也免不了"一春长费买花钱，日日醉湖边"（宋俞国宝《风入松》词）的。如果南宋王朝还能维持几十年，那么他那富裕于物质享受而贫乏于精神寄托的生活，很难使他写出撼动人心的词作来。不幸而幸运的是，元军的铁蹄踏碎了他的"笙歌梦"，巨大的时代风暴将他从天堂抛向苦难的人间，于是，才有了摊在我们面前的这首以抒写亡国之痛为主题、"凄凉幽怨，郁之至，厚之至"（清陈廷焯《白雨斋词话》）的《西湖春感》词。其词集《山中白云》里，同样内容的作品占了相当大的比重。"亡国之音哀以思"（《毛诗序》），这是反反复复回荡在他后期词作中的主旋律。套用他自己的两句词来评说，诚可谓："只有一枝梧叶，不知多少秋声！"（《清平乐》）

【注释】

〔1〕西湖：即今杭州西湖。

〔2〕张炎 (1248—1317 至 1321 间)，字叔夏，号玉田，临安府人。南宋初大将张俊 (曾封循王) 的六世孙。宋亡前，以贵公子的身分在京城中过着优裕而风流的生活。宋亡后，家门破落，流离失所。元世祖至元二十七年 (1290)，被迫北上大都，为元统治者缮写金字佛经。事毕，于次年抽身南归。晚年辗转往来于江、浙间，寄人篱下，凄凉而终。他有很高的文学艺术修养，工书画，通音律，更是宋元之际词坛格律派的主要代表作家和理论家。撰有《词源》，是格律派创作理论和实践的总结。今存词三百余首，有《山中白云词》、《玉田词》等不同名目版本。

〔3〕这句用杜甫《陪郑广文游何将军山林》诗十首其二："接叶暗巢莺。"接叶：密接的树叶。 巢：这里用作动词，指鸟儿筑巢栖息。

〔4〕絮：柳絮。

〔5〕断桥：西湖里湖东端与外湖分界线白堤上的一座桥。 以上三句写暮春时节，杨柳叶荫已浓，遮藏住了巢居其间的黄莺；杨花柳絮飘入湖中，被平满的水波卷去；夕阳西下之际，西湖内的游船从里湖驶出，穿过断桥，经外湖归航。据周密《曲游春·禁烟湖上薄游》词并序，西湖游船的惯例是先游外湖，午后则经西泠桥入里湖，至日暮始出断桥而归。

〔6〕以上二句是说，还能游几次西湖呢？春天已近尾声，要看春花又得等到下一年了。

〔7〕以上二句是说，东风啊，你姑且停下脚步来陪伴陪伴蔷薇花吧；开到了蔷薇花，春天已经很可怜了。蔷薇开花时，春天就要结束，故云。

〔8〕万绿：形容大片的树木。 西泠 (líng 龄)：西湖中连接孤山与湖北岸的一座桥，也是里湖西端与外湖的分界。

〔9〕一抹 (mǒ 摸上声)：用画笔抹上一笔。 以上三句是说，更加令人感到凄凉的是，回望西泠桥那边，郁郁葱葱的林木都蒙上了一层荒寒的暮霭。

〔10〕当年燕子：自刘禹锡《乌衣巷》诗 (详见前周邦彦《西河》注〔19〕) 一出，"燕子"已经成为文学作品中感叹世事沧桑的常见意象。这里用意相同。

〔11〕韦曲：在今陕西长安。唐时为贵族韦氏聚居之地。

〔12〕斜川：在今江西星子县境内。晋代著名隐士陶渊明曾与邻人前往游览，作有《游斜川》诗。这和上句的"韦曲"都不是实指其地，而是借用来代指同类性质的环境。 以上三句是说，谁知昔时的燕子飞到哪里去了？如今只见名门望族的住宅区内长满了青苔，寒士隐者的遨游地也野草丛生。言外之意，经过元军的洗劫摧残，富贵人家固然是门庭荒芜、人迹罕见，就连一向安贫乐道的隐

士也不能够逍遥优游。在这样的情况下，"旧时王谢堂前燕"即使想"飞入寻常百姓家"也很困难了。

〔13〕见说：听说。

〔14〕"鸥"是一种没有机心、无拘无束的水鸟，古人常把它当作隐士的伴侣，或看成隐士的象征。说从来不知"愁"为何物的鸥鸟如今也开始"愁"了，这就含蓄地道出了亡国遗民的极度悲哀。

〔15〕笙歌梦：喻指已经逝去了的旧日的豪华生活。笙歌，见前张先《木兰花》注〔8〕。

〔16〕以上二句是说自己已没有心思去重温亡国前征歌逐舞、追欢买笑的贵公子生涯的春梦，聊且掩上一道道院门，浅醉闲眠，藉以暂时忘却亡国的痛苦。

〔17〕啼鹃：杜鹃鸟于暮春时啼鸣。相传它是失去了王位的古蜀国国君杜宇死后魂魄所化，说见旧题汉代扬雄《蜀王本纪》。因此，这是个积淀着亡国之悲的意象。　以上三句是说自己生怕看见落花飞舞，听到杜鹃哀啼，加重亡国的悲怆，所以不肯拉开遮蔽门窗的帘幔。　本篇押用同一部平声韵，韵脚分别是"船"、"年"、"怜"、"然"、"烟"、"川"、"边"、"眠"、"帘"、"鹃"。其它诸句中，"莺"、"泠"同韵，"絮"、"住"、"处"同韵，"游"、"愁"同韵，虽未必是有意为之，但客观上也增添了全词的声韵之美。